沈轶伦 著

似是故人来

上海文艺出版社

上海这座城，由人的经历砌成（代序）

　　我向来知道沈轶伦备具让受访者安心托出心底衷曲的特殊气场。

　　几年来，沈轶伦在《解放日报》上开设的栏目"海上记忆"给我多次震撼，这些深埋的故事、画面、记忆断片，裹挟着秘密的气息，发出心脏跳动的声音。每一篇于话语秘境中显象而出的局部上海，都脱离了我们惯常的想象。它们结集成了第一本《如果上海的墙会说话》、第二本《隔壁的上海人》，现在又诞生了第三本《似是故人来》。

　　2015年2月23日，我和沈轶伦第一次聊天。有这么清晰的记忆，是因为那天的微信对话我一直没有删。不过，我们认识的方式却相当古典，我是主动求友的一方。当我越来越多地在朋友圈里读到"依时"这个公号的文章，屡次被她笔下的城、人、事所打动，更欣赏她那份对上海既迷恋又客观、既老成又纯真的心境，便忍不住给她的公号留言了。她的回应也来得很快。我们几乎是迅速交换了大量基本情况，发现若干小块的交集——我们同龄；我们当时分属上海两家主流报纸；我们的父辈有一些相近的经历；我们都对作为手工业的非虚构写作抱有一些希冀与热情。区别是，她的专注、扎实和勤勉令我望尘莫及。

大报记者经常要东奔西跑，我曾问过她都是在什么时间写作，回答是早晨家人起床前，或者是夜里全家入睡后。

应该这么说：在坐在电脑前写作之前，沈轶伦已经思考、推演了许久。之前作为时政记者的她有机会见到许多"各界名人"，采访聊开去，总有不少意外动人的"边角料"，换作别人，或引为谈资或扭头便忘，而她则深藏于心，像童话《小皮匠》中那两个在半夜飞来穿针引线的小仙子，又像一个擅于别出心裁的珠宝商，揣想着为这些故事寻找最合适的体裁篇幅与镶嵌方式，使它们成为自己庞大写作计划中坚硬而璀璨的构成。

一般说来，媒体人左手美文右手新闻，都能写几笔，也都有很不错的见闻与素材，但媒体人的写作要向更高标的文学作品迈进殊为不易，行业的优势甚至会成为拖累。沈轶伦从一开始就抛却了报纸写作陈旧的范式与俗常的表达，她伸展极限，意图雕刻不朽，在冰山涌动中瞄准并且心无旁骛。

现在想起来，我和她认识的时候，恰好在变局的前夕。

彼时，由于多种原因，国内传媒行业经历了行业报、都市报的盛极而衰，许多以深度报道闻名的媒体人出走；即使是在以往人员相对十分稳定的体制内"大报"里，也开始出现年轻人才待不长的迹象。与此同时，纸媒主动App化，以深度、广度和专业度抢回人们手机里的失地，比以往更需要守正出新的表达。沈轶伦的才华浮出水面，恰逢其时，她获得了操盘每周一整个报纸版面的机会。

"2015年3月，我在《解放日报》开始负责一个新栏目，起初叫'地理'，后来改为'知沪'（在上观App上的栏目名字是'海上记忆'）……"在《如果上海的墙会说话》序中，她写道，"人在城市空间内的行动与记忆，构成了立体的城市文化与历史。因此在酝酿栏目伊始我就定下了'一人'+'一地'的模式——采访一位上海知名人士，让他或她讲述上海对其而言最有意义的地方，再将这段个人史，放在城市发展的背景中娓娓道来。"

她写童年的赵丽宏置身于河流的诱惑中，经过四川路桥时，少年会换成仰泳，能看见上海邮政大楼绿色楼顶上那一组希腊神话人物青铜雕像。"能看清这些雕像的脸，深邃面庞神秘安静地俯瞰人间，他总觉得那眼神里含着期待也藏着哀怨。"她写画家戴敦邦儿时所居的南文德里是一条"无甚名气的小弄堂"，却可翻墙进入刘海粟创办的美专校舍，看见遍地各种洋人石膏像而瞠目结舌，又可在弄堂口的棺材铺里迷恋观看绘画师傅"用金漆在棺材上描绘出各种图案"，连校门口为逝者画肖像的铺子也成为他整天出没之所。那呼之欲出、生气勃勃的民间！

我现在有些明白，为什么沈轶伦第一次出书时，坚定地用《如果上海的墙会说话》这个书名。城市是墙的迷宫和海洋，上海的无数道墙就是上海城市历史最广泛、最丰富也是最沉默的见证者，读这本书中50位各界名人记忆深处的上海，你不能不承认，上海确实就是这样一种异数：它从头到脚、从内到外，都流淌着不同来源的文化风尚，它的墙缝里夹藏着各个时代层垒下的暗语与传说；它大开大阖，日新月异，时髦，并且定义了时髦——"时髦不是人云亦云，流行什么穿什么的，那都是大路货，时髦就是要别具一格。"（沈轶伦采访关紫兰女儿梁雅雯时得到的语录）可同时，又从水泥地和柏油路面下稀薄的泥土里生出彷徨乡愁，从俯瞰街市与河流的半空中投下"含着期待也藏着哀怨"的眼神。沈轶伦让这座城市不断地翻新，又不断地合理。

如果上海的墙会说话，它们也许会表扬一句：这个人写得不错。现在，沈轶伦带来了"如果上海的墙会说话"的新一季，她用了《似是故人来》作为书名，因为，上海这座城，由人的经历砌成。

吴越（《收获》杂志编辑、青年作家）

2021年4月于上海

目录

沧海如何变桑田

打开城市的钥匙

守护一块梦田

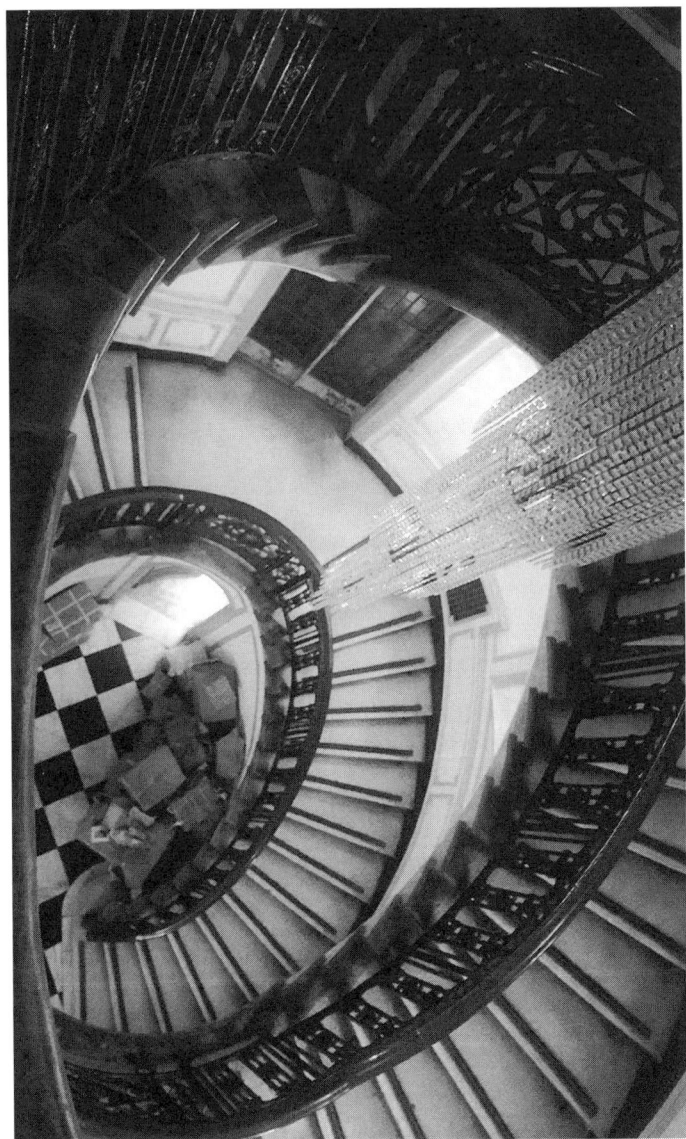

• • • • • • • • 倾听前辈足迹

蔡正仁：俞振飞在铜仁路的一百天

▲　**俞振飞**（1902—1993），著名京昆表演艺术家，工小生。出生于昆曲世家，俞粟庐之子。1957年任上海市戏曲学校校长。上海昆剧团首任团长。

●　**蔡正仁**，生于1941年，国家一级演员，师承俞振飞、沈传芷。中国戏剧梅花奖、上海白玉兰戏剧表演艺术主角奖得主。曾任上海昆剧团团长。

小镇青年蔡正仁第一次走进五原路俞振飞的公寓时，心里是紧张的。

20世纪50年代的五原路，一片静谧，两边梧桐掩映，高档公寓雅致宽敞。拾级而上，隐隐能听到室内笑声。很长一段时间，每逢星期天上午9点后，昆曲大师俞振飞家的客厅，有个"小生俱乐部"。在这样的场合，老师并不唱戏，只是随着大家聊天的内容，随时点拨一二。室内陈设高雅时髦，众人俱侃侃而谈，衣着整洁考究。

蔡正仁记得自己初入沙龙时倍感羞赧，他从没料想到，有一天眼前的沙龙会消失，也压根没有想过，老师有一天会落魄地睡在大雨如注的破屋里，而恰恰是自己，竟能有机缘接老师与自己同住。

至今在关于俞振飞的传记里，多提到大师在上海五原路和华山路1006弄华园的两处住所，却很少有人留意，在1976年，俞振飞曾有大约一百天的时间，栖身于学生蔡正仁夫妇位于铜仁路111弄51号沿街石库门的双亭子间里。那条弄堂里的人进进出出，甚至都没有留意，他们曾与全中国最重要的昆曲表演艺术家比邻而住过。

"小生俱乐部"

蔡正仁是江苏吴江人，1954年进入上海市戏曲学校昆大班学习。比起土生土长的上海学生，他老觉得自己一个乡下孩子，底气不足，看到校长俞振飞，更觉得诚惶诚恐。

第一次在周日上午去五原路俞振飞家，蔡正仁非常拘谨。周日到俞振飞五原路家的，不仅有当时活跃在舞台上的京昆小生，有正在戏校学艺的昆大班、京大班小生，还有从全国各个省市远道而来的小生，以及有志于这一行当的爱好者。大家每周日慕名而来，自发聚到俞振飞家，彼此交流行业见闻，点评近期的戏剧演出，等到上午11点左右，俞振飞老师起床后，会先喝一点茶，然后拿着茶杯过来和大家闲聊。

俞振飞并不是能随时滔滔不绝的人。某种程度上，俞振飞秉承着"不愤不启，不悱不发"的精神。如果蔡正仁去拜访他，即便提前一天两人已经约好了，见面要讨论哪一场演出，但如果见面时，蔡正仁不开口，俞振飞就也不开口。蔡正仁坐下后，俞振飞给他倒水，但不主动说话。相对默坐，实在太令人尴尬。为了打破冷场，蔡正仁只好绞尽脑汁去找话题和老师交谈。为了学会提问，蔡正仁逼着自己先对自己的演出进行反省和总结，甚至会在去老师家前一天先做好功课，准备好问题，再敢去老师家登门拜访。另外一方面，因为去俞振飞家的"小生俱乐部"的同行来自五湖四海。大家9点多聚齐后，在等11点老师起床前的两个小时里，也没法相对静默，必须要聊天。这样的聊天不能是漫无目的的，也必须是有条理、有主题的。蔡正仁也只好硬着头皮学会开口。长此以往，不善言辞的蔡正仁，在老师的客厅里，竟渐渐学会了交谈和提问。

而学会"问"，本身就是学会"学"的第一步。

和老师一起生活

俞振飞在和言慧珠结婚后，从五原路搬到华园居住。"小生俱乐部"也渐渐散了。不久后"文革"开始，夫妇俩再不能登台演出。1966年，言慧珠在华园去世。

到了20世纪70年代中期，学生们可以重新登门看望时，蔡正仁心疼地发现，老师的花园洋房屋顶被人捅了一个洞，外面下大雨时，屋内也水流如注。三楼和二楼都不适宜住人。俞振飞搬到洋房底楼原客厅处居住。房间非常潮湿，床不能靠壁，只能放在屋子正中央。而所谓的床，实则是两条长板凳上放着一张棕绷而已。

蔡正仁看到房间四壁都已经发霉，就买了马粪纸重新糊墙，但几天后一下雨，新贴的纸也都湿透作废。当时有一位照顾俞振飞起居的保姆，俞振飞的学生们敬称她一声嬢嬢。有一天凌晨5点，嬢嬢心急火燎地用公用电话打给蔡正仁求助，原来半夜下了暴雨，俞振飞睡的客厅已经水漫金山。蔡正仁闻讯，赶紧骑着自行车到华园一看，只见老师家的客厅全是水，屋子中央的床俨然是一个孤岛。老师孤苦无依地坐在"孤岛"上。蔡正仁先脱了鞋，赤脚蹚水走过去，背起俞振飞离开客厅，把老师放在没有积水的厨房，给他擦干。回头四望，看到这屋子实在不适宜人住，老师的被褥床垫上都是破烂棉絮，竟没有一点完整之处。蔡正仁就建议老师不如和自己一起住，他去向有关部门求助，申请为老师再分配一处住房。

当时，蔡正仁成婚不久，儿子还小。妻子在南京西路前哨照相馆工作。妻子家的住处，位于铜仁路111弄51号沿街石库门二楼的双亭子间。接俞振飞来后，蔡正仁妻子和儿子与嬢嬢睡一间。蔡正仁和老师睡一间。蔡正仁睡地板，俞振飞睡床。房间简陋，屋子和屋子用木板隔开，随便有人走动，蔡正仁的房间都会地动山摇。时逢6月，溽暑蒸人，蔡正仁把家里唯一一台小电扇对着老师吹。但睡到半夜，忽然觉得一阵凉风，睁眼一看，原来是俞振飞又悄悄把小电扇拿了下来，对着地上的蔡正仁吹。

重返舞台的候场时刻

铜仁路的房间虽小，但能遮风挡雨。周一到周六，蔡正仁夫妇上班，在食堂吃饭。嬢嬢则在家照顾俞振飞起居，做些简单饭菜。晚上各自用餐完毕，大家回到家里灯下聊天。兴致上来的时候，俞振飞会对蔡正仁夫妇兴致勃勃地聊往事。虽然不能登台亮嗓，也不能拍曲、闻笛，但不再有人来寻衅也没有人盯梢。这段身处铜仁路的日子，对历经劫波的大师来说，是难得的喘息。

师徒自忖，也许今生今世不再能唱戏。蔡正仁主动焚烧了许多曲谱，还把上台表演用的靴子交给妻子去劈柴。而这靴子偏偏制作得极好，妻子劈来劈去，竟都没有劈开。

一次蔡正仁的父亲从吴江乡下来，带了二十几只大闸蟹到上海来看儿子儿媳。蔡正仁的父亲在家乡时是京剧票友，久闻俞振飞大名。能有机会款待俞振飞，大家都高兴地对老师说："今天您敞开肚皮吃，吃它四五个大闸蟹都没有问题。"蔡正仁的妻子做了几样小菜，还买来了啤酒。不料大家正吃得开怀之际，忽然有人"笃笃笃"来敲门。众人一呆，开门一看，竟然是位警察。不知邻里中有谁去汇报，说蔡家聚餐，警察闻讯而来。蔡正仁说明情况，警察也点点头离去，回头一看，唯有俞振飞受惊不小，经历这些年后，老师已如惊弓之鸟。

好在，这一百天里，蔡正仁的奔走有了结果，有关部门在泰安路为俞振飞重新分配了一套住房，邻居里有不少文化界人士。蔡正仁等学生为老师打扫新居，一个时代即将过去。

1978年，湖南、浙江、上海、江苏等地昆曲工作者在南京座谈。同年，上海昆剧团成立，俞振飞任首任团长。1979年1月21日，《金玉奴》在上海演出，俞振飞、刘斌昆、童芷苓三位大师在"文化大革命"后首次重返舞台合作演出。1979年9月，在阔别近20年之后，上海昆剧团恢复上演《墙头马上》，演员的阵容里，有华文漪、王英姿、岳美缇、蔡正仁、刘异龙、梁谷音等。1981年11月18日，上海京剧院恢复建制，俞振飞任院长。

至于这条铜仁路，原名哈同路，1914年筑成，以英籍犹太房地产商哈同的名字命名。今天的上海展览中心位置，就是曾经的哈同花园，即爱俪园所在。1943年，哈同路改名为铜仁路。铜仁路上还有一条民厚里，这里曾经住过毛泽东、田汉、郭沫若等名人。随着静安嘉里中心的落成，昔日石库门几乎已不见痕迹。至于俞振飞1976年曾在铜仁路住过的111弄51号沿街石库门的双亭子间，名不见经传，自然也已经消失在城市更迭中，就如那些静默不能唱戏的日子一样，再不重现。

邹韬奋一家在万宜坊54号家门口合影, 1933年 (韬奋纪念馆提供)

邹嘉骊：我的出生地，也是父亲的纪念馆

▲ **邹韬奋**（1895—1944），中国近代杰出的新闻记者、出版家、政论家。

● **邹嘉骊**，生于1930年，邹韬奋之女。1985—1988年任上海韬奋纪念馆副馆长。

80多年过去了，邹嘉骊一直在找那张照片。

照片里的她，3岁，穿着浅色上衣和短裤，白袜黑鞋。留着小童短发的脑袋，一股劲往父亲邹韬奋先生的长衫里钻，自己的半张脸都陷入衣料里，紧紧抱住父亲大腿不撒手。像是在撒娇，又像是舍不得，好像是知道，眼前的这个男人是自己可以依靠的，但他也会离开，因此要抓牢。

同一时间，同一地点，邹韬奋全家五口在万宜坊54号家门口留下合影。全家合影里，邹嘉骊依旧保持抱住父亲的姿势，这张照片找得到。但是留住她用这个动作和父亲两个人的合影照，却一直没找到。

即便一生追随父亲的脚步，但如今想来，真正和父亲相处的时光，太短。

万宜坊里没有世外桃源

重庆南路205弄万宜坊54号，是邹韬奋先生1930年到1936年的居所。

坐落在当时法租界内的万宜坊，1923年由法商万国储蓄会集资启建，是一批有拉毛粉刷墙面的、三层砖混结构的新式里弄住宅。相比同时代的其他里弄，这里的生活条件和规划设施更为优越和现代。弄堂内为汽车留出宽敞车道，此外弄内有单层汽车间16间，二层汽车间4间，还有救火设施等。与之相应的，是最早来到万宜坊的住户，多为一批经济实力相对宽裕的人家，包括高级职员、官员以及一些高级知识分子。

资料显示：万宜坊13号住过著名数学家胡敦复；38号住过著名文学家钱杏邨；41号的朱志尧是著名实业家，求新造船厂老板；60号鲍咸昌，我国近代最大的出版机构商务印书馆创始人之一；71号方晃卫，无线电专家；72号顾翼东，著名化学家。1930年，来上海开展革命工作的丁玲、胡也频夫妇也住到了万宜坊。巧合的是，这对夫妻和邹韬奋、沈粹缜夫妇一样，都在1930年添了孩子——6月，邹韬奋的第三个孩子，也是唯一的女儿邹嘉骊出生。11月，胡也频的儿子胡小频出生。

1931年1月8日，胡也频一家在万宜坊留下了他们唯一的一张合家欢。但几天后，沈从文来到万宜坊，告诉丁玲胡也频被捕的消息。1931年2月7日，胡也频在龙华淞沪警备司令部被害身亡。得知噩耗后，丁玲决定将只有4个月大的孩子送回老家，她也离开上海，投身革命洪流。

住在当时租界内的万宜坊里，抬眼所见，是整洁的房屋与可爱的孩子，一切都是舒适温馨的，但是身处其中，却不能假装视若无睹外界的贫苦与黑暗。若不能了解这一点，大约就不能明白，看起来完全是斯文书生样子的邹韬奋先生，为何会不顾一切离开家人，尽瘁国事。

趴在地上哭的父亲，以笔为枪的父亲

邹韬奋先生在1926年10月，以中华职业教育社编辑股主任的身份接办了职教社的机关刊物——当时发行量为2800份的《生活》周刊。在他的主持下，《生活》周刊敢于批评时政，攻击黑暗势力，发行量高达4万份，最高时达15万份。1931年"九一八"事变后，邹韬奋在周刊里写道"本周要闻，是全国一致伤心悲痛的国难，记者忍痛执笔记述，盖不知是血是泪！"针对当局不抵抗的政策，邹韬奋接连发文怒斥：《宁死不屈的保护国权》《宁死不屈的抗日运动》《宁死不屈的准备应战》。

有铮铮铁骨的邹韬奋，也实在是个好家长，只要他回来，家里气氛就很温馨，他和沈粹缜说话，总是那么风趣和幽默，他喜欢看电影，还会学卓别林跳舞。一次邹嘉骊不开心，趴在地上哭，为了哄女儿，邹韬奋也一起趴在地上假装哭，直到邹嘉骊破涕为笑。

可是邹韬奋毕竟太忙了，很少在家，即便回来，也是躲进亭子间小书房，用文字宣传抗战，翻译《革命文豪高尔基》。时局不容许，也不能让他有机会做一个优哉游哉的父亲。

1933年7月，因名列国民党暗杀黑名单，邹韬奋被迫去欧美考察，至1935年8月回国。他先后于沪、港创办《大众生活》周刊、《生活日报》、《生活星期刊》，并任上海和全国各界救国会执委。1936年7月，邹韬奋与沈钧儒、章乃器、陶行知联名发表《团结御侮的几个基本条件与最低要求》。11月23日，邹韬奋与沈钧儒等7人被当局逮捕，史称"七君子事件"。

纪念馆里，一桌一椅都是回忆

离开万宜坊时，邹嘉骊还太小了，对屋内的摆设和家里的情况，记忆不多。但她记得，母亲的辛劳。为了支持邹韬奋先生的工作，沈粹缜一人担负起所有的家务。邹韬奋将每月收入悉数交给沈粹缜，沈粹缜除了打理全家开支外，还要赡养邹韬奋的父亲，并资助邹韬奋的弟弟。

一次，邹嘉骊的二哥邹嘉骝调皮，拾了万宜坊阴沟里不知名的野果子吃，当晚大病，以致手脚都渐渐凉了。

所幸有个邻居闻讯前来，用土方急忙喂孩子吃铁锈，到了黎明，邹嘉骊才慢慢苏醒。20世纪50年代，邹嘉骊在邹嘉骊的陪同下回到万宜坊，看见父亲的亭子间时，还能清楚回忆："有一次我惹恼了妈妈，爸爸罚我拿小凳子坐在门口。"

童年的这段上海记忆，随着战事到来戛然而止。上海沦陷后，邹韬奋先生先转移去香港，后去武汉、重庆，再去香港、广东。沈粹缜也带着三个孩子跟随这条线路而去。但即便是带着孩子们离开上海，能干的"邹师母"沈粹缜还周到地将家里所有的家具都寄存南通妹妹家里。等到1956年上海开始筹建邹韬奋纪念馆时，沈粹缜得以将所有家具带回上海。

几乎辗转了大半个中国后，邹嘉骊再次回到上海，回到父母身边，等待她的不是团聚的喜悦，而是父亲病重的事实。1944年7月，邹韬奋在上海医院过世。他临走前还在遗言里叮嘱："小妹爱好文学，尤喜戏剧，曾屡劝勿再走清苦文字生涯之路，勿听，只得注意教育培养，倘有成就，聊为后继有人以自慰耳。"

选择了清苦文学路的"小妹"，长大后担任出版社的校对、副编审，1985年担任上海邹韬奋纪念馆副馆长。她回到了出生地，并用此后一生，真正做到了邹韬奋先生的"后继有人"。为了完成《韬奋全集》，她每天骑自行车往返康平路住处和万宜坊之间，历时10年，完成了14卷

800万字的大工程，后又往返于康平路和位于长乐路的韬奋基金会之间，再花10年，完成了《韬奋年谱》三卷本，即《邹韬奋年谱长编》。

"小妹"已是年过九旬的老人了，她至今还在编著《我的文字生涯》。几乎是在步入晚景的时候，邹嘉骊又再次走入童年，她在一次次寻访韬奋先生手稿的过程中，在书面字纸和别人的口述中，与那个年轻时代的父亲不断重逢。那是本应属于年幼的她与父亲共度的时光，那是父亲没有向她展示的人生另一面。

一如父亲当年趴在地板上安慰她一样，如今，邹韬奋依旧用另一种方式，陪伴着邹嘉骊的每一天。在她的客厅里、书桌上、书架上和手机里，邹韬奋无处不在，还像当年一样风趣，似乎随时会轻轻呼唤她"小妹"。

夏衍：重华新村里的戎装书生

▲　　夏衍（1900—1995），著名作家、文学评论家、翻译家。

●　　沈芸，电影艺术研究中心副研究员。夏衍孙女。

1949年5月27日下午4点左右，一辆吉普车停在了南京西路1081弄重华新村门口。从车上跳下一个年约50岁、一身戎装的男人，熟门熟路地走入弄内。居民们惊呆四顾，这个腰佩手枪的人是何方神圣，"怎么径直到了这里？"直到这男人在59号A楼门前停下，闻声而出的孩子尚在发愣，竟一时没有认出眼前军人不是别人，正是自己阔别3年的父亲——夏衍。

就在这一天上午10点，夏衍刚刚抵达上海市区，开始参与这座伟大城市的接收工作。从文管会位于旧法租界霞飞路（今淮海路）旧教育局的会议室出发，他抽空回到重华新村，只来得及洗澡拿了几件衣服就又回到会议室投入工作。

在过了60多年后，当夏衍的孙女沈芸站在重华新村门口确认爷爷昔日住所时，不禁莞尔。与夏衍在上海的多处旧居一样，59号的房子有个显著特点：房子都有前后门。这是夏衍在白色恐怖下多年从事地下工作所留下的生活痕迹。这里，是夏衍一家见证上海解放的地点。

静安寺路上的重华新村

南京西路，旧名静安寺路，为上海公共租界第一批越界筑路。1937年，兵临城下，时局动荡，随着大批平民涌入租界以期避难，租界内房价大涨，看准商机的买办虞洽卿乘机在静安寺路1081弄内建造了一批砖木二层新式里弄房，取名重华新村，同时在里弄深处又建造了10幢左右底层为店面、楼上是住家的小型公寓房，取名重华公寓。

弄堂口最著名的地标建筑当属知名酒家——梅陇镇酒家。这一酒家最初建于今威海路上，后转让给民主人士吴媚，成为左翼戏曲、电影界人士聚会的场所。当年邓颖超就曾鼓励越剧演员袁雪芬多去"梅陇镇"以接触进步人士，著名的"越剧十姐妹"结拜仪式也在这里举行。而弄堂口昔日另一地标——大夏大学分校已经不复存在。大夏大学于1924年初创时，校舍在小沙渡路201号，后建立校舍于中山路，但"八一三"炮声一响，学校损失甚巨。几经内迁、合并等周折后，1938年依旧困守于上海的教授们曾一度租赁重华新村梅龙镇楼上房间为校舍，成立大夏沪分校。著名儿童文学翻译家、作家任溶溶大学时代曾在此就读，在他的回忆里，大学所在的弄堂门口两旁，咖啡馆整日价香气扑鼻，弥漫于书香之中。

在这条弄堂里，另一位著名的住户是作家张爱玲。1947年至1950年，搬离常德公寓的张爱玲曾经和姑母居住在重华公寓，其间，张爱玲的母亲也曾来此与她们小住。1949年解放军进城时，张爱玲就在重华公寓的窗口，见证了上海翻开历史新的一页。

虽非狡兔却有三穴

不过，重华新村并非夏衍落脚上海的第一站。

1920年夏，青年夏衍即将从浙江省立甲种工业学校毕业，对前途自感彷徨的他骗母亲去"寻生意"，有生以来第一次"出远门"，目的地，就是上海。

初生牛犊的他抵沪后，贸贸然想去寻找陈望道先生咨询前程，但却记错了地址，几次三番都没有寻到先生。回到小旅馆，他一封又一封给自己认识或者知名的人写信，竟然意外得到知名人士吴稚晖的回应。素不相识的吴稚晖主动到他下榻的旅馆来看他，临别鼓励他"年轻人，不要怕失败"。

似乎是上海之行带来的好运，回到家乡后，夏衍就得到了学校公费保送去日本留学的机会。同年9月，他再次来到上海，从福州路振华旅馆起身，搭船赴日。

1927年东渡归来时，夏衍已经洗脱稚气。回到祖国后，他也先在上海落脚，暂住在校友蔡叔厚的绍敦电机公司的楼上，等到与留日归来的未婚妻团聚后，夏衍于1930年结婚，翌年女儿沈宁出生。为了给小家庭找到一个舒适安全的住处，夏衍在唐山路685弄（业广里42号）安下家来。小屋一墙之隔就是夏衍二姐沈云轩家，一旦有情况，大门被堵住，还能从暗门逃走。此时，夏衍已经入党，并成为左翼积极活动分子，对外则是一名翻译家和撰稿人。

1935年，受到第三国际情报局远东负责人华尔敦事件牵连，为躲避追捕，夏衍又在蔡叔厚建议下搬到爱文义路（今北京西路）卡德路口（石门二路）一个白俄女人开的公寓避居。这是一座西式二层楼房，一共只有4间客房，可以包伙食，这个房子也有前后两个门。当时除了居住一位老洋人外，其他都空着，虽然房价较贵，但安静安全。难得的平静时光里，夏衍在这里创造了第一个多幕剧《赛金花》和独幕剧《都会的一角》。夏衍后来自嘲"虽非狡兔，却有了三穴"。

于战事频仍的1937年8月，夏衍参与创刊《救亡日报》，同月儿子沈旦华出生。然而11月上海沦陷，覆巢之下已无完卵，夏衍很快受命离开上海赴港工作，先后去广州和桂林复刊《救亡日报》。留在上海的妻子和一双儿女于1943年离沪前往重庆。

直到1946年抗战胜利后，一家人才重新回到阔别的上海。在夏衍自传《懒寻旧梦录》里，他写道："我为了安顿随同《新华日报》同人回到上海的家属，在静安寺路重华新村租了两间房子和胡绳夫妇同住。"与夏衍之前在沪落脚的所有住所一样，重华新村有两个出口，前门出口在静安寺路，门口即为梅陇镇酒家，后门出去能与静安别墅相连，一旦遇到情况，可以迅速撤离。但甫一安顿好家人，夏衍于1946年10月30日和潘汉年又要飞赴香港根据党的指示继续工作。

等到3年后的1949年，夏衍以全新身份回到上海时，他已经不再是一个简单的撰稿人、翻译家或剧作者，而是华东军事管制委员会的主要领导之一，西装革履的书生穿上了戎装，家人这才知道他的真实身份。不过，这天他抽空回到重华新村的举动被负责保卫的人知道后，人们认为"长官"过于冒险立即向上汇报，立即给夏衍配备了警卫和专车。

沈芸记得，爷爷曾告诉儿孙辈，在解放军刚刚进入上海的时候，陈毅曾来找他询问："哪里有好吃的？"熟悉上海犄角旮旯儿美食的夏衍就带着陈毅两个人一路寻出去买了馄饨来吃。回来后只见负责保卫的同志脸色大变，将两人的警卫一顿教训。这件事让夏衍心里也觉得不习惯，他并不把自己当作一个官，却此后出门必须时时通知保卫处了。对于上海来说，此刻他已经不再是当年能随意在街上溜达买报看的青年了。

到1950年，夏衍一家搬到了安亭路41弄21号的英国式花园，5年后，夏衍从这里受命赴京。

上海味道陪伴终身

2013年，当沈芸来到地处南京西路梅龙镇伊势丹对面的重华新村，确认爷爷1946年到1950年的住址时，热情的居民曾纷纷告知：弄堂里的门牌号基本没变。59号A幢公寓共有三层，夏衍及其家人曾经居住过的是59号的底楼，朝南为前门，朝北为后门，出门不远就是昔日著名的平安大戏院，一整天南京西路都热闹繁华。

不过在沈芸的记忆里，离开这里不远的瑞金一路118弄16号夏衍姐姐的房子，则是夏衍家第二代和第三代与这座城市保持感情的"上海基地"。

上个世纪50年代，夏衍到北京生活后，日常的衣食住行还是保留了上海的审美和趣味。家里餐桌上始终是海派口味的小排骨、菜饭和毛豆。一旦有亲友到上海，必定会受托为夏衍购买上海的火腿、南风肉、冬笋和丝绵被，然后在瑞金一路夏衍姐姐家打包，之后从思南路邮局寄往北京。

那些是上海岁月里的滋味，塑造了青年的夏衍，见证过他投身革命的青葱岁月，也在日后成为滋养他后代一生味蕾的基调。

顾维钧在嘉定：月是故乡明

▲ **顾维钧**（1888—1985），任国民政府驻法、英大使，联合国首席代表、驻美大使，海牙国际法院副院长。

● **杨雪兰**（1935—2020），生于上海，曾任美国通用汽车公司副总裁，美国百人会首任会长和创始人之一。

1984年10月18日，顾维钧在美国寓所里手书两句诗——"露从今夜白，月是故乡明"。此时的他，已经97岁。他将这幅书法遥赠嘉定博物馆，这一年，距离他第一次离开中国去美国，已经过去了整整80年。

由于长年担任驻外使节工作，顾维钧人生中的大部分时光在海外度过。私底下，他的生活习惯非常洋派。在家里，他和家人说英语，到了晚上，他要穿着整齐的正装吃西餐，身后还站着一位侍应生腕挂白餐巾随时服侍。

然而，在继女杨雪兰的记忆里，顾维钧越是到了暮年，越是强调自己的中国人身份。对这位已经将英语作为日常用语的老人来说，究竟是什么促使他开始重拾书法，重新打开线装中国典籍阅读？

在和孙辈玩耍的时候，他会告诉孩子们他记忆里的家："我记得，嘉定城中古老的法华塔、江南最大的孔庙、城西门的顾家老宅，以及家乡的塌棵菜和罗汉菜。"

在离开人世半年前，1985年5月，他用有点歪斜的笔，再次默写了那首千百年来感动过千百万中国人的《回乡偶书》——

少小离家老大回，
乡音无改鬓毛衰。
儿童相见不相识，
笑问客从何处来。

绕过大半个地球，顾维钧终究不曾忘怀：嘉定，是他的故乡。

从嘉定出发

嘉定，秦时属会稽郡娄县；南北朝时，娄县分置信义县，遂隶属信义县；信义县又分置昆山县，便隶属昆山县。南宋嘉定十年十二月初九日（1218年1月7日），分昆山县东五乡二十七都置嘉定县，以年号为名，建县治于练祁市（今嘉定镇），风景秀丽，闻名遐迩。

资料显示：嘉定自宋以后，境内名胜景观渐多，尤以50多个私家园林为最。1928年创建于嘉定镇内的奎山公园（现汇龙潭公园）为县境内最早的公园。抗战时期至建国前夕，私园和公园大多毁于战火或被移作他用。1949年后，明代江南名园秋霞圃、古猗园修复后丰姿再展，始建于南宋的孔庙、五代的南翔寺砖塔光彩重现；以奎山公园残存景点为基础扩建的汇龙潭公园面貌一新；始建于南宋的法华塔于纠偏修葺后恢复初建时原貌，与州桥老街保护区构成"四桥拱一塔、二水绕三楼"的独特景观。此外，还有数十座古石桥、古寺、古树、书院、纪念亭阁、名人墓葬等诸多古迹。

嘉定，在近800年的历史发展中，文教昌明，科第不绝。宋代有进士12名，明代有进士103名，清代有进士77名（其中状元3名）。元代学正王子昭捐田2700亩助学，开兴学育才之先河；明代嘉靖年间，归有光徙居嘉定讲学13年，人称"隆庆之后，天下文章萃于嘉定，归有光之真传也"。明嘉靖、隆庆年间，朱鹤始创嘉定竹刻，融书法、绘画、雕镂于一体，与其子朱缨、孙朱稚征合称"三朱"，名噪海内。1843年以后，嘉定的经济文化发展深受西方影响，人文郁盛。饮誉海内外的职业外交家顾维钧，曾任驻法国巴黎总领事的廖世功，全国人大常委会原副委员长、中国民主建国会创始人之一的胡厥文，中国青年运动的卓越领导人、中国共产党早期优秀活动家顾作霖等，均是嘉定的骄傲。

顾维钧，字少川，1888年1月29日生于江苏嘉定（今属上海嘉定区）。3岁时，入旧式私塾读古文经典。1898年，百日维新，当时他才10岁，但已清楚地记得周围的人都模模糊糊地希望变革成功。维新虽未成功，但关于"新"的理念影响了他，让他渴望看看更广阔的世界。虽然还是孩子，但顾维钧决定，不走科举仕途。1899年，顾维钧考入上海英华书院，开始接受西式教育，1901年考入圣约翰书院。

一次经过上海市区的外白渡桥，顾维钧看见一个英国人坐着黄包车，拉车上桥本来就很累，他还用鞭子抽打车夫。顾维钧愤怒地斥责他：Are you a gentleman?（你算不算是个绅士？）还有一天，为避开马路上的车辆，顾维钧骑自行车跟在一个骑车的英国男孩后面骑上了人行道。租界英国警察放过了前面的男孩，却将顾维钧逮住，还要罚款。这种区别对待令他感到不公。顾维钧说："我不知道有这个规矩，我是跟在英国男孩的后面的。"但警察就只罚中国人。回忆这段往事时，顾维钧告诉子女："当时我年岁太小，并不理解政治变革，但我能感到，有些事很不对劲，有些事应该得到纠正。我从小就受到影响，感到一定要收回租界，取消不平等条约。十五六岁的时候，我就决定今后要从事外交政治。"

16岁时，顾维钧前往美国哥伦比亚大学，专攻国际法及外交。当决定出国留学后，顾维钧决定剪掉辫子。理发师犹豫了一阵，再三问他是否真剪掉辫子。他说："是的。"于是理发师鼓起勇气替他剪了辫子，并向他加倍收费。顾维钧将辫子用丝带扎好，带回家里交给母亲。母亲大吃一惊，哭了起来。这一年是1904年。8月，顾维钧和同学一行七人赴美留学。此时距离辛亥革命，尚有7年。

海外赤子心

杨雪兰曾去哥伦比亚大学找过继父的成绩档案。出乎她意料的是，顾维钧在哥大起初两年的成绩多为D和C-，杨雪兰还特意去电咨询哥大老师，是否在1904年D和C标志别的意思。老师们回答，和今天一样，就是中下和不够优秀的意思。原来顾维钧并不是个学霸，或者准确地说，并非一开始就是一个学霸。杨雪兰由此感慨："可以想象一个年轻的中国男孩初到异国他乡，在读书时遇到多大的困难。"

但到了第三年和第四年，顾维钧的成绩就开始上升。在哥大，他主修国际法与外交，由穆尔教授指导。除了学习，他参加了通常由法学社主办的讲演和辩论比赛，当上了大学辩论队的代表，这在当时引起了一定震动，因为顾维钧是队里唯一一个外国人。此后，各俱乐部和社团时常邀请顾维钧去演讲。顾维钧演讲的题目通常都是有关中国的——中国的形势、中国的问题、中国的前途。他还参加了《旁观者》杂志编辑部成员的合格考试，四年级时当上了总编辑，对于在校学生来说，这是了不起的荣誉。他成了校园里的活跃人物，后来还参加了戏剧社。一度，他想毕业后办报纸，也想过当律师，但是1911年，辛亥革命爆发了，顾维钧为国效力的梦想再次被点燃。

1912年2月，顾维钧收到中国驻华盛顿使馆的公函，袁世凯总统邀请他去他的办公室当英文秘书。此时的顾维钧还没有完成哥伦比亚大学的博士学业，本想拒绝。导师穆尔教授知道这事后说，他知道顾维钧读书是为了准备服务国家的，而这就是一个非常好的机会。顾维钧问：论文怎么办呢？导师接受顾维钧已经完成的论文引言部分，将之作为博士论文。顾维钧回国，从此踏入政坛。

1919年，第一次世界大战结束，顾维钧作为中国代表赴巴黎参加巴黎和会，据理力争山东归属问题，面对损害中国主权的和约，代表团最终拒签。顾维钧这样记录："这天清晨，我驱车缓缓行驶在黎明的晨曦中，我觉得一切都是那样黯淡——那天色、那树影、那沉寂的街道。我暗自想象着和会闭幕典礼的盛况，想象着和会代表看到中国代表座席上空荡无人时，将会怎样的惊异和激动。中国的缺席必将使和会，甚至使整个世界，为之震动。"

弱国无外交，但弱国有外交家

1966年，顾维钧从任职了10年的海牙国际法院退休，

　　　　　　　　　　　　似是故人来

从此在美国纽约专心和太太严幼韵享受天伦之乐。继女杨雪兰从小认识"顾伯伯"，如今成为一家人，更能近距离接触这位外交家的风采。生活中的顾维钧幽默、风趣，非常喜欢一切新鲜好玩的事物，这与他在肖像照中表现出的严肃判若两人。

一次，全家计划去南美旅游，但顾维钧没有护照。家人建议他去联合国申请"无国籍"证明。顾维钧严词拒绝了，他说："我怎么是没有国籍的人呢？我一生都是中国人。"

最终，他再也没有出远门旅行。

严独鹤：在重庆南路三德坊

▲　**严独鹤**（1889—1968），浙江桐乡县乌镇人。曾任中国发行量最大的报纸之一《新闻报》副总编辑，主编副刊《快活林》《新园林》超过30年。

●　**严建平**，1954年生于上海，《新民晚报》原副总编辑。编辑副刊《夜光杯》超过30年。

严独鹤在三德坊家中（严建平提供）

一

　　来接严独鹤的车停在重庆南路三德坊7号门口。严建平知道，祖父又要出门去开会了。

印象里的祖父，低调、谨慎，对孙儿也不吐露太多。整个童年，严建平的父母都在北京工作，他被留在上海的祖父母膝下。寂寞男孩独自长大，学会了去书里找慰藉。但少儿图书馆的书都低龄化，想看军事书和历史传记书的男孩就去街道图书馆借阅。这里的图书管理员一看他带去作凭证的户口簿就笑了："你祖父是上海图书馆副馆长，你们家里人还要来我们小图书馆借书吗？"

要到20多年后，严建平才开始了解祖父的另一个身份——在人生最后岁月，除了静坐书斋，几乎不再提笔写作的严独鹤曾是驰骋报业的新闻人。三德坊7号，见证过祖父的奋斗，也守护了祖父的沉默。随着20世纪末重庆南路开建高架拓宽道路工程，三德坊西侧几排房子全被拆除，严建平童年的家，连同他曾在祖父身边的日子，也一起消失在城市的历史中。

二

1889年，上海法租界公董局越界修筑重庆南路，起初名为卢家湾路，后以法国驻华公使吕班之名改名吕班路。同样在1889年，严独鹤出生了。他6岁进学塾，14岁应试，县府道三试，都在前三名之列，中了当年第二名秀才。

严独鹤的父亲是江南制造局的文案主任，接受新思想的他并未鼓励儿子走传统科举仕途，而是希望儿子接受现代教育，因此把严独鹤送到了江南制造局所属兵工学校，之后又送到广方言馆学习法文和英文，为出国留学做准备。

不料，父亲骤然离世，打乱了严独鹤继续深造的脚步。才19岁，他就不得不挑起全家生活重担。在辗转上海和江西多地教书后，严独鹤在1913年进了中华书局当编辑；1914年，应聘进入《新闻报》担任副刊编辑，从此开始长达30多年的报人生涯。

1928年，在重庆南路东侧、淡水路西侧、太仓路北侧、兴安路南侧，建起一批新式里弄建筑，名为"三德坊"。看到这批新房产出现，已经在报社独当一面的严独鹤"顶下"7号一幢房子。小楼底楼有客堂和汽车间，二楼和三楼各有两间厢房和两个亭子间，底楼也有厢房，客堂外还有一个小小的天井。整个大家族，就以这里为圆心安顿下来。

离三德坊不远，1930年到1936年，重庆南路205弄万宜坊内，居住过中国新闻出版家邹韬奋先生。还住过著名文学家钱杏邨以及丁玲、胡也频夫妇。1946年4月，教育家陶行知来沪，至7月脑溢血逝世时，他寓住的重庆南路53号也离三德坊不远。文人们在这条路上留下足迹和友谊。在三德坊7号的常客中，严建平常常见到来拜访自己祖父的，就有陆澹安、郑逸梅、周瘦鹃等文化名人。

新式里弄房子，不仅煤卫独立，还有效仿西式别墅的烟囱和壁炉。在幼年的回忆里，有一次，母亲把二楼的三用沙发翻成床，让严建平和妹妹们躺在上面。那个夜晚，不知何故，家里把平日不常用的壁炉点燃了。火光映着妈妈的侧脸，妈妈柔声给孩子们讲故事。这温馨的围炉夜话的场景，久久留在严建平心里。

不过，在马上到来的大炼钢铁的运动中，壁炉的铁栅栏被拆掉，再后来，整个三德坊加盖了一层，烟囱被封掉了。严建平的父亲赴京去国防单位工作，母亲一同北上。留下严建平自己，开始独立探索三德坊外面的世界。

三

严独鹤喜欢听评弹，常带严建平去重庆南路附近的大华书场听书。天蟾、共舞台、大舞台的观众席里，也留下了祖孙俩的身影。因为父母不在身边，祖父母又不多加管束，因此在放学后组织学习小组时，同学们最喜欢去严建平家里玩。大家在三德坊7号的客厅里把红木八仙桌移到了中央，再拼一块洗衣板打乒乓，又或者拉起阵仗，在家里打弹弓、打康乐球。

渐渐地，严建平长大了，性子也变得沉静下来，还结交了一些大他几岁的青少年朋友。他便开始学着收集香烟牌子，后来开始集邮。看到严建平去淮海中路上的伟民集邮社换邮票、买盖销票，时任全国政协委员的严独鹤每每赴京参会回沪时，会给孙子带一些纪念邮票，作为无声的鼓励。祖母也会把邮票作为六一节的礼物送他。

昔日，在主管副刊时，严独鹤曾慧眼独具向张恨水约稿，也曾亲自对政治、经济、艺术、教育等各个领域都有涉猎评述，还提出副刊取材的标准，即"隽雅而不深奥、浅显而不粗俗、轻松而不浮薄、锐利而不尖刻"。可是这样一个祖父，却从不对孙子的功课予以指点。每年成绩单发下来，严独鹤更关注的是孩子的操守品行，而非分数。

只有一次，严建平参加卢湾区少儿图书馆的作文比赛活动，获得优胜奖，图书馆指名要他去开会发言。从未参加过这样的校外活动，严建平有一点忐忑。他预先写了发言稿，请祖父过目。只记得，严独鹤为他在文中添加了"学而不厌"这样一句话，又讲解了"默而识之，学而不厌，诲人不倦，何有于我哉"整句话的含义。整个求学阶段，祖父为自己讲解，这是绝无仅有的一次。整个与祖父相伴的岁月里，祖父露一手旧学功底，这也是绝无仅有的一次。

四

再长大些，严建平开始喜欢看书了。过去，看到小孩们淘气喧嚣，严独鹤从不出声制止。但现在，看到孙子在看旧书，严独鹤却一定坚持要管。一次，严建平跟着大孩子们去旧书店买回《水浒后传》，祖父见状坚决不允许他把书留下，以旧书不卫生为名，要求孙子去书店退货。

还有一次，严建平听说样板戏《沙家浜》在向全国听众征询意见，就兴致勃勃地对戏里的台词提出自己的修改意见，寄信给了北京京剧团革委会。看到家里来了一封北京的回信时，从不训斥孙子的严独鹤要求严建平绝对不能再给样板戏提意见。

1968年，严独鹤病倒了。有一天，他把严建平叫到跟前，用沉重的语气说："阿平，公公的病这次看来是好不了了。现在我有两件心事，一件是你爹爹不知怎么样了，另一件是你奶奶今后的生活，希望你们今后能好好照顾她。"说完，他的眼睛湿润了。8月26日，严独鹤去世。

1986年，上海市政协和上海市新闻学会举办了"严独鹤九十七诞辰纪念会"，会上，各位老报人重新评价严独鹤对新闻事业的贡献。1988年，严建平去北京拜访夏衍，临别时，夏衍告诉他："独鹤先生是真正的新闻界前辈，他在敌伪时期那么困难的情况下，保存了民族气节，这是很不容易的。"

此时，自己也在报业副刊担任编辑的严建平，才真正开始走进祖父的内心世界。这一次，不是以后代思念家里慈祥的老人的立场，而是以同行的身份，开始慢慢了解严独鹤一生的艰辛与成功，痛苦和欢乐。

张人凤：祖父张元济在上方花园

▲ 张元济（1867—1959），出版家、教育家、文献学家与爱国实业家。

● 张人凤，张元济之孙。1940年出生于上方花园。

　　每看到祖父写完一个字，张人凤就要上前，用自己的小手帮着把纸向前挪动一点。再写完一个字，就再向前挪一点。等祖父把一副对联写完，祖孙俩相视一笑，满意地看着桌上共同"合作"的作品。那种快乐的感觉，成为张人凤心里留存的、关于祖父张元济最温暖的画面之一。

　　画面发生的时间，是在抗战时。地点，是在淮海中路上方花园24号。正是在这幢楼里，出版家、教育家和爱国实业家张元济度过了人生最后20年，历经抗日战争、解放战争、中华人民共和国建立三个历史时刻。

　　如今，当年站在桌前的孩子，已经是耄耋之年的老人。但年过八旬的张人凤还能记得上方花园里的一草一木，还有祖父的大砚台。在最艰难的岁月里，那砚台里化掉的无数八角形大墨锭，不是舞文弄墨的闲情雅致，而是

　　　　　　　　　　　　　　　　似是故人来

张元济拒绝与日伪合作、宁愿鬻字度日的气节。

从沙法花园到上方花园

上方花园，属于花园住宅。这种住宅既有别于石库门，也和独立式花园洋房不同，一般采用里弄住宅的外形，但其建筑标准和室内装饰、煤卫设施都接近于独立式花园住宅。1949年前，全上海这类住宅建筑面积134.1万平方米，占里弄住宅的6.92%，属于当时上海中高档生活象征。上海早期的花园里弄住宅有1907年建造在静安区爱文义路（今北京西路）707弄的王家库花园、1914年建造在虹口区狄思威路（今溧阳路）1156弄的花园住宅、1923年建造在原卢湾区亚尔培路（今陕西南路）39—45弄的凡尔顿花园（今长乐村）等。

1925年以后建造的花园住宅，也被称为后期的花园住宅，住宅结构大都已采用混凝土构件。其中具有代表性的有1925年建造在长宁区安和寺路（今新华路）211弄、329弄的"外国弄堂"；1930年建造在徐汇区雷米路（今永康路）175弄内的花园住宅，1938年由中和银行出资建造在静安区威海卫路（今威海路）727弄的威海别墅，1941年由中国农业银行出资建造在徐汇区福履理路（今建国西路）506弄的懿园和1942年由上海兴业信托社建造在市光路133弄的三十六宅（36幢花园住宅）等。

1916年，在霞飞路（今淮海中路）南侧的地块上，原有一大片土地为英籍犹太人沙法的私园，园中布局是西洋花园、喷水池、草坪，据说内景与今天的复兴公园相似。1933年，沙法花园的部分园地售与浙江兴业银行后，于1938年至1941年由银行投资分期建造混合结构住宅6排。最终建起75个单元，其中三层花园里弄住宅68个单元，四层公寓1个单元，三四层新式里弄住宅各3个单元，另有平房汽车间3间，合计建筑面积24502平方米，仍名沙法花园。

沙法花园东邻新康花园，西近宝建路（今宝庆路），南近辣斐德路（今复兴中路），建筑形式为西班牙平顶型，平面布局由甲、乙、丙、丁、戊5种型式单元组成。一般底层为起居室与餐室，入室前有小门厅，后部为书房及辅助用房，有小卫生设备1套。二楼大小卧室4至5个，前卧室内设挑阳台，设大卫生设备1套，三楼卧室2个，设大卫生设备1套，少数也另装小卫生设备1套。另在北部有晒台，南面有小平台。住宅内的栅门、窗栅、阳台栏杆多用铸铁精制；室内宽敞明亮，采光通风良好，铺硬木地板，煤卫设施齐全。上海人口中居住身份与地位象征的"钢窗蜡地"所指即如此。

抗战胜利后，沙法花园的住户们希望去掉洋人命名，大家商议后，由张元济为其改名为"上方花园"，意为"风水宝地里一块美好静谧之地"。张元济还为门口的水泥立柱题写了花园名。

拒绝与日伪合作

1939年3月8日，73岁的张元济举家迁居上方花园24号。之后在这里，度过了人生最后20载光阴。当时，上方花园住了不少文化名人，包括颜惠庆、张国淦、潘序伦等。

来上方花园之前，张元济原住极司菲尔路（今万航渡路）40号，他在那里编纂了《四部丛刊》和《百衲本二十四史》，还接待了蔡元培、胡适等文化名人。1926年，张元济从商务印书馆退休，儿子张树年在一家小银行工作，收入渐渐不足以支撑大家庭开支。1932年1月，日本多架飞机向商务印书馆投下炸弹，浓烟蔽日、机器尽毁，大火殃及东方图书馆，张元济多年苦心搜集的大量古籍孤本付之一炬。张元济为此痛苦难当。随着1937年淞沪会战开战，极司菲尔路、愚园路一带成为日伪军警、特务盘踞之地。张元济住宅西面不远处，就是汪伪特工总部"76号"魔窟。面对内忧外患，张元济只得将极司菲尔路老宅卖掉。恰逢上方花园出售，当时花园内的24号为浙江兴业银行天津分行大主顾张某所购，他买下后暂不来沪居住，愿意出租。经好友浙江兴业银行董事长叶景葵介绍，张元济遂将24号租下。

24号共3层，每层有两间并排朝南的大房间，屋前有一个小花园。张元济将底层东侧作客厅，西侧为餐室。张人凤记得，客厅正中墙上挂的是清初龚鼎孳和孙承泽所书堂幅，澹归大师的屏条挂在右侧。餐室近窗放置3只书橱，内藏《四部丛刊》和《百衲本二十四史》。

张元济的卧室在二楼西侧，兼做书房。张人凤记得：房间内除了几件简朴实用的家具，就是大堆大堆的书；房间西北角放着一张黄褐色的床，那是张元济的儿子、即张人凤的父亲张树年工作以后用第一个月的工资为张元济夫妇定制的；床前有一张红木方桌，这是曾祖母的妆奁，现在成了祖父的工作台。张人凤本人，则于1940年出生在上方花园24号三楼朝南西边的大房间里。

张元济是清末翰林出身，但学习了西方的企业技术，从34岁到92岁都在为商务印书馆工作，历任编译所所长、经理、董事长，带领商务印书馆从一家印刷工厂成为国内出版巨头。但他并不把商务印书馆当作家族企业，不仅本人在60岁时退休，还不允许独子张树年入商务印书馆任职。

上海沦陷后，张元济拒绝与日伪有任何往来。1942年，当看到三个来访日本人递上的名片后，张元济拒绝下楼，就在名片背面写明"两国交战，不便接谈"，交由儿子递给来访者。即便商务印书馆当时遇到困境，张元济也不愿与日伪合资合作，宁可变卖物品度日。1943年，在亲友的建议下，张元济开始鬻字度日。

张人凤记得，祖父张元济总是在卧室写扇面、册页，而在写对联、堂幅等大件时，就去餐室的大圆桌旁站着写。人们仰慕这位前翰林的气节，一时之间，求字者络绎不绝。但如果求字者是汉奸，哪怕付钱再多，张元济也不予理睬。

赴京参加开国大典

1949年上海解放不久，陈毅市长和周而复到上方花园，登门拜访了张元济。是年8月，曾在商务印书馆工作过并从此走上革命道路的陈云也拜访了张元济。这一年，张元济还由张树年陪同赴京参加全国政治协商会议第一次代表大会和开国大典。这时的张元济已经是一位年过八旬的老人了，但他依旧满怀热情投入了新时代的工作中。

在孙辈的印象中，张元济总在伏案。他对家庭生活要求不多，生活起居用具也都很简单，每每孩子们上下楼，总能看见二楼的祖父在工作，似乎有写不完的东西。1949年12月25日，张元济在出席商务印书馆工会成立大会致辞时突发脑溢血，自此开始10年病榻生活。尽管身体不便，但他依旧笔耕不辍，还请家人特制一张小桌子，在病榻上写下了《追述戊戌政变杂咏》，校勘宋刻《金石录》等。

1952年底，上海筹建文史馆，中央决定请张元济出任馆长。这位文化老人始终牵挂国家的命运，直到生命的最后一刻。1959年，张元济逝世。

1959年，张树年夫妇分两次退租了24号底层和二楼的部分空间。1966年后，张家不得不退租了二楼剩余部分，全家住在三楼。2002、2004年，张树年夫妇先后在这里辞世。

　　祖父不在了，但他留下的文化种子，还在继续影响着千千万万人。父亲张树年和学数学出身的张人凤两代人接力，于2007至2010年陆续出版了10卷本《张元济全集》。张人凤本人则在24号住到2014年搬走。

　　在那些整理材料和校勘的漫漫长夜里，张人凤仿佛又回到童年。小手往前推一推，身后祖父的毛笔就要落下。

（部分资料参考《上海名建筑志》《上海住宅建筑志》）

孔海珠: 父亲孔另境的虹口地图

▲ **孔另境**（1904—1972），作家、出版家、文学史家。先后出版《现代作家书简》《中国小说史料》《斧声集》等，一生四次坐牢，曾经鲁迅先生营救保释出狱。

● **孔海珠**，1942年出生，孔另境长女。上海作家协会会员。

孔另境和家人合影（孔明珠和孔海珠提供）

　　四川北路1571号，日式街面房子的三楼。最明亮的大房间里，拉窗是开在天花板上的。天气好的时候，将窗户打开，窗外清冽空气和明媚阳光一同倾泻入屋。父亲孔另境，就在窗户下写作。

　　书桌是孔另境的姐夫茅盾留给他的。抗战胜利后至今，孔家一直住在这里。对长女孔海珠来说，这间屋子不仅是她成长的所在，也是她了解社会的舞台。而父亲，是当之无愧的那位处在舞台追光灯下的主角。日后的漫漫岁月，即便父亲年迈去世，但舞台上继续着的故事，依旧是关于孔另境的。

1922年，当这个乌镇孔家的青年，毅然离开旧式大家庭到上海求学时，就住在虹口。从此一生，在虹口留下了一张属于他和那个时代文人的地图。

追随姐夫茅盾

孔另境（1904—1972）在上海的脚步，最初是追随姐夫茅盾（1896—1981）而来。

出生于桐乡乌镇的孔另境，原名孔令俊，字若君，姐姐孔德沚是茅盾的夫人。姐夫茅盾的出现，为这个少年的生命豁然洞开了一扇窗。之前他是旧式大家庭里的长房长孙，之后他是向往外面新世界的时代青年。

1922年，在茅盾的举荐和帮助下，孔另境终于说服孔家长辈，离家抵沪投考大学。这时，茅盾住在宝山路鸿兴坊，孔另境也就落脚在此。进入上海大学后，孔另境成为学生中的活跃人物，进校不久，就去工人夜校的识字班授课，后来又在《学生杂志》上发表《促男女同校之同学的注意》等时论文章。孔海珠说：这是父亲孔另境第一篇发表的作品，也是他第一次以"另境"为笔名，虹口成为了他步入文字生涯的开始。

1921年成为中国共产党党员的茅盾，不仅在生活、文学上影响内弟，也在信仰上指引着孔另境。1925年，孔另境从上海大学中文系毕业，同年就加入中国共产党。他的一生，曾经四次被捕。其中第一次，是因为在南京路上发传单。后来，孔另境先后参加过北伐革命、赴广州参加国民革命。1932年暑假前因为党组织传递革命书刊而在天津被捕，后经鲁迅先生托人全力营救而保释出狱。

回到上海，孔另境一心想"去结识这个富有侠义心肠的老头儿"。由此怀着满腔热情，到了鲁迅当时居住的北四川路194号拉摩斯公寓（今北川公寓）。两个月后，孔另境再去拜访时，鲁迅正准备搬到大陆新村。孔另境这次认识了鲁迅的夫人许广平和公子周海婴。茅盾也入住大陆新村。之后，孔另境搬到离大陆新村不远的溧阳路麦加里，开始了职业写作。与孔另境同住麦加里的还有宋云彬和夏丏尊等。

抗日战争爆发后，上海沦为"孤岛"。孔另境积极参与办学校、培养戏剧人才。1942年携家眷至苏北抗日根据地，筹办垦区中学，因遭日军扫荡在翌年回沪。因为他的进步立场和抗日活动，孔另境被日本宪兵逮捕，所幸战事已经到了尾声。日本投降前夕，孔另境获释出狱，出任《改造日报》编辑。抗战胜利后，他带着一家老小，到四川北路1571号安顿下来。

书斋里的父亲

1947年，茅盾去香港前，将自己的书桌留给了孔另境。这张书桌，就在孔家见证了1949年上海解放。

孔另境的长女孔海珠诞生于父母的苏北之行中。到了1949年，已经7岁的她，清楚记得父亲目睹解放军进城时难以抑制的激动之情，马上写了三篇文章。她也记得，清晨出门，看到街道两边井然有序抱着枪和衣而睡的解放军战士，一边有纠察队在路上巡逻、送水，这静悄悄的场景，比一切响亮的口号更震撼人心。

一个新的时代开始了。

1949年后，孔另境任春明书店总编辑，后调任上海文化出版社编辑。1961年起任上海出版文献资料编辑所编审。孔海珠的记忆里，父亲的书房里有四五橱柜书，此外阁楼上也都有父亲的藏书。茅盾的夫人孔德沚偶然回上海，也会到孔另境家做客。随着生活安定下来，孔家在四川北路1571号的三楼陆续生了5个孩子，孩子总数达到7个。由于孩子众多、租金便宜，因此日后虽然有不少搬家机会，但孔另境就一直住在这里再没挪过地方。

三楼的大窗下，父亲的书房、父亲的藏书，还有父亲伏案写书的身影，是一众子女仰望的榜样，也伴随着他们一生的成长。孔另境不太过问孩子们的功课，但他管教子女是严肃的，且盛名在外，孩子们畏惧他。有时孔海珠弟弟们的同学来家里玩，远远听到孔另境上楼的声音，就会一溜烟都跑掉。

他在家里，是绝对的权威。当他发表意见时，没人敢顶撞。

不吃"四只脚"的慈悲

不过，父亲孔另境并不古板。他收集古玩、打斯诺克、喝酒抽烟、喜欢摄影、热爱美食。他擅长烹饪跑蛋，会叫孔海珠为他打蛋做下手，也喜欢吃大闸蟹。有时他会给孩子们一点零用钱，让他们到四川北路上的电影馆去看电影，不是为了培养他们的文艺情怀，而是为了腾出家里的空间，好和朋友在家搓麻将。

他也会在露台上养小鸡、鸽子、金鱼。夏天的夜晚，父亲搬一把藤椅坐在这里，孩子们围着他一圈，嚷嚷着让他讲故事。他会说当年如何与长辈斗智斗勇外出求学和参加北伐的往事等。过年的时候，父亲会为孩子和保姆一共8个人，准备8个纸袋，当着大家的面，逐一在里面放入糖果、瓜子、各色点心。孩子们在边上耐着性子等候，早瞄准了这个袋子瓜子多、那个袋子糖果多。等分好了孩子们正要抢时，不料父亲慢悠悠标上号码，让大家抓阄，作为新年礼物。清明节的时候，他会带孩子去虹口公园向鲁迅先生墓鞠躬献花。旧派的文人风骨和习俗，孔另境就这样言传身教给孩子。

孔海珠作为长女，曾被父亲派遣做信使。1949年后，当茅盾先生来上海时，下榻上海大厦，孔海珠就担负起为父母去给姑父送东西的任务。文学巨匠夏天也一样打赤膊，大声用乌镇口音招呼小孩子。孔海珠记得，茅盾送给她吃一个苹果，但给她的餐刀是宾馆里的西餐刀，无论如何也削不了果皮。

"文革"开始了，父亲在墙上贴上"慎言"两个字，最后想了一想，又撕掉。陪伴在孔另境身边的小女儿孔明珠记得，到了最后经济极为拮据的日子里，父亲拉不下脸面，却还嘱咐明珠路过咸菜铺时问人家要一点免费的咸菜卤，拿回家煮发芽蚕豆。没钱买不起整只鸭，就叫女儿去买一只鸭腿，研究如何烧自创的"麻油鸭"。有时家里的豆制品票多一点，就把黄豆芽、油豆腐和粉丝放砂锅里煮，再加一点辣酱。

文人圈里许多朋友都知道，孔另境因为幼时看见有人杀猪心生怜悯，从此立志，永不吃四只脚的动物。等到"文革"中从狱中保外就医时，孔另境忽然跟子女说："我要吃肉了！这世道人还'吃'人呢，我还可怜这些动物？"孔海珠大为惊讶。但她记得，父亲把猪肉放进嘴里，却怎么也咽不下去。1972年，孔另境病逝。书房空了下来，但关于父亲的故事，却没有停止。

孔海珠继承了父亲对近现代文学的研究，而小女儿孔明珠继承了父亲对美食和生活的热爱。那两间老房间，依旧在虹口，一如当年孔另境初次到访一样，经历岁月洗礼，作为这个大家族的根存在着。

和父亲靳以在庐山村和徐汇村

▲ **靳以**（1909—1959），原名章方叙。著名作家、编辑家、教授。1957年创办并与巴金共同主编《收获》杂志。

● **章洁思**，靳以之女。1944年出生于重庆北碚。上海译文出版社副编审。上海翻译家协会会员。

　　巴金在刚结出的小瓜上写了"金"字。等瓜长大，"金"字会不会也变大呢？只要有知己在一起。眼前的物资匮乏也变得有趣。

　　这是20世纪30年代初，巴金和靳以一起生活在北京三座门大街14号时的场景。

　　租下这座小院前院后，24岁的靳以开始筹备大型文学刊物《文学季刊》，这里也成为郑振铎、巴金、萧乾、何其芳、曹禺、卞之琳等青年学者文人聚会之所。巴金曾在怀念靳以的文章中写道："我在三座门住了几个月，每天晚上，对着一盏台灯，我们坐在一张大写字台的两面，工作到夜深。"放下书本的时候，他们也在小院的空地里种植蔬果花草。差不多10年后的1945年，巴金夫妇从桂林来到重庆，居住在市区的文化出版社门市部楼下，此时靳以正在西迁至重庆郊区夏坝的复旦大学执教，入住土坯房宿舍复旦新村。当巴金从市区到夏坝去看老朋友时，他们青年时的场景重现：刚刚添了女儿的靳以为改善伙食，在嘉陵江边的屋角继续开垦空地、种植豆蔬。

抗战结束后，靳以随学校回到上海。此时，靳以住在教师宿舍——庐山村10号（即今复旦大学第一宿舍）。此时的复旦大学，周边皆为农田。靳以也就保留了"守拙归田园"的传统。在上课之余，他依旧在屋角的空地种菜。出生在重庆的女儿章洁思不过5岁，正是最淘气的时候，有时一阵玩闹，累了，就倚在屋角看父亲种地。父亲种豌豆苗、番茄、黄瓜，一边就和她说了巴金在小瓜上写字的故事。

章洁思想着那只被"寄予厚望"的小瓜，想着年轻的父亲和巴金在战争阴霾中依旧谈笑的场景。此时的庐山村显得荒僻，但能和父亲在一起，听他说话，看他种菜，这些回忆，成为她此后一生不忘的精神乐园。

生命的新开始

父亲靳以在夏坝土坯屋"复旦新村"时的邻居全增嘏先生，此刻依旧是靳以在庐山村的邻居，他住在庐山村9号。此外，庐山村里还有伍蠡甫先生。章洁思听长辈们说过，新中国成立前夕，靳以被列入通缉名单。庐山村善良

1947年，靳以夫妇与孩子们摄于复旦庐山村10号门口（章洁思提供）

似是故人来

的看门人老宋听到风声，赶忙来通知靳以。情急之下，靳以躲在伍蠡甫正在搬家的车里，从庐山村顺利逃脱。

刚搬进庐山村时，靳以的学生冀仿曾来造访。他在长篇回忆《血色流年》中这样描述："靳以教授住的是一幢二层小楼房，每幢楼房都漆成奶黄色，楼上还有小阳台，外观确实很漂亮。走进大门，左首是厨房和卫生间，正面便是大厅。一张大'榻榻米'就占了三分之一的面积，上面随意堆放着许多书刊。靠近窗幔是一张大写字台，墙上钉着一幅尚未裱装的丰子恺画：岩石缝里长着一根绿色的小草。此外别无陈设，显得空荡荡。我说，这也好，宽敞。靳以先生站起来，拉开窗幔，再打开落地玻璃门，就是户外。整个楼下只有这么一间可派用场的房间。楼上呢？也是一间，作为卧室。一幢漂亮的小洋楼，竟是一座虚张声势的货色。靳以先生打算将'榻榻米'拆掉，把这间变成书房兼客厅，让它适合中国人的习惯。"

1946年，凌叔华和女儿小滢母女在沪等船赴英国前，曾住在庐山村10号。也在这一年秋冬时刻，靳以的朋友刘白羽悄悄来到上海，参加《新华日报》在上海的筹备工作。靳以不畏他公开的共产党人身份，热情邀请刘白羽到庐山村家中聚谈，还与他一起漫步校园。1947年，靳以在复旦任教的同时接手兼编上海《大公报》副刊《星期文艺》。同年5月31日，复旦教授会成立，靳以被选为二十余人之一的理监事，被邀请做复旦大学"缪司社"的指导老师。他请来胡风等作家为该诗社开讲座，还在自己家中聚会。

1949年上海解放前夕，靳以把学生中的进步骨干分子留宿在家中。外出时，就把家里的钥匙交给他们保管。5月，上海解放。靳以欣喜若狂。6月，他赴京参加第一次中华全国文学艺术工作者代表大会时，兴奋地写道："我遇见了多少亲密的同志们，有的分别许多年了，有的却是初次相遇，革命的火焰把我们照得红彤彤的。那时候我就想，我该重新开始我的文学工作，四十岁正好是我的生命的新的开始。"

"我喜欢心地好的孩子"

庐山村10号的另外一边，隔着一家的邻居是一位农学院教授，他家有四五个女孩。章洁思在1949年入住后，经常和这几个女孩一起玩耍。一次大家在"捉人"狂奔时，对方几个姐妹里最小的孩子摔倒在地，哇哇大哭起来。章洁思立即停下游戏，抱起那个女孩，还拿出自己崭新的花手绢替她擦去眼泪、鼻涕，一边不停地安慰她。这幕情景被刚进村的靳以瞧见，他走到女儿面前，把她高高举起，夸奖章洁思心地好。他说："我就喜欢心地好的孩子。"

作为父亲最偏疼的女孩，章洁思没有成为一个宅在家里的闺秀。她在庐山村是远近闻名的皮大王。但跑起来很野的她，读书成绩也很好，常常带着奖状一路从学校跑回家。

那时，庐山村家门前有一个鼓起来的小山坡，其实下面是一个防空洞。1949年入住庐山村后，章洁思喜欢这个小山坡，天天攀爬上去，直到在山坡上的青草和野花中踩出了一条小径。她当时在国权路小学读书，每天放学，就沿着山坡，抓着边上的草，三步两步登顶，远眺四周，只觉风景开阔。有时看见父亲下课归来，她就径直冲下山坡，一边大声呼喊，一边投入父亲的怀抱。那是她最快乐的时分。

但其实，这防空洞并不是闲置的设施。

靳以曾带章洁思到洞里面躲过好几次警报。因为父亲在身边，章洁思不害怕，反而觉得好玩。但有一次，炸弹真的落下了。1950年的"二六"轰炸中，杨树浦电厂被炸。当时正在防空洞内的章洁思抬头一看，灯一瞬间都灭了。第二天，章洁思照常去上小学，才知道同桌男孩的父亲是电厂职工，那次空袭导致29位工人惨死。同桌的父亲不幸就在其列。章洁思回到家，告诉父亲："你们新给我做的小棉袄不要了。"她要把新衣服送给同学。靳以对女儿表示了极大赞许，女儿还额外问父亲要了一个银圆，送给男孩以示安慰。

父亲手植的瓜果

1951年2月，靳以奉命到沪江大学工作。翌年9月又回到复旦，准备参加第二届赴朝慰问团。10月6日即跨过鸭绿江。

章洁思和家人在沪江大学宿舍住了一年多后，再次跟随靳以的工作调动回到复旦。这次，他们入住徐汇村8号。地点在原来住所庐山村的对面。和庐山村一样，这片住宅均为过去日军军官住房。只不过，庐山村是二层日式小洋房，徐汇村则都是带有院落的日式平房。

父亲还未入住徐汇村，就奔赴朝鲜。父亲的好朋友，也住在徐汇村的方令孺和靳以一起赴朝。习惯了和靳以以及靳以的朋友们朝夕相处的章洁思，生平第一次尝到了思念和等待的滋味。善良的老保姆呵护着没有父亲陪伴的章洁思。她每天带着女孩早早到菜场的粢饭摊位前，买一大团粢饭，然后两人一路走，一路慢慢吃着去小学。保姆不忘叫同乡的摊主偏袒女孩："这是我家妹妹，你要多放点糖。"等到章洁思下午放学，总能远远看到保姆站在村口等着她。她手里一定有花生糖、牛皮糖之类的点心在等着女孩。

章洁思知道保姆喜欢她。正因为如此，她才会常常从高处跳下来吓唬保姆。保姆总是吓唬她说，别摔断了腿。谁能料到，这句话，预言了章洁思的下半生？

40多天的战地之旅结束了，靳以和方令孺都回到了徐汇村。章洁思的快乐难以用语言形容。她几乎寸步不离父亲，嘴里一直叫着爸爸。章洁思记得，回到上海后，父亲曾带她去过李正文（曾任复旦大学党委书记兼副校长）家。事后她翻阅父亲当年的笔记，才知道，父亲是去谈论调离复旦的事。父亲舍不得复旦，但是1953年，靳以还是调入华东文联工作。年底，靳以担任上海作协常驻副主席。章洁思也随之开始在上海市中心生活。

1956年11月，靳以率中国作家代表团访问苏联，离别时章洁思活蹦乱跳去车站送行。50天后，靳以回到上海，才发现最心爱的女儿生了一场大病，从此再也站不起来。在他访苏日记最后一行，1957年1月5日，靳以写道：昨晚一夜难眠，闭上眼就梦见南南（章洁思小名）。

60多年过去了，章洁思在2019年整理出版了《靳以日记书信集》，当她再次看到父亲日记里的这句话时，不禁泪雨滂沱。

秋天又到了，父亲已经离世一个甲子。当年在庐山村满地跑的小女孩坚强地克服残疾活下来，成为翻译家。只是不知道父亲当年手植的豆瓜菜蔬，现在还在结果吗？

赵祖康: 在兴国路324号

▲ **赵祖康**（1900—1995），松江县人，道路工程及市政规划专家。抗
战胜利后任上海市工务局局长。上海解放前夕任国民政府最后一任
代理市长。新中国成立后，任上海市人民政府委员、工务局局长、
副市长、市政协副主席、市人大常委会副主任等职，1982年当选为
民革中央副主席。

● **赵国通**，1940年出生于重庆，赵祖康长子，上海市政府参事。

1949年国民政府最后一任上海市代理市长赵祖康日记（复印件，赵国通提供）

　　1985年的一个夏日，刚入夜，兴国路324号花园别墅前
的草坪热闹了起来。
　　周边的居民早早吃好晚饭都过来了。新华街道泰安

　　　　　　　　　　　　　　　　似是故人来

居委这晚在这里举办纳凉晚会。有人带来了孩子，有人带来了蒲扇和小板凳。小花园里也来了音乐家贺绿汀，他也是一放下碗筷就过来了。坐在居民里的，还有戏剧家黄佐临、画家申石伽。这一晚，他们的身份不是知名人士，而是住在这一社区的普通居民，他们来和大家一起乘凉。

灯光亮起来了，有人在花园里唱歌，画家当场题词助兴。就在纳凉的人群里，还有一位老人，也微笑着和大家一起纳凉。他就是兴国路324号花园别墅当时的住户，时年85岁的赵祖康。

从1958年入住，到1995年去世，赵祖康在这里度过了近40年光阴。他的孩子们也在这里结束了学生生涯，进入社会。两代人在此见证上海的沧桑变化，也在这里完成交接棒，各自出发，融入上海又一段精彩旅程。

五天四夜的代理市长

1945年，以抗战结束为契机，赵祖康一家从重庆回到上海。赵国通此时5岁，第一次回到了父亲的故乡。

出生于松江的赵祖康从小深受孙中山"工程救国"的熏陶，立志从事交通事业，报效国家。1922年，赵祖康从交通大学唐山工学院毕业，后赴美国康奈尔大学进修道路和市政工程，并代表中国出席国际道路会议，考察了美德等地的现代公路市政建设。1931年回国后，他一直在交通部门任职，领导修建了西兰、西汉、滇缅和乐西等抗战主干线。1943年起任交通部公路总局副局长、战时运输局顾问。

抗战胜利后，赵祖康带着家人回到上海，担任上海市工务局局长，兼管全上海的公园。他们一家先被安排暂住在虹口公园靠马路的一处小别墅，后自己掏钱向一位多米尼加商人租下一处位于敦信路（今武夷路）的别墅居住。

1948年底，战事吃紧，赵祖康带着大女儿和二女儿留在上海，妻子带着赵祖康的母亲、幼女和两个儿子离开上海，避居福州。正是在此期间，赵祖康开始接触在沪地下党。1949年2月，他和世交好友的女儿钱抱珊夫妇吃饭，座中来了一位朴先生和一位李小姐（真名王月英），两人正是地下党员。1949年3月，赵祖康参加中国工程师协会代表团，与侯德榜、茅以升等专家联名上书，要求各项军事活动要保护厂矿、交通、学校等设施。

1949年5月初，解放大军逼近市郊。出于安全考虑，赵祖康离开偏僻的武夷路住到留美时期的好友、交通大学冶金专家梁伯高教授位于长乐路的家中。就是在这儿，赵祖康度过了作为旧上海最后一任代理市长的五天四夜。

5月23日，局势已经非常明朗：上海解放只是时间问题。这一晚，才接替吴国桢做了23天市长的陈良正打理行李准备"撤退"，匆忙之下决定让赵祖康担任旧上海最后一任代理市长，负责社会治安稳定并办理交接。

早已和地下党接触的赵祖康，将希望寄托在新中国。5月24日夜至25日，解放军占领苏州河以南整个地区，赵祖康指示各警察分局不要作任何抵抗，插白旗配合军代表接管，同时要求各局处主要负责人集中办公；25日，在民主人士颜惠庆等联系下会见中共军管会接收代表，商定照常上班、接管审核、恢复交通、保存档案等八项要求；26日上午，主持最后一次"市长办公会"传达布置各局处落实；5月28日下午，向新上海的首任市长陈毅办理交接。解放上海期间，上海市区没有一天停水停电，市民生活不受干扰，平稳进入新时代。

作为编辑部的客厅

1920年前后，兴国路填浜筑北段，翌年筑南段，以法公董局秘书名命名雷上达路（Route Legendre），1943年以江西兴国改今名，沿路多为高级住宅。

赵国通记得，从福州返回上海后，全家一度租住在高安路16号5楼的公寓房内。1952年左右，赵祖康一家由机关事务局安排住到衡山公园北面的荣昌路（1980年改名为德昌路）36号内的干部公寓房。1955年，赵祖康担任上海市规划局局长，1957年出任上海市副市长。翌年，全家被安排搬入兴国路324号花园别墅，此后直到赵老去世。

在赵国通的印象里，父亲务实、低调。在赵祖康1949

年的日记里，从年中到年底，记录的满满全是工作。他看得出，父亲是高兴的。

建国初期，赵祖康一直忙着和工程技术人员一起抢修上海的海塘、机场，实施肇嘉浜棚户区的改建和工人新村的兴建，规划修建人民广场、西郊公园，修通诸多主干道路。1958年入住兴国路后，担任副市长的赵祖康每天从这里出门上下班，每晚10点左右入睡。此时，几个孩子正是求学阶段，赵国通的三个姐姐分别考进北大、清华，赵国通考入同济大学。

他记得，父亲对子女的功课抓得很紧，回家第一句话就是问作业进展。但凡有利于求知的正当要求，赵祖康都会满足。看到赵国通喜欢动手，赵祖康就为这个儿子买了飞机模型制作材料，并对他的爱好多加鼓励。小儿子赵国屏住进兴国路时才10岁，他特别喜欢养小动物，赵祖康就允许孩子在花园里养鸡、鸭、羊，甚至允许他养了一整箱蜜蜂，让他进行动物养殖观察。

但在随后的"运动"中，赵祖康被迫停职。已过六旬的他顶住压力，召集了当时靠边站的许多专家、教授、老工程师到家里，将兴国路住所一楼的客厅作为编辑会议室，组织了《英汉道路工程词汇》的修订增补工作。这本书后来于1978年重版，被联合国教科文组织指定为专业参考工具书。

这里走出一个院士

1982年，兴国路324号，一位曾影响了赵祖康人生轨迹的"故人"出现了——1949年2月曾同桌吃饭的"李小姐"，即王月英，和赵祖康的朋友钱抱珊一起来看望赵祖康。他们在花园里留下了一张跨越33年岁月的合影。

也是在这幢花园别墅里，赵祖康用自己的言行，影响了子女们的人生轨迹。

二女儿赵国明从北大俄罗斯文学专业毕业后，被分配到内蒙古，至今在当地工作。赵祖康1961年春节后出差广东时惦念爱女，填词"蝶恋花"一首《怀同儿（国明小名）初赴内蒙古工作》：我向南行儿向北，南北迢迢，万里同春色。处处红旗情激越，临行"革命"叮咛说。

赵祖康还特地去书店买了一幅"昭君出塞"的仕女图，挂在床头墙上，每天起床看一眼。赵国通记得，1963年寒假，国明姐怀孕临产前回到兴国路家时，瘦得才七十来斤。

小儿子赵国屏没能像哥哥姐姐一样参加高考，而是于1969年赴安徽蒙城插队。他把对生物科学的爱好也带到了农村。在田头，他用粪做颗粒肥，进行过杂交玉米制种实验，还偷偷阅读《美国农业概况》。"文革"结束后，1978年，赵国屏考入复旦大学生物系，后又考入中科院上海植生研究所，1983年被选拔赴美深造。1990年，赵国屏即将获得博士学位，但为了等待同去的妻子也读完博士课程。赵国屏希望在美国再待几年。

赵国通记得，那段时间，素来温和的父亲多次要求他代写家书，连番催促，要求通过博士答辩的赵国屏快些归国。他对赵国通说："我已经90岁了，我要看到赵国屏回来，他是公派的！"赵国通只得向赵国屏挑明："他没有亲眼看到你回到他身边不放心！死不瞑目！"1992年，赵国屏完成博士后研究工作回到中科院，此后一直在生物工程研究领域工作，陪伴父亲走完人生最后一程，也的确遵循父亲的志愿，将毕生所学用于报效祖国。由于领导团队在人类基因和"非典"演变基因方面做出的优秀成果，赵国屏于2005年当选为中科院院士。

宋思衡: 太公董健吾在上海的红色脚印

▲　　董健吾（1891—1970），毕业于圣约翰大学，被称为"红色牧师"。

●　　宋思衡，1981年出生。旅法钢琴家。

命运有时就是这么神奇。

比如，青年钢琴家宋思衡2002年第一次出国就去了法国。在踏上巴黎的瞬间，他一下子想到的，是自己的太公董健吾在1936年安排的一次特殊的旅法之行。

那次，董健吾送了三个孩子去法国，其中一个是董健吾的儿子、即宋思衡的外公董寿琪；还有两位，则是毛岸英、毛岸青。半年后，岸英、岸青转赴苏联，而董寿琪则回到上海。

这半年法国生活留给董寿琪的一个纪念品，是一支当地产的万花筒。童年时代，宋思衡经常在外公家把玩这支万花筒。那个时候，他从未奢望自己有一天也能去法国。但冥冥之中，家族前辈的身影，却留给他一个意味深长的呼应。

北京西路——意想不到的秘密据点

董健吾（1891—1970），原上海市人民政府参事。

这位被称为"红色牧师"的中共秘密党员，在上海的脚印，从青浦一直到万航渡路，又从北京西路到江宁路。

这位出生于青浦的年轻人，在考取圣约翰大学后，思想倾向进步。在他的带头呼吁下，位于今万航渡路的圣约翰大学降下美国旗，升起中国旗。由此一来，他与本来非常赏识他的美籍校长卜舫济决裂。离校后，他在上海爱文义路（今北京西路）与成都北路交界处的圣彼得教堂担任牧师。但牧师身份只是他的掩护，事实上，早在1928年，他就秘密参加中国共产党，同年在上海的中共中央特科从事情报工作。

在其子董云飞的一份口述回忆中，父亲董健吾把圣彼得教堂建设成一个安全的秘密据点。

"本来教堂有一扇边门直通隔壁的教堂附属医院广仁医院。为增加通道，并使之更便捷、更隐蔽，经过一番苦心琢磨，父亲又设计出两处正门外的新出入口。一处在教堂东首一个很不起眼的地方隔出一个小间，小间打通教堂大墙而造成的一扇门，可以直通外间的街道，另一扇门内通大堂，这个小间以后被称为'靠街间'。另一处在教堂西北面。教堂租下了墙外一套民居，教堂破墙开出的门就是这套民居的后门，而它的前门外面就是一条民居小弄

　　　　　　　　　　　　　　　　似是故人来

堂。这样，一旦遇到紧急情况，除正门外还有3处出口可以迅速而隐蔽地疏散人员。父亲为陈赓和周恩来配制了进出靠街间房门的钥匙。根据秘密工作的需要，地下党为教堂派来了'佣人''花匠'等工作人员。"

董健吾的这份缜密心思，和对上海复杂地形的谙熟于心，在1929年惩处叛徒时又一次发挥作用。根据要求，董健吾精心测算了法租界霞飞路（今淮海路）巡捕房至目标家所在地（今淮海中路和合坊43号）的最短时间，详察周围地形、进退路线、隐蔽点，将所画地图交给了陈赓。

南昌路——隐蔽的大同幼稚园

1930年3月，上海戈登路武定路口（今江宁路441号）的石库门里，秘密开出了中共创办的第一个幼稚园大同幼稚园。收养的孩童，多是烈士遗孤或党的领导人子女。而幼稚园的负责人正是名为牧师、实为特工的董健吾。

当时，大同幼稚园的工作人员，大多和地下党有关。1931年初，毛泽东与杨开慧所生的3个儿子毛岸英、毛岸青、毛岸龙，也经过百般周折，被护送至此。后来，因为石库门过于狭小，且离当时的英国巡捕房太近，董健吾又将幼稚园搬到了陶尔菲斯路341号，即今天的南昌路48号。

这个新的幼稚园，是革命后代们的乐园。1931年4月，幼稚园的5个保育员带着19个孩子，在法国公园（今复兴公园）的草坪上拍了一张照。为保证安全，党组织于次年解散了大同幼稚园，将孩子们安全转移。

距此整整一个甲子后的1991年，宋思衡考入上海音乐学院附小，师从李道韫。1994年考入上音附中，后直升上海音乐学院。先辈们希望所有的孩子能在和平年代长大求学的愿望，早已经实现了。

而当时，宋思衡去上海音乐学院学琴时，经过的正是南昌路。

练琴是枯燥甚至痛苦的。上音作曲系毕业，却未能完全施展音乐抱负的父亲，将对艺术的一腔热情，全部倾注在独子身上。对宋思衡来说，三岁就上琴凳后的日子像个噩梦。记忆里，父亲严苛，每晚要查他的功课，灯火初上，他坐在钢琴边一遍一遍地弹，饥肠辘辘，但通不过就不能吃晚饭；母亲心疼，却也无奈，只能把饭菜热了又热；直到父亲终于点头，一家人俱是精疲力尽。等到要去老师家交功课，那条南昌路就显得更加漫长可怕。

那个时候，宋思衡并未意识到，自己为了实现梦想而一遍遍走在南昌路上的足迹，意外地和太公当年追求理想的脚步重叠。

宝庆路——送岸英、岸青出国

1936年，董健吾将毛岸英、毛岸青和自己的儿子董寿琪转移到宝建路（今宝庆路）李杜将军的住所。

资料记载：1936年7月，李杜化名王元华，以商人身份通过多种渠道办理了出国护照，带着三个孩子登上一艘豪华的法国邮船前往法国马赛，在那里乘火车到达巴黎。当时，苏联对入境控制极严，在巴黎等了半年，除同意岸英、岸青入境外，其余均不准入境。于是其余人返回上海。

根据宋庆龄基金会的一篇文章显示，也就是在这一年，宋庆龄把牧师身份的秘密党员董健吾请到家里，要他携带一封重要的信件，立刻动身，途经西安，送到陕北中共中央所在地瓦窑堡，面呈毛泽东、周恩来。为了途中安全，她给董健吾准备了一张由孔祥熙签名的"西北经济专员"的委任状。

当时，陕北苏区处于国民党军队的严密包围之中，要安全进入，需要得到张学良的同意。在张学良的帮助下，董健吾秘密来到瓦窑堡，受到林伯渠、博古的接待。3月4日，正在山西前线的张闻天、毛泽东、彭德怀致电博古转董健吾："弟等十分欢迎南京当局明智的表示，为联合全国力量抗日救国，愿与南京当局开始具体、实际之谈判。"并向南京方面提出五项要求，包括：停止一切内战，一致抗日；组织国防政府与抗日联军；释放政治犯；内政和经济上实行改革等。

第二天，董健吾带着这个密件返回上海向宋庆龄报告。国共两党中断了近10年的联系就此接通了。

完成任务回上海后，董健吾向宋庆龄赠送了他赴陕北苏区途中，在西安逗留时得到的一块从石鱼沟出土的鱼骨化石。那块鱼骨化石，曾在《她们·风华绝代——宋氏三姐妹特展》中展出。

因为有这样的先辈，因此在宋思衡的印象里，家里的长辈最大的特点就是"不响"。他们看到什么听到什么，好像都能深深藏在肚子里不说出来。

宋思衡的一位姨婆、即董健吾的女儿，一直与宋庆龄通信。小时候在姨婆家里看到这些英文写就的信件，宋思衡曾经感到好奇。但是姨婆什么都没说。很少有人谈到太公做过的事，但太公的选择又无时无刻不在影响着后辈的前行方向。

宋思衡是在2002年前往法国的。他就学于巴黎高等师范音乐学院，跟随马利安–里比斯基教授学习钢琴，在第61届玛格丽特·隆–雅克·蒂博国际钢琴大赛中摘取桂冠，成为70年来摘取此奖的第一名中国人。此后，他也一直在法国深造。

2009年，太公董健吾塑像在沪落成之日，宋思衡在巴黎，遥想外公和毛主席的孩子们被送往欧洲大陆的那个时刻，感叹于命运的奇妙。

拿了大奖后的宋思衡，走上了钢琴多媒体创新的道路，也被业内人士称为离经叛道者。他自忖：自己渴望变革的性格里，是不是也有太公的基因？就像他们在上海的脚步，隔着时光，重叠呼应。这是城市见证过的脉络，也是一个家庭的百年史。

程多多：父亲程十发在延庆路

▲　　程十发（1921—2007），著名国画家。

●　　**程多多**，1947年生。画家、上海市文史馆书画研究社研究员、著名
　　画家程十发幼子。

70岁的程多多会做一个梦，梦见自己放学回家，要回延庆路141号。

静谧的马路上，梧桐浓荫下，一排七幢房子面目相同。他总也辨不清哪幢才是自己家。那么就数着数着，从两边数过去，最中间那幢就是了。

家门口的院子里有一棵桑树，多多会扔下书包爬上树去采桑葚。一边摘一边吃，直到母亲唤他下来，他才发现自己的嘴唇早已被果汁染黑。

1956年，这幢西式砖木结构小楼被上海人民美术出版社作为宿舍安置员工。正是这一年年初，程多多和兄长姐姐以及母亲，一起跟随父亲程十发搬入这里。

父亲在这里创作了一系列重要作品，接待了无数重要宾客。至于多多，这幢房子见证了他的童年和所有青春启蒙。

人美宿舍楼

延庆路始建于1919年，原名格罗希路，1943年改为现名。上个世纪20年代开始，大批外侨开始在这里建造西式花园住宅和新式里弄。

其中的延庆路130号，是一座法国文艺复兴风格花园住宅，据说原为一英籍商人住所，解放后用于上海市结核病防治所。位于延庆路135号—149号（华亭路71弄1—7号）的一排别墅，则是1934年由中国建业地产公司建造的砖木结构住宅。沿华亭路大体成行式布局。单体有多种式样，如71弄1号为地中海式。大多为四坡瓦顶，对称立面，细卵石或水泥拉毛墙面。二层设券柱廊或者半圆形敞廊，有室外楼梯通向花园，三层为阳台。1999年，被上海市人民政府列入优秀历史建筑。

如今，这批住房的外墙是米白色，但在上个世纪50年代，程十发一家入住这里时，外墙是红色的。这鲜艳夺目的外墙颜色，以及可以直接通往二楼的室外楼梯，都让程多多感到好奇和欢喜。在设计之初，原本一幢楼仅供一户家庭居住。但作为上海人民美术出版社宿舍后，一幢楼由七八户人家合住。邻居里，包括三楼的连环画家罗盘（《草上飞》《战上海》等作者）、画家王仲青和吴性清夫妇。程家住在二楼大房间，隔壁是连环画家韩和平（合作创作《铁道游击队》《红灯记》）。长辈们白天在一个单位上班，晚上则比邻而居，过着煤卫合用的生活。

程多多记得，当时每家都有个小炉子烧饭菜。三楼的王仲青夫妇是成都人，起油锅爆起辣椒来，整幢楼的江浙人士都吃不消，纷纷关门，迟了一步，就会被辣到眼泪鼻涕齐出。二楼的韩和平老师起初是个年轻的单身汉，对程多多来说就少了一份对长辈的敬畏，多了一丝对兄长的亲切。每每韩和平在家作画，程多多都可以随意推门而入观看，韩和平就会教授孩子一些连环画的技巧。韩和平还有一只老爷唱机，收藏了许多78转的胶木老唱片。每次韩和平作画之际，多多就负责在边上帮着放唱片、换唱片、翻面、调唱针以及摇发条。伴随着整部《铁道游击队》的创作过程，程多多听熟了德沃夏克的《自新大陆》、柴可夫斯基的《天鹅湖》等作品。

"发大水"的时候

当时这些画家邻居大多年轻，没有与程家子女年纪相仿的孩子。程多多日常的玩伴，有住在139号留美肺科专家钱慕韩医师的儿子。另外，141号对面，是电影明星沙莉的家，后花园窗对窗是沪剧名家丁是娥的家。

不过，虽然说起来住在洋气的住宅区，其实20世纪50年代至70年代，延庆路华亭路以及长乐路富民路等一带，由于地势较低，地下排水管年久失修，每每遇到上海夏季大雨，经常整条马路水漫金山。卡车开过时，轮胎两边白浪翻涌，简直像一艘军舰驶过。

20世纪70年代，程多多住到一楼原锅炉间后，要是遇到下雨天马路积水漫进房间，那更是叫苦不迭。有时听到远近一片惊呼，抬头看时，只见路面的一片汪洋上，有木板、木箱等物件竟被大水浮起，又跟了水波漂过来。由此可知，前面的浪头有多大。

一唱一和的父子俩

屋子因陋就简，但往来全无白丁。

程十发家宾朋满座是出了名的。有时程先生一面画画一面和人谈笑，前门走了一位，另一位又从后门进来。程先生笑言："喔唷，我家就像走马灯哉。"但说笑间，大家回头一看，程十发已经作好了一幅画。过了一会再看一眼，连落款的诗也题好了。问他，什么时候酝酿的？程十发说，就在刚刚大家聊天的时候呀。

程十发幽默，爱说笑。家中经济条件较好时，曾在延庆路的花园里养过孔雀，甚至火鸡。后者被屠宰后，母亲烧了一大锅，整幢楼的画家们都有份。

程十发也爱听戏，常把多多一起带去戏院。台上演出正酣，程十发在台下速写不止，一边告诉儿子，台上哪里的身段好，哪处的唱词佳，由此让儿子学会听戏、懂戏。

后来，父亲还请了京剧院的一位琴师教多多吹笛。到了20世纪60年代中期，每到夏夜，父亲绘画一天之余，经常会站在延庆路的阳台上，高声来一段唱段，程多多就在边上吹笛伴奏。一幢楼的邻里从不探头张望，但每到程十发唱错或走调之际，那些窗户里又会传出笑声。

一次，著名表演艺术家李吉来（小三麻子）晚上要演《单刀会》里的关云长，下午特来延庆路和程十发聊天。言谈中，李先生说现在画脸谱的油彩不如传统的朱砂好。程十发听了马上拿出收藏的上好朱砂送给李先生。李吉来当即表示，是夜就拿它来化妆。果然，那晚的关公面如重枣，效果显著。

创作的福地

延庆路，也是程十发创作的福地。1957年，程十发的国画《歌唱祖国的春天》获全国青年美展一等奖。程十发创作的连环画名作，如《胆剑篇》《阿Q正传》等，也都是在延庆路创作的。

1957年秋，正是从延庆路出发，程十发随文化部组织的写生团赴云南德宏傣族景颇族自治州写生、创作，达半年之久。回沪后，他创作出大量反映云南少数民族民间生活的优秀作品，如《召树屯和兰吾罗娜》《小河淌水》《泼水节》等。1978年，上海市组织代表团参加广西壮族自治区成立20周年庆祝活动。程十发又在龙胜县壮族瑶族自治州的村寨里住了20多天，采集当地的风土人情，回沪后，又一批名作问世。

程多多记得，父亲从云南回来后，构思《小河淌水》一画时，寤寐思服，还让母亲穿了裙子，撩起裙角做模特，反复比照草稿。程多多和兄姐，也多次给父亲做模特。在作品《第一回胜利》中，两个对弈的孩童，正是取材于程多多和哥哥。哥哥还为此不开心道："为什么多多出正面，我只出背影？"

程十发一直嘱咐孩子们都要学习"有用的"美术。长子和长女都学舞美专业。多多也从小学画。有时程多多埋头习画，父亲从他身边经过，并不手把手教导，只是看似随意地吩咐一句："这线条不够弹性。"为什么线条要有弹性呢？当时年纪小，程多多百思不得其解。同样学习美术出身的母亲就讲解给他听："线条看似笔直，但内里要有劲道。"这微微一下点拨，就让孩子豁然开朗。每日回家后画画练习，成了大家自觉会做的例行功课。

其实不用父亲耳提面命，父亲对美术始终钻研的劲头一直如榜样一样，督促着孩子们用功。多多说，至今闭起眼睛还会想到父亲，在延庆路的屋里，临窗作画或者细细展看画册。父亲的背影和延庆路的轮廓，成了程多多心里最珍视的画面。

陈望道：国福路51号里的时光

▲　　陈望道（1891—1977），中国著名教育家、修辞学家、语言学家，
首部《共产党宣言》中文全译本翻译者，曾任《辞海》总主编，撰
写了《漫谈"马氏文通"》和《修辞学发凡》等专著。新中国成立
后，复旦大学第一任校长。

　　初夏的杨浦区国福路，绿荫下一片静谧。靠近政肃路口的国福路51号，是复旦大学第九宿舍。新中国复旦大学首任校长陈望道曾入住这里。如今，这幢三层楼故居经过修缮，成为《共产党宣言》展示陈列馆。

　　发表《共产党宣言》时刚满30岁的马克思，翻译《共产党宣言》时不满30岁的陈望道，和前来照顾陈望道的母亲的形象，在同一张巨幅油画上呈现。对于参观者来说，这里是追溯信仰源头的学习教育基地，对陈振新来说，画上的这对中国母子，于他有更亲切的感情——他们是他的祖母和父亲。

　　　一

　　位于第九宿舍里的陈望道故居，总面积300多平方米。

为了方便当时身兼多个要职的陈望道接待外宾，学校将这幢小楼装修后给他居住。

在陈振新的印象里，20世纪50年代这里还只是孤单的一幢房子，周围一圈筑有围墙，围墙外是连片的农田。大门朝国福路，门牌号为51号。除了大门，靠国顺路方向还有一扇边门与农田相通。但当时只有三口之家的陈望道，觉得房屋过于宽敞，多次谢绝。后来经与学校协调，小楼底部作为语法、逻辑、修辞研究室。

大约在1955年，陈望道迁入后不久，底层即为语法、逻辑、修辞研究室所用，大客厅作为会客和研究室开会用，大客厅隔壁两间作为研究室的办公室用，配电间和衣帽间则为研究室的资料、书报存放室。这是全国高校中最早成立的语言研究中心，由陈望道亲自主持。著名教授郭绍虞、吴文祺、周有光、倪海曙、濮之珍、李振麟、胡裕树、蔡葵等都曾受聘于研究室，邓明以、程美英、杜高印、范晓、宗廷虎、李金苓、陈光磊、李熙宗等教授也都先后成为研究室的成员。这个研究室就是后来复旦大学中国语言研究所的前身。

除了忙于校务工作，陈望道当时还担任华东行政委员会高等教育局局长、上海市政协副主席、上海语文学会会长、《辞海》总主编等职务。在这幢小楼里，陈望道先后接待了前苏联元帅伏罗希洛夫、印度副总统拉达克里希南等，以及来自日本和美国的文化教育界外宾。

二

在小楼里，陈望道夫妇住在二楼，陈振新住在三楼。由于身兼数职，陈望道的工作非常繁忙。有时为了等陈望道用晚餐，陈振新肚子饿得咕咕叫。小时候，陈振新很难理解陈望道的忙碌，还常常抱怨："为什么餐桌上总是见不到父亲的身影？"

陈振新是1949年7月才从义乌来到陈望道身边，就读于国权路上的市立腾飞小学。原本，他在浙江义乌乡间的小学读书，上学要翻一座山，学生要自己带一周量的梅干菜做佐菜。一下子来到上海，差异很大，加上浙江义乌的方言与上海话相差很大，陈振新听不懂老师上课说的话，也听不懂同学的话，如果提问，也没有人理解他的方言。因此最初，陈振新学习压力很大，加上男孩子本来就顽皮，因此成绩并不好。

陈望道接到腾飞小学送来的成绩报告单后，认真地在家长意见栏内写道："新从乡间来沪，语言尚且生疏，稍久当有进步。"他叫振新带给老师，其他什么话也没说。后来的事实证明，陈望道的这句话给了陈振新鼓励和鞭策。

小学毕业后，陈振新考入了上海新沪中学的初中部，后又直升新沪中学高中部。此时他已是一名共青团员了，担任班干部，学习成绩也有进步。1954学年，在成绩报告单中班主任老师给陈振新的评语："态度诚恳，学习认真、踏实，能自觉地遵守学生守则，做到干部同学应有的以身作则的示范作用。担任班主席的工作，能做到关心集体、爱护集体，而且能积极地去帮助同学，解决困难。只是有时显得过分沉默，缺少青少年应有的活泼与热情。其次在遵守作息时间上也做得较差。"针对班主任老师的这一段评语，父亲在"家长意见"栏内写上了"希望注意体育，看书不要不注意身体健康。"并签名盖章。

因为陈望道的这一段话，不管是寒冷的冬天，还是酷热的夏日，陈振新每天一早都会骑着自行车赶到新沪中学旁边的操场去锻炼身体。至今他还保留着每天早锻炼的习惯。

三

在国福路51号的日子里，繁忙工作之余，陈望道的爱好是买书。他一生中的大部分积蓄几乎都花在买书上了。由于陈振新学的是工科自动化专业，对文科兴趣不大，陈望道的藏书他没怎么涉猎。但"文革"后，陈望道的《修辞学发凡》重新出版时，他送了一本给陈振新。

陈望道另外一个爱好是喝茶。原本，陈望道抽烟厉害，后来听从医生的劝告，养成了喝茶的习惯。那时陈振新已经工作，每到周末，陈望道都会要求陈振新到南京路一家茶叶店去买茶叶，买一两西湖龙井，然后让陈振新每天清晨给他泡一杯清茶。在饮食方面，陈望道喜欢吃鲥鱼和小馄饨。每年过年，老家的姑母都会给陈望道带来义乌米粉，这也是陈望道很喜欢吃的，这里面有家乡的味道。

到了晚年，散步成为陈望道锻炼身体的主要方式。每天晚饭后，陈振新夫妇会陪着陈望道绕第九宿舍外的马路走一圈，小辈没空时，陈望道就自己拄一根拐杖在复旦宿舍区散步。年轻的时候做过什么事，见过什么大人物，经历过何种场面，陈望道从来没在家里说过。就连翻译《共产党宣言》这件事，陈望道也没有主动对陈振新讲过。

在家里话不多的陈望道，也很少对小辈提出要求，但陈振新在20世纪60年代中期到复旦大学工作时，陈望道找他谈了一次话，大意是：你到了复旦要好好工作，一般老师做错了可以原谅的事你也不能做，你要严格要求自己，夹着尾巴做人。在国福路51号，陈振新参加工作、结婚、添丁，两个孙子的到来，为陈望道晚年带来很多乐趣。

大孙子从小喜欢当解放军，整日拿着陈振新给他做的一把小木头手枪，与小朋友在室内屋外玩"官兵捉强盗"。1975年，陈振新陪陈望道去北京开会时，陈望道还特地为大孙子买了一把会闪光的机关枪玩具。这把枪成为小孩最炫耀的玩具，为此他身后总会跟着一大群孩子。小孙子从小表达能力强，常常缠着爷爷，趴在爷爷身上讲故事。1977年夏季陈望道病重后，对陈振新夫妇说：两个孩子很可爱，又懂事，你们一定要把他们好好抚养成人。陈振新说："这可以说是父亲对我们提出的又一个要求。"

1977年，陈望道临终前，嘱咐家人把他一生心爱的几千册藏书连同书柜，都赠送给复旦图书馆。几年前，陈振新又和家人将陈望道的其余部分藏书捐给复旦大学。随着旧居成为《共产党宣言》展示陈列馆，陈氏家族的许多第三代和第四代孩子都说要再来参观一下，看一看陈望道曾经住过的地方，也听一听志愿者的讲解，触摸一下前辈一生追求真理的激情。

乌鲁木齐路上的草婴书房

▲　　草婴（1923—2015），原名盛峻峰，著名翻译家。

●　　盛姗姗，1957年生于上海，艺术家，草婴的二女儿。

20世纪80年代的一天，语言学家倪海曙的儿子倪初万为报考上海的艺术院校，独自从北京到上海，投宿于父亲的朋友"盛叔叔"位于乌鲁木齐中路的住所。

"盛叔叔"一家热情招待了他。简单寒暄过后，"盛叔叔"指着自己的书房说："我每天都在这个世界上唯一属于我的小空间里做翻译工作。我已经年过花甲，打算用十几年或者更长时间把托尔斯泰的全部小说都翻译出来。所以我会把一分钟当作两分钟来用。我常对朋友讲：'我吝啬时间，就像犹太人珍爱金钱一样。'所以，你来了以后，专心准备你的考试，我做我的翻译工作，我们互不干扰。"

之后在上海的一个月，倪初万虽住同一屋檐下，但再也没有走进过叔叔的这间书房——盛峻峰的书房，也就是

似是故人来

草婴书房。在日常起居不得不经过书房时，倪初万会蹑手蹑脚，就像盛家其他人一样。大家都知道草婴每天上午铁律般的工作时间，正是在这样的坚持下，历经20年，草婴将托尔斯泰小说全集翻译完成。

翻译家的书桌，如今被布置到乌鲁木齐南路178号内的"草婴书房"。按照翻译家生前"不要留一块墓碑，但要留一座书房在人间"的夙愿，这间书房，如今成为对所有市民和游客开放的公共空间。

如果参观者在一个上午走进草婴书房，会不会也像当年的倪初万一样，出于敬畏也出于倾慕，禁不住放轻脚步？

一

1969年，草婴一家不得不离开生活了十几年的淮海中路1696弄寓所，搬入五原路协发公寓。虽然有一个较大的单间，却放不下一张安静的书桌。妻子盛天民到南京梅山当铁砂搬运工和铁路扳道工。草婴去奉贤五七干校劳动。大儿子元良去长兴岛农场，大女儿雪亮去江西插队。只有12岁的小女儿姗姗住在五原路的房子里，和70多岁的小脚祖母相依为命。

草婴每个月有4天休假可以回到市区家里，这成了姗姗最向往的时刻。当时食品紧缺，不连夜排队买不到好食材。所以只要父亲回到家，半夜里姗姗就起来去五原路菜场排队买菜。一次她买好菜回家路上，因为低血糖感到一阵眩晕，忽然失去意识。当她在路人的呼叫中慢慢苏醒时，惊讶地发现自己就躺在父亲怀里。原来，这天早上，草婴醒来发现女儿不在，猜她去了五原路菜场，就赶来了，没想到遇到女儿的一刹那正是姗姗昏过去的时刻。

从干校赶回家的草婴是多么疲倦，为何会在清晨忽然清醒，想到去找女儿？这冥冥之中的亲情羁绊，让盛姗姗在半个世纪后想起来，还觉得温暖。

也是在那些容易荒废学业的日子里，每次回市区时，草婴会找出一本《英语九百句》教子女英文。许多邻居听说草婴在上课，也纷纷把孩子送来。草婴年轻时就读于上海雷士德学院附中，昔日在外籍教师手下所受的英文训练，幻化成公寓里的英文学习班。一个让孩子们记忆犹新的细节是，草婴发现他在20世纪40年代掌握的英文和70年代的英文有不同之处时，一定千方百计查阅书籍寻找用法出处，一旦找到，会兴奋地和孩子们分享。

1974年，草婴迁入乌鲁木齐中路280弄10号。他将6平方米左右的阳台改建成自己的书房，打算继续翻译。但1975年，在一次劳动时，体重只有45公斤的草婴不慎被一大包50公斤重的水泥压断胸椎骨。医生建议，回家后躺在硬平板上，不能移动，否则断骨错位伤及神经，会造成半身瘫痪。躺在平板上一动不动，这对一个活生生的人来

　　　　　　　　　　　　　似是故人来

说，几乎是不能完成的任务。谁也不能明白，究竟是什么精神力量支撑着羸弱的草婴，他硬是在平板上躺了整整一年，终于又站了起来。

出版家汤季宏的女儿汤小辛记得，草婴养伤期间，汤季宏每隔一段时间就去探望。"从我家乘26路电车到盛家只要6分钱，但爸爸总是花4分钱坐到常熟路就下，然后再走20分钟路到盛家。盛叔叔的病床就临时搭在他们的饭厅里（朋友送来几副木板搁在长板凳上做成的硬板床）。我父亲寡言，进屋后就坐在盛叔叔床边的凳子上，静静陪他一会，然后再走到常熟路乘车回家。"

这些朋友从青少年起因为追求进步而相识，此刻的默契不需语言传递。

二

也是一位少年时代老朋友的来访，让乌鲁木齐中路的草婴书房焕发了新的光亮。

1976年9月，草婴去码头接来沪养病的姜椿芳。草婴早在雷士德读初中时，就认识了中共上海地下文委负责人、俄文专家姜椿芳，在他的引导下，草婴进入塔斯社，为《时代日报》，后来还为《苏联文艺》翻译作品，始用笔名"草婴"。

在接到姜椿芳后，一对老友在草婴书房里商量着对未来的追求。姜椿芳提出编撰《中国大百科全书》的倡议，草婴决定翻译托尔斯泰小说全集。历尽劫波后，他们想用自己的方式传播真善美，用手中的笔，让世界多一分光，少一分暗，不让悲剧重演。

从此以后，每天上午8点到12点，成为草婴雷打不动的翻译时间。他每晚准备第二天要翻译的内容。8点一到开始翻译1000字左右，然后停下来不断修改、校正，晚上再准备第二天要翻译的内容。寒来暑往，晴日雨天，他苦行僧一般准时出现在书房。有时朋友来访，到点草婴就告辞进书房，他说："我要去上班了。"

他对女儿姗姗说："我还没有那么年轻，可以浪费时间。我还没有那么年老，可以慢慢等待死亡。"

在1988年搬入岳阳路新住所之前，草婴在乌鲁木齐中路的书房里翻译了《安娜·卡列尼娜》《复活》和半部《战争与和平》。

三

没有人能打扰翻译家。

改革开放后，相关部门邀请草婴出任上海译文出版社总编辑，他婉拒了。他要用全部心思和精力在有生之年翻译完成托尔斯泰小说全集。

曾住在草婴家的倪初万记得，只有一个人享有特权：

当盛家用了20多年的憨厚老保姆偶然因为发牢骚在哇啦哇啦说话时，草婴会放下笔，走出书房，给予安慰。后来保姆年纪大了，腿脚肿痛不能去菜场，草婴不忍心换保姆，就自己一早先去菜场买菜，回来交给保姆，再继续工作，时间长达两年余。

1993年，草婴的大女儿雪亮罹患胰腺癌，回沪治病，就住在草婴书房隔壁。目睹女儿受苦，全家束手无策，草婴夜里对妻子盛天民哽咽着说，愿意自己减寿，来分担女儿的痛苦。

但到了白天，草婴还是准时去书房上班。也就是这一年，《战争与和平》四卷本出版。雪亮生病半年后去世。小女儿姗姗记得，开追悼会那天，为免父亲目睹白发人送黑发人的惨景，没有让草婴参加。这一天的上午，和过去无数个上午一样，草婴在家准时进书房翻译。

他事后对友人说，女儿去世是莫大的损失，但如果不争分夺秒地去翻译，也是一种损失。

1997年，《托尔斯泰小说全集》出版。2003年，草婴完成出版了《我与俄罗斯文学——翻译生涯六十年》。子女们明显感到，父亲这才松了一口气。

四

2015年，草婴去世。遵循翻译家生前愿望，他的书房被重现于乌鲁木齐南路178号3号楼。

这一门牌号的院子里一共有3幢楼。其中1号楼原为徐汇区政协礼堂，修缮后为文化展示空间。2号楼为夏衍故居。3号楼的一层为草婴书房，还原翻译家草婴生前工作场景。

2019年7月，《草婴译著全集》由上海文艺出版社发行。特意从美国赶回的盛姗姗，在全集发布会翌日的雨天走进了草婴书房。父亲生前使用过的书橱、书桌和沙发，与盛姗姗的画作，如今在一个空间里相互凝视，也会在日后被无数参观者见证。

她不会忘记，20世纪70年代后期的一天，草婴在福州路外文书店购买了最新版的托尔斯泰文集，叫姗姗和哥哥元良一起去把书搬回家。那天，久未露出兴奋神情的草婴表现得非常愉快。姗姗后来意识到，就在这一刻，已近暮年的草婴发愿要在这些文学精品和中文读者之间搭建一座桥梁，他要开始垒下浩大工程的第一块砖石。

溧阳路清源里，那一位绝美的老太太

▲   关紫兰（1903—1985），上海文史馆馆员，画家。

时至今日，虹口区溧阳路清源里的老居民们仍记得住在一号楼的老太太，"气质交关（非常）好的呀！"他们会争相向你描述，他们记忆里的她——

穿着朴素整洁的黑色对襟外套、头发梳理得一丝不乱；和一般老人家一样，会让女儿陪着去街上散步；但和一般老人家不同，她出门可是要去南京西路的美容院做头发，或者去常德路的咖啡馆喝咖啡。

老人去世20多年后，2007年年初，上海南京东路"王开照相馆"地下室一根水管爆裂引发水灾，工作人员紧急救出几只存档的旧纸箱。等到事后查看时，大家发现，这是一批已尘封40年的老照片。照片中，一位20世纪二三十年代的女子的侧面照格外引人注目。其姣好的容貌、优雅的气质一度令人猜测是电影明星阮玲玉。直到有人见报后前来"纠正":那不是阮玲玉,是我的母亲关紫兰。

这就是清源里一号楼的老太太的名字——关紫兰（1903—1985）。那张令人过目不忘的照片记录下的,正是著名画家关紫兰女士年轻时的容颜。

富商家庭走出的女画家

在女儿梁雅雯眼里,母亲永远妆容得体。

当别的女孩子还在玩洋娃娃时,梁雅雯的玩具便是母亲一箱一箱云霓般美丽的衣裳和无数高跟鞋。记忆中,母亲会披上丝绸晨袍,喝一杯冰咖啡,然后穿上钉有珠饰的拖鞋去画室作画。

关紫兰喜欢一切美丽的事物。而从小,富商独生女的优渥出身,也让她有资本搭配服饰。早在20世纪初,关紫兰就有自己的发型师和照相师,她会将头发卷烫出浅浅的波纹,并搭配优雅的饰品,即便一件普通的旗袍,她也会用别致的搭配将自己展示得独一无二。

一位画家曾给关紫兰画肖像。当时关紫兰问画家:"我穿什么衣服好呢?"画家说:"穿什么样的衣服都好,请让我看看。"话音未落,就有五六位侍女听从关紫兰的指示,每人手捧一件红、蓝、黄等各色衣服列队而站。这个场景,让画家印象深刻极了。

但关紫兰并不流于一般爱打扮的富家千金。得到父母

关紫兰肖像照（梁雅雯提供）

宠爱的她，自小接受良好的教育和艺术熏陶。求学期间，又先后学艺于上海神州女校图画专修科和上海中华艺术大学，并先后师从陈抱一、洪野、丁衍庸等人。她是中国第一代出国留学的女画家之一，也曾在20世纪30年代的上海画坛成为引人注目的油画家之一。

她绘制的《水仙花》《弹曼陀铃琴的姑娘》《秋水伊人》等作品中，娴雅的风景、端丽的花卉，还有少女的笑容，显示了一种东方情趣，其中既有女性特有的纤敏，也有男性的坚毅。1930年，她回国任教，并在上海华安大厦（今上海金门大酒店）举行个人绘画作品展。当时的刊物《良友》《小世界》等都刊登了关紫兰的大幅照片和作品。

解放后，她选择留在上海，加入上海美术家协会，并成为上海文史馆馆员，定期参加美协组织的写生和创作活动。

面对火热的建设浪潮，她的绘画题材也为之一变，用一批具有现实主义风格的作品记录了时代。她先后绘画了《南湖红船》《番瓜弄》和《上海街景》。在这些作品中，呈现出的不再是过去的审美趣味，而是上海这座城市旧貌换新颜中的改变。

咖啡飘香的溧阳路画室

关紫兰和家人于1943年住进虹口区溧阳路1333号的清

源里。

溧阳路不长，却是一条文化名人集聚的街道。

一路走来，在溧阳路1156弄10号，是著名报人金仲华旧居；溧阳路1269号的花园洋房，是郭沫若1946年5月至1947年11月在上海时的居所。邓颖超等人曾在此招待文化界人士，进步文化人士曾在此为朱德同志60寿辰举行庆祝会；溧阳路1335弄5号，住过著名作家、报人曹聚仁，和出版家、作家、翻译家赵家璧。

而溧阳路1359号，则是鲁迅先生的藏书室。1933年至1936年间，鲁迅曾以内山书店店员镰田诚一的名义租下此屋二楼一间，藏书约6000册，其中包括瞿秋白文稿、柔石的遗著及纪念物等。

溧阳路1333号建于1920年代，建设之初，房产商与关家颇有交情，就建议关家在这里置业。然而在日军侵华时期，关家买下的房子曾被一个日本工程师占用。因此在梁雅雯记忆里，屋内的装饰是和式的——有榻榻米、纸窗等。自搬入后，关紫兰一直住在这里直到去世。

因为有过在日本留学的经历，日本人曾经想叫关紫兰出来做事。但有骨气的关紫兰宁可中断绘画也坚决不肯。她故意让人们忘记她，故意出门时都穿着旗袍来强调自己中国人的身份。她恨日本鬼子，也心痛上海的满目疮痍。但战事结束后，关紫兰在得知自己的恩师陈抱一因为与日本妻子结婚而与家庭断绝关系陷入窘境后，却又慷慨伸出援手，一直资助恩师直到其去世。

20世纪60年代开始，关紫兰渐渐减少了外出，并主动交出家里精美的服饰，将所有的画作和资料都藏在自家护墙板里封存。但她却依旧保持了老派的生活方式，依旧喜欢理发、美容、搽香水，并保持着散步到"德大"和"红房子"去喝咖啡的习惯。

画家陈钰描述过给关紫兰送画时看到的屋内装饰："起居室是宽敞明亮的，布置得相当整洁和有艺术性，使用及陈设的家具基本上仍是从前的原物，所经常变化的是四季不同的鲜花品种、色彩和摆放的位置。兰花、睡莲、水仙、菊花等最为关紫兰所钟爱，微妙地体现主人的品位、心境和情趣；朝南是一排开阔的木格窗，挂着长长的花布窗幔，朝东有一扇落地门，打开后有一个伸展出去的小阳台，屋子的北面凸向楼梯处是小巧的榻榻米间，一门将里外巧妙间隔；墙上悬挂早年陈抱一送她的生日礼物——《桂花》油画以及几幅关紫兰自己画的花卉、风景油画，还挂着一幅关良的《贵妃醉酒图》水墨画和一幅李天马特署'赠紫兰大姐'的行书。在最醒目的位置挂着一幅关紫兰20世纪40年代摄于王开照相馆的大幅肖像照，颇具时代特色，是黑白照放大由专业着色师手工着色的，非常柔美和雅致。"

在梁雅雯的印象里，母亲一直那么美丽、端庄，在不能打扮的年代里，她依旧把朴素的黑色对襟外套、灰色的列宁装和白衬衫穿得得体优雅，围上苏格兰格子围巾，还一如既往地使用香水，显得与众不同。在晚年的时候，关紫兰因为参加美协的缘故，常常和关良、刘海粟、林风眠等名家往来。他们也会到溧阳路的寓所来看关紫兰。梁雅雯记得，画家关良是广东人，而关紫兰祖籍也是广东，面对母亲烧的一桌粤菜，尤其是那小小一碟萝卜糕，关良常常会感慨思乡之情。

斯人已去，但关紫兰留下的馨香似乎还留在屋内。依旧住在溧阳路清源里的梁雅雯有时还会觉得，母亲的高跟鞋声在楼上响起，那是她穿过房间去画室的脚步声。关紫兰的作品、她喜欢的法国油画颜料、她喜爱的花卉还依旧留在屋内，告诉人们，这里生活过一个美丽的灵魂。

• • • • • • • **沧海如何变桑田**

殷健灵：外婆的方浜中路

▲　　殷健灵，70后，儿童文学作家。

外婆是一条通道。

不管自己几岁，只要外婆在，殷健灵就还能顺着这条通道重返童年。到了43岁的时候，殷健灵失去了99岁的外婆。通道断了。殷健灵悲伤了很久。见证过自己小时候的人，往往不仅是回忆的组成部分，同时兼任回忆的保管者身份。失去这样一个人，就失去了一部分回忆。失去一部分回忆，就如失去一部分生命。

昔日外婆住在方浜中路上，举目四望是一片老城厢平房。外婆记住了殷健灵童年的模样，就好像方浜中路也记住了上海童年的模样。

但现在外婆已经不在了，外婆家从方浜中路动迁了，方浜中路也变了。这里新楼拔地而起，看不出往昔痕迹。这个世界上能叫出殷健灵小名的人少了一个，这座城市里能留住上海旧时光的地点也就这样少了一个。

老城厢历史

方浜中路，对于上海这座城市来说，真是一个家族中长辈般的存在。以方浜中路为原点，漫步整个上海老城厢，正是上海历史的发祥地。

资料显示，早在北宋时期，出现了上海早期的居民聚落和官方机构——上海务。南宋时期形成市镇。元至元二十八年（1291年）建立上海县，方浜中路一片始成为上海政治、经济、文化的中心。

老城厢见证上海步入商业社会的历史：元代上海海运漕粮兴起的沙船业，沟通了南北航线和长江、内河、远洋航线，促进了上海地区贸易和旧式金融业——钱庄的兴旺。老城厢也见证了上海人众志成城的历史：为对抗沿海倭患，明代起人们在老城厢建筑城墙。老城厢还见证最初的移民社团的出现，清代以后，一大批"以敦乡谊，以辑同帮"的会馆公所组织在老城厢纷纷落脚。随之而起的，是一系列私家宅邸和园林。

地方志显示，清康熙以后，社会安定，海禁开放，上海海运业和棉纺织业蓬勃发展，城厢地区商业和手工业日益兴旺。东门、南门内外和城隍庙周围、虹桥头、红栏杆桥、松雪街及从十六铺到南码头沿江地区街巷纵横，店铺林立，人烟稠密，形成"一城烟火半东南"的繁华局面。当年，城隍庙周围街市以京广杂货、骨牌、象牙、耍货、照相、画像、点心等店铺居多，较出名的有文昌路上梨膏糖店，香雪街上旧书、古玩店，百翎路上花鸟虫鱼店等，此外还有发饰、梳篦、镜箱、纽扣、线带、玩具等小商品批发市场。小东门大街是明清时期上海最繁盛的商业区，集中了银楼、棉花、绸缎、绣品、皮货、参茸、药材、木器、京广杂货、洋货、海味、南货、腌腊、酒楼、饭店等店铺，其中有童涵春国药号、万有全腌腊店、老德泰铜锡号等历史名店。花衣街以南至南码头，聚集百余家竹木行，沿江竹筏拥挤、木排山积。《上海县竹枝词》云："彩衣一巷总悬衣，衣焕朝辉映夕辉。"其余鱼行（多鱼行）、青果巷（有水果集市）等街巷也店多成市。1843年后，上海经济重心逐渐转向租界。1937年淞沪会战中城厢地区惨遭日军炮火轰炸，部分街市被毁，这里开始冷落下来，且显得不合时宜的陈旧，但相对滞后的生活环境提供了实惠的租房机会，恰又为新一代外来务工者提供进入上海的落脚点。

殷健灵的外公外婆在20世纪二三十年代，从江苏到上海谋生，两个彼此不认识的年轻人，分别租住老城厢同一幢老房子的楼上楼下。天长日久，走进走出的对视，让彼此都留了心，一旦有了好感，结为夫妇也就顺理成章。像无数移民一样，他们从新上海人变成了老上海人。只有一样美中不足——新婚的外婆久久没有生育。在一次回江苏探亲的时候，她过继了同乡3岁的小女儿。这个三口之家，从此在上海落地生根，而这个骤然改变了命运的3岁女孩，就是殷健灵的母亲。

夜里的街面房子

就这样，殷健灵的生命轨迹，因为母亲生命轨迹的改变而改变。她成了一个出生地和户籍地都为上海的姑娘，但她又否认自己是属于上海的。20世纪60年代末，母亲"四个面向"迁往南京西南郊的上海飞地梅山工作，殷健灵长大后也随母亲去往那里居住、读书，此后直到读大学，才又到上海。但这座城市到底留住她的一部分记忆，这一部分就被盛放在方浜中路外婆家。

在去南京和父母团聚前，幼年的殷健灵一直在方浜中路外公外婆膝前生活。外婆对养女视如己出，对外孙女更是宠溺到没边。她会带殷健灵去豫园，允许外孙女吃掉一整屉南翔小笼，而自己只是笑着坐在边上看，一筷也不动。她也会配合外孙女，在冬天的早晨把已经穿好的衣服脱掉，再回被窝一起赖床。她甚至允许殷健灵含着巧克力入睡。那几年里，殷健灵留下的照片里，都有个一笑就露出满嘴蛀牙的女孩。

外婆家在方浜中路的街面房子里。屋子陈旧，没有煤卫设施，邻居彼此挤挤挨挨地生活在一个小空间里，早上一起刷马桶，晚上一起燃煤炉。走进走出，所有的人都互相认识。因此虽然生活在大都市，这里却有自成一格的熟人社会。外婆是个热心人，做了馄饨要分发所有邻居，买了木耳等干货，也都一心要分给周边姐妹。外公脾气暴躁，动不动会训斥外婆，有时会因为饭菜咸淡不如意，就直接掀翻桌子。

有一回，睡在阁楼，外婆背对着殷健灵，同睡一床。小女孩一时兴起，想翻身去摸摸外婆的眼睛，看看外婆是否睡着，却不期然摸到一手泪水。她怔住了。成人世界的隐秘复杂，如傍晚的阴翳，潜入无忧无虑的童年世界。此时，小女孩什么话也不敢说，也不知道说什么好。祖孙静默无言，只能听见，远远传来黄浦江上的轮船汽笛声。

老街变了模样

1990年被保送入华东师范大学后，殷健灵又回到上海。外婆不识字，更不谙读书上的事，就用一碗又一碗丰盛的饭菜，表达对外孙女的爱。每每周末放假，殷健灵回到方浜中路外婆家，外婆就会招手叫女孩去看，像是偷偷透露一个秘密。灶间的菜色每周一换，都是女孩喜欢的：红烧大排、油煎小黄鱼、笋烤肉、酱牛肉、葱姜梭子蟹……看着她用勺子将浓稠的汤汁淋在上面，再用筷子将饭盒压得紧紧的，让外孙女带回学校享用。殷健灵问："你们不留点自己吃吗？""我们有。"外婆总是这么说。

可是养女女婿和外孙女都不在身边的日子，外婆究竟是怎么度过的？她吃些什么？过得开不开心？当时小辈们没有往心里去。一次殷健灵从学校回家，发现外婆胸前贴着白色膏药，原来竟是已经卧床不起的外公用拳头打的。长大了的殷健灵重新审视童年的乐园，发现其实大人们既有温存和蔼的面容，也有各自的际遇苦衷，就像这条方浜中路上，原来有卖小馄饨阳春面的点心店，也有黄水四溢的公厕。邻居里，那些王家姆妈张家伯伯的称谓背后，是从良的妓女、聋哑的木工、败落的小业主，是一个个活色生香的个体的故事。而上海这座城市容纳了他们，也最终消弭了他们的人生故事。1996年，地块动迁。大部分邻居都搬到了浦东花木和三林地区。

在人生最后的时光里，外婆新搬的公寓房子成了老邻居们重温往事的聚集地。他们还是老派地不打电话预约，直接敲门就来。过往的辛酸和过往的温情，过往的地标和过往的故人，都是他们自己才能意会的话语。他们共享过一个时代，见证过彼此为生存做出的努力，如今白发苍苍地长久坐在一起，就好像过去在方浜中路的时候一样。

而方浜中路外婆老家的地块上，建起了面向游客的上海老街，那里模拟着一种想象中20世纪二三十年代的市井风情，其实既不属于外婆这代人也不属于殷健灵这代人。
而曾经盛满人声的老街坊，现在建起了新楼盘，那里面，
即将上演新一代上海人和新上海人的故事。

（部分资料参考《南市区志》）

滕肖澜：童年的阁楼上建起金茂大厦

▲　　滕肖澜，1976年生，作家。

　　小时候，滕肖澜见父母的频率，一年一次，有时是两年一次。

　　上海出生的父母，当时都在江西南昌工作。他们对故乡的全部眷恋，仅够把长女送回。但他们回不来，妹妹也回不来。

　　所以滕肖澜独自一人在上海外婆家长大。外婆家在陆家嘴。20世纪70年代末，陆家嘴一片平房，天际线低矮。父母偶然回家探亲是盛大节日，但十几天后的分别是断肠日。

　　所以那些年里，直到这些年里，滕肖澜不能看到的事物包括：火车、站台、送别的场面。

　　每次去火车站送别父母回来，她都会哭到昏天黑地，然后舅舅阿姨会带她去黄浦江边看看轮船、买来冰淇淋哄她，最后是外婆的阁楼让她平静下来，她在渐渐停息的啜泣中睡着。

现在这些阁楼都夷为平地，上面建起了金茂大厦，成为陆家嘴群像中闪闪发光的一幢。

象征着上海日新月异的未来。

陆家嘴

在1993年划归浦东之前，陆家嘴归黄浦区管辖。

根据黄浦区区志显示，当时的陆家嘴路街道位于黄浦区浦东西北部，东起浦东南路、泰东路，南沿陆家渡路，西部和北部紧靠黄浦江，陆地面积为2.1平方公里，居民2.41万余户，街道办事处在花园石桥路24号。

资料显示，明永乐年间，黄浦江水系形成，江水自南向北与吴淞江相汇后，折向东流，东岸形成一块嘴状的冲积沙滩。明代翰林院学士陆深生卒于此，故称这块滩地叫陆家嘴。境内文物古迹曾有明代陆深的住宅"后乐园"，陆深墓及其祖茔、陆氏家庙、陆家祠堂等，均与陆家有关，但现在多已湮没。

在变身为今日现代化的金融中心之前，陆家嘴曾是一块河流纵横、交通便利的区域，境内主要有高巷浜、谢家浜、东洋泾浜、陆家嘴港等。明末清初，境内西南和中部有散居渔民，后来形成彭家宅。清乾隆年间，为防汛和抵御咸潮筑有护塘，塘外为荒滩，塘内有护塘沟，江苏等地船民来此定居，逐渐形成杨家宅、喻家门、花园石桥、冶坊桥等自然村宅。清嘉庆年间形成王家门小村落。清道光年间又形成张家堰、吴家弄、姜家弄等自然村落。

借水势之便利，清同治元年（1862年）后，英、美、法、日、德等国在境内先后辟建仓库、码头、堆栈、工厂。同治十年，清政府建立轮船招商局，并在烂泥渡建北码头，在陆家嘴设立南栈房。英商在烂泥渡建太古栈。在陆家渡有法商永兴栈、德商瑞记洋行火油池等。陆家嘴沿江先后建起英商祥生铁厂、日商黄浦造船所、日华纱厂、英商茂生纱厂、英美烟厂等。民族工商业也在此兴办天章造纸厂、荧昌火柴厂、鸿翔兴船舶修造厂等。烂泥渡地区商业渐趋繁荣，大宗家用器具、砖瓦竹木等建筑材料，各类土特产等均以此为集散地，逐渐形成商业街。抗战期间，境内商业由烂泥渡路和陆家嘴路，逐渐移向东昌路。境内自南向北，设有陆家渡、烂泥渡、游龙路、隆茂栈、春江、坟山、小南洋、泰同栈等8个舢板对江渡。后来大部分渡口被工厂、仓库等所占，仅存东昌路、泰同栈、陆家嘴3个轮渡站。由此兴盛起来的东昌路成为浦东地区最繁荣的一条商业街。解放后，这里有百年老店松盛油酱店、大鸿运酒楼、东方羊肉面店、德兴馆等名特商店，其他各类商店一应俱全。

滕肖澜外祖父母的家，就在花园石桥路一号。这幢如今已经消失的里弄住宅当时是成片弄堂里不起眼的一间。本来一户住的格局，渐渐演变成六七户人家在合用。而以外婆家为圆心，撑起了滕肖澜10岁以前的全部游戏空间。周围一公里内，就有她的小学、小店，远一些有浦东公园、劳动剧场。盛夏的时候，卖棒冰者走街串巷，会敲打着棉被裹好的木箱，挨家挨户叫卖。如果孩童在吃完棒冰后还觉得意犹未尽，悄悄跟着卖棒冰的人穿过阡陌交织的小道，就会发现，穿出一条弄堂就能进入另一条弄堂，旁逸斜出，每条弄堂里都有撑起的晒衣竿子、剥毛豆的老太、靠墙晒着的马桶，外观相似、气味相似、场景相似，看起来好像这些里弄永远走不完，真是无边无际的样子。

阁楼里

里弄里大多住着一些周边厂里的工人、职员。大家都过着差不多的生活。三餐不愁，但也不富裕。滕肖澜的外公是船员，经常要出差。勤勉的外婆在家做家务之余，一度还向街道生产组预支了硬板纸回家，闲时就糊纸盒以贴补家用。

纸盒几分钱一个，糊了很多也只能获得微薄的酬劳。滕肖澜年纪尚小，没有参与这种家庭手工作坊式的劳动，但记得糊纸盒的糨糊是自家调制的。刚出锅的时候热乎乎的，带着粮食的香气，看上去更像是某种诱人的点心，而不是赚钱的工具。但这碗糨糊，恰恰是"糊口"两个字生动的写照。

不宽裕的环境也像是糨糊，将人们紧紧粘在日常作息里，因此倒也滋养出熟人社会的信任感。比如有一次滕肖澜遵嘱去烟纸店买吃食，回家后发现自己的钢笔丢了。她一边哭一边到处找，等找到烟纸店时，还不确定自己究竟是在哪里弄掉的。倒是烟纸店的老板看见她哭了，询问了情况，从柜台后面拿出钢笔来说，原来是你掉的，立刻物归原主。

又比如在这样一个熟人社会里，孩子走丢也几乎是不可能的事。所以很小滕肖澜就会拿着零用钱去剧场或者电影院看电影。一来二去久了，售票的阿姨会主动和她聊天，像对着一个大人似的寒暄。似乎没有任何人觉得，一个学龄前的孩子在无人陪伴的情况下，自己来看电影有任何不妥。

唯一有点隔阂的事，是自己明明是上海人却没有上海户口。因为父母在江西工作的关系，滕肖澜在学校里是借读生。虽然成绩优秀，虽然就住在小学边上，虽然从小说上海话，但从某种意义上，她永远像是边缘的孩子。

她是属于上海又不属于上海的。她是属于陆家嘴又不属于陆家嘴的。

读书天

阁楼就成了她的庇护所。

她刚刚学会识字的时候，父亲就给了她一本《西游记》让她学着看。因为有很多生字，他就又给了女儿一本字典。滕肖澜连蒙带猜地看完一个个故事，兴高采烈地转述给外婆听，一半是小说里的情节，一半都是自己添油加醋编的。不识字的外婆一边干活一边听，满脸都是慈祥的笑。

倒是知道《西游记》故事的外公，听出了外孙女瞎编的部分。等到下次滕肖澜父母回沪探亲时，外公就告状说："孩子学会了说谎。"父亲听了，没有立即兴师问罪，而是观察女儿几天后告诉岳父，这不是说谎，这是孩子的想象力。常年不在身边的父亲，就这样呵护了女儿对文学最初的热情。后来滕肖澜参加了学校的故事比赛，又在街道的故事大王比赛中斩获第一名。

1990年代开始了，为改善居民住房条件，从浦城路以东到浦东南路，拆除东昌路沿街两侧商店与民房，建高层与多层住宅和商店，道路也从原宽14.5—20米拓宽到24米。陆家嘴街道境内，先后填平杨家沟、西小石桥、高邮浜、陆家渡浜等河流；改建和拓宽陆家渡路、田度路、东昌路、东宁路、陆家嘴路、浦东南路和泰东路等；拆除西小石桥、吴家弄、朱家宅等简屋棚户，陆续兴建了长航、长田、桃园、东昌、东园等新村住宅。高层建筑也先后拔地而起，至1992年底新建筑面积已达53万平方米。浦东南路西小石桥居民动迁。境内破土动工的还有新上海大厦、

招商大厦、建设银行大厦、三利大厦、证券大楼、上海导航中心。它们与浦西群楼遥相呼应。

滕肖澜一家也离开了花园石桥路。他们被动迁到东方医院周边的新公房，从此彻底告别里弄生活。10岁那年，滕肖澜离开上海，去南昌和父母妹妹团聚。几年后，全家通过考试入学、调换单位等方式，纷纷回到了上海。

父母如愿以偿，叶落归根。滕肖澜也在回沪工作后，在上海建立家庭，有了自己的孩子。她答应自己，即便因为出差与孩子分别，不会超过几天。那种牵肠挂肚的童年滋味，她不会再让自己的孩子尝到。

金茂大厦在花园石桥路老宅原址上建成后，滕肖澜进去登高望远过。往下看时，是热闹的金融中心，熙熙攘攘的时髦白领如过江之鲫。哪里还能辨出童年里弄痕迹，哪里还能想象，那下面曾经有一个女孩，哭着挥别父母，被外婆抱回家，消失在阁楼的窗后。

彭瑞高：沿着铁轨走在虹桥路上

▲   彭瑞高，1949年生，作家。

彭瑞高关于虹桥路的记忆，要从一条铁轨说起。

童年时代，因为母亲工作的医院在虹桥路1440弄，因此以这里为圆心，周边都成了他探险的乐园。医院以南，有一条沪杭铁路徐虹支线，平日素无通车，孩子们最爱去那里沿线远足。

1961年的一天，彭瑞高照例去轨道上玩，却发现铁轨上停着一列格外干净、翠绿的列车，正要上前一探究竟，就被篱笆边一个高大的汉子呵止。少年哪里甘心，回到医院登上三楼向南望去，只见铁路两侧，星散着许多这样的男人，显然都在保卫那列客车。少年心里一个激灵：他们在保护谁呢？两天后，报纸上说毛主席到了上海，与上海电机厂工人共庆五一。那列火车，是毛主席的！

这股兴奋之情，感染了彭瑞高。也让他从此以后，对虹桥路有了别样情愫。这条路于他而言，不仅是熟悉亲切的、风景优美的，也是神秘莫测的，许多决定全中国命运的事，虹桥路都是见证者。而彭瑞高在这个见证者身边度过了自己的前半生。

富人后花园

上海曾是冒险家的乐园，而虹桥路则见证了这些冒险家是怎么富裕起来的。

1901年，虹桥路由上海公共租界工部局越界筑路至程家桥，以其附近的虹桥镇命名。当时虹桥路东端为今广元西路交通大学，后于1990年代改道至徐家汇。20世纪三四十年代，上海人中间流传着这样一种说法：发了财，就到虹桥路上买地盖别墅。

在当时，虹桥路远离工业化的闹市喧嚣，但又不至于太过遥远。在车行可及的范围里，它显示着一派安逸乡村风光，而且空气清新，空间开阔、浓荫密布，是发达后追求生活品质的富人家庭理想的度假之地。从1930年代开始，十余年间，这里曾经修建250多幢别墅建筑，至今留存的著名别墅有1390号、1430号宋氏别墅、1440号陈氏别墅、1518号、2258号孔氏别墅、2275号、2310号罗别根花园、2374号、2409号沙逊别墅、2419号泰晤士报社别墅、美丰银行别墅等。其中一部分在1949年以后改为宾馆，如龙柏饭店、西郊宾馆等。原高尔夫球场则在1950年代改建为上海动物园。

最早一批发现虹桥路别墅地产潜质的，当属颇有房地产投资眼光的英籍犹太商人维克多·沙逊。这位在上海建造了沙逊大厦、河滨大楼、华懋公寓、仙乐斯等大批房产的大亨，于1930年购入虹桥约60亩土地，盖了一幢英式乡村风格的私人别墅，据悉，当时别墅所用的建材全部是从英国进口的橡木，造价高达每平方米317银元。落成后，沙逊经常到那里度假，或到旁边的高尔夫球场打球，或在空地上遛马。他享用的饭菜，要华懋饭店送来，至于其中的蔬果，要在下锅前半小时现场采摘，以保持最鲜嫩的口感。

"二战"结束后，沙逊将别墅卖给上海新富裕起来的宁波籍商人厉树雄，后者在这座私人别墅成立起一所"虹桥俱乐部"，实行会员制，会费每人500美金。会员大多是上海、南京财政金融界的大人物，曾有人开玩笑："假如在某个星期天中午有一枚炸弹落在俱乐部的房顶上，第二天中国的金融就会一片混乱。"

彭瑞高母亲当时在结核病医院担任护士长，医院一度在虹桥路1440弄内（今申康宾馆）办公。这个大院里的原美华新村5号别墅，是1947年12月陈纳德将军和夫人陈香梅女士结婚的场所和之后的寓所。这是一幢西班牙风格的砖混结构建筑，有着红色筒瓦屋顶，立面开窗部位多用螺旋形柱。据说在将军新婚之时，建筑内用青松和白菊装饰，高洁优雅，而无一丝奢华。婚后，陈纳德将军将小楼的钥匙装在首饰盒内，送给陈香梅作为新婚礼物。

彭瑞高的母亲曾经在抗日战争时期参加过医疗救护工作，因此对帮助中国人民抗日的陈纳德将军十分敬仰。每每母亲值夜班，会带彭瑞高到医院过夜，在花园住宅玩耍之际，母亲会带着感情说起这位美国友人，这让彭瑞高对眼前的小楼也多一份敬意。

彭瑞高分别在虹桥小学和虹桥中学读书。在他上学的时候，虹桥中学在虹桥路2206号，隔壁也是富人别墅。学校没有泳池，就经常带学生去隔壁富人别墅里的泳池上游泳课。这些往昔的深宅大院向普通的市民打开了，昔日大亨富贾的花园和草坪上，是村民的孩子在玩耍、病人在疗养。虽然许多房屋的主人其实当时还在世，但他们更像是一个遥远的传说或者模糊的影子。

革命友谊路

毕竟，在彭瑞高长大懂事的时代，不管是陈纳德、陈香梅，还是宋子文、白崇禧，都已经是书本上的人物。彭瑞高亲眼看到的名人，是另一批——随着1964年虹桥机场国际航班投入使用，虹桥路成为一条夹道欢迎外宾的必经之路。

似是故人来

1966年5月，阿尔巴尼亚劳动党中央政治局委员穆罕默德·谢胡率领阿尔巴尼亚党政代表团来沪访问。上海60万人夹道欢迎。当天的报纸记载，在通向市区宾馆长达十多华里的路上，"欢迎人群组成一条'友谊长廊'，彩旗如林，花束似海，五彩缤纷……当贵宾们的车队驶过时，欢迎的群众挥舞着中阿两国国旗……贵宾们的车队经过高矗着巨幅彩色画像的花坛周围，簇拥在画像四周的1000名男女青年，打起雄壮的腰鼓，少先队员翩翩起舞，排列在两旁的6000名学生高唱革命歌曲，歌声与鼓声响成一片。"

这一天，彭瑞高就是6000名学生中的一个小点。少年的他远远望见周恩来陪同外宾的车队经过，内心已经感到无上荣光，这热闹的场景让平时冷僻的虹桥路沸腾。

之后，还有许多外宾从这条路上经过，每每这样的外事活动发生，都成了周边居民的节日，这些活动也改变了虹桥路的面貌——这里不再是一条略显乡野、名人避世的道路，而是一条处于中国第一线的道路。大家欢迎的，都是从报纸头版头条上走下来的人物，是主导世界外交格局的人物，是改变世界的人物。

神秘风景区

尽管，外宾的来访能把周边居民和所有单位工作人员悉数动员起来，看上去，虹桥路是倾巢而出的、是里里外外都接受了检阅的。但其实虹桥路又是深藏秘密的。

从小因为母亲工作的缘故，彭瑞高一家就住在虹桥路边上的农民民宅里。他们一家住过宗家巷和祝家巷，一起上小学的同学，也多是周边各个村庄里村民的孩子。但在1960年代，有时上课上着上着，一些同学就不告而别，再问，就说举家甚至一个村子都搬走了。这些同学原本生活的村宅所在的土地被铁丝网围起来，有人在里面施工。每每想要走近看看里面究竟发生了什么，就会被解放军制止。

周边居民不知道该怎么称呼这神秘现象，就称这铁丝网里的天地为"风景区"。造好后的风景区铁丝网高耸，里面密林深植，北边有小河环绕形成屏障，普通人根本不能知道里面的世界。

直到1980年代，大家才开始慢慢明白，这个被村民称为"风景区"、被军人用保密代号称为"414""415"的神秘地方，就是西郊宾馆和虹桥迎宾馆，在20世纪60年代，前者是毛泽东来沪时下榻之地。当年彭瑞高那些忽然消失的同学和他们的父母，其实是被政府安排到其他地方居住工作。

20世纪90年代，在学会开车之后，已经离开虹桥路的彭瑞高带着母亲又回到这条路。他们特意去沙逊别墅游览，去找了原结核病医院所在的花园住宅，还在新开的饭店用餐。那条神秘的沪杭铁路徐虹支线已经弃用消失，外宾从虹桥机场出来后可以不走地面而走高架进入市区。还有西郊宾馆，也是普通人可以入住、用餐的商业场所。许多建筑看上去似乎没有任何改变，几十年过去，就是树木显得更粗壮茂密些。但其实一切又都已时过境迁，那踩着铁轨玩耍的少年已经两鬓斑白。

薛舒：当童年的渔村变成浦东机场

▲ **薛舒**，1970年生，作家。

在川沙江镇，能听得见海潮。有节奏的浪声，提示着这里濒临东海的地理位置。

风吹来的时候，带来咸湿气息，坐在同学自行车的后座上，薛舒出门去玩。那是高中时代的保留节目：镇上的同学结伴去海边，大家越过堤坝去芦苇荡里摘芦叶，夜里就投宿在海边的乡村小学教室里。

同学们把从自家带来的糯米和红枣就着芦叶裹成粽子拿去煮，然后躺在学校课桌拼成的床铺上天南海北地聊天。离家的夜晚，一切都那么令人兴奋。有学生带来了手风琴，薛舒就着琴声大声唱歌。唱着唱着，睡意上来，蒙眬之间，只闻到远处灶间，飘过来粽子煮熟的阵阵香味。

那样的夜晚，还带有前市场经济时代的意味。这是江镇还保留着自己名字的最后光阴。1998年，江镇并入机场

似是故人来

镇，2005年，机场镇并进了川沙新镇。

但在薛舒的心里，她永远记得这失去了名字的江镇。那带有海潮味道的街道，通往童年的乐园。

滨海小镇，并不闭塞

离海很近的江镇并不总是浪漫的。

元明之际，浦东沿海盛产海盐，盐民运盐和烧运盐柴草走出来的道路，在跨越钦公塘的地方称为路口。但历史上，海域缺乏遮蔽，引来倭寇的侵袭，这里是兵戎相见之地。在江镇一带，根据历史记载，自明代嘉靖之后，镇域屡有倭警。

至今，在当地的观澜小学内，还保留有一段川沙古城墙。据考，这段川沙古城墙建于1557年，是当时川沙人民为抵御倭寇入侵而建。现尚存东南一角建于明代，上有魁星阁、岳碑阁、笔塔等建筑。

朝廷在沿海设卫所司及团墩，自南至北设墩11个，遇警举烽传递信息。清朝雍正四年（1726年）这一区域隶属江苏省松江府。抗战期间，江镇为上川铁路的终点站。

斗转星移，随着战事渐缓，江镇也从沿海战争的前线地带，慢慢变成宜居之地。1949年10月，定名为江镇乡；1950年，设立江镇区；1957年，撤区并乡。

早在解放前，江镇就有庙会、茶会、书场、剧场等。

艺人来卖艺、戏班来演出的场所众多。在薛舒的记忆里，江镇文艺风气浓郁。或许是历史沿革的基因留在血脉里，她认识的大部分当地年轻人都会学些绘画、拉手风琴、弹琵琶的技能。在学校里，演出活动也很多，并不会因为地处偏远，而有任何闭塞。因为薛舒的父亲在国企工作、母亲在电器商店上班，因此她从小住在镇上的公房里，是同学间最早有录音机、电视机和沙发的家庭。电视里介绍着世界最新的文化潮流，镇上又每每有新的演出活动。这都成了文艺对薛舒最早的启蒙。

在薛舒的童年记忆里，江镇历史上发生的最大事情，就是1974年5月，江镇公社"赤脚医生"王桂珍被指派出席日内瓦世界卫生组织第27届大会。这位"春苗"的原型，当时受到全国推崇，也因为她的缘故，1976年6月15日"全国赤脚医生工作会议"选择在江镇召开。为了这场盛会，小镇上下动员，一处原农具厂厂房，被通宵达旦改建成大礼堂。会议由时任国家卫生部长主持。这样级别的官员来访，让小镇震动不已。6岁的薛舒和小伙伴们早早接到指令，当天要去贵宾到来的主路沿街，手持皱纸做成的红色花束挥手迎宾。孰料当天下午一场大雨倾盆，将组织到场的孩子们淋成了落汤鸡。皱纸花上的颜料褪色，将薛舒一位男同学的白衬衫全部染红。因为物资拮据，这位男同学的衬衫还是他母亲向人借来的。待男孩回家，母亲看到衬衫被染色，不分青红皂白，对着男孩一阵抽打。

不过，成功举办这次全国性会议，实属小镇的巅峰时刻。农具厂改建成的大礼堂在会后被保留下来，成为了电影院。这样一来，江镇就成了周边区镇里最早有电影院的小镇。

沧海桑田，变化只在瞬息间

薛舒在电影院看的第一部电影是日本影片《追捕》。当银幕上出现恋人接吻镜头时，她还茫然不知这举止代表了什么。外国译制片为小镇打开一扇新窗户。如一阵新风，许多变化从那时候起，开始以加速度在小镇上发生。

1979年7月，当地第一家补偿贸易企业——江镇丝绸服装厂建成投产。到了1990年，江镇丝绸时装联营厂和北蔡绣衣联营厂等一起，成为了创收大户，被列入上海市外贸生产百家大户。到了20世纪90年代末，随着浦东国际机场即将落户此间的消息落锤，1997年，江镇总共接待了120批前来考察、洽谈项目的单位。1998年又接待了200余批来自美国、日本、法国、加拿大、澳大利亚及港台等40多个国家和地区、5000余人次的代表团和商务考察团，除了仓储、宾馆、大酒店之外，一些高科技、高附加值、生物工程、信息产业的企业正在纷纷落户江镇。在那一年的报纸上，还能看到江镇的豪情壮志："未来的机场镇不仅在地域面积上，而且更重要的是要在经济总量和社会发展上，成为上海第一镇，并力争成为国际一流的临空城。"也就在这一年，江镇和施湾镇被并入机场镇，面积达到53平方公里，成为当时上海最大的一个镇。

借势机场，昔日安居一隅的集镇，一下子跃升为浦东开发开放的前沿窗口，成了上海联系国内外的桥头堡。机场和大量配套工程的上马，带来了人、财、物的大流动，使原来单纯的熟人社会的结构发生了根本性的变化，短短几年间，外来人口由建设前2千人猛增至近2万人……

1997年10月15日，浦东国际机场全面开工奠基。1999年9月16日首航，10月1日开通正式航班。机场主体建筑航站楼的四片弧形的钢结构屋盖构成其最具特色的空间景观，在清水混凝土基座、玻璃幕墙墙面的衬托下显得轻盈、飘逸，富有时代感。整体造型像凌空展翅的海鸥，寓意新世纪上海的腾飞。

这凌空的海鸥，也改变了无数周边居民的生活轨迹。薛舒的许多同学，曾经是世代渔民子弟，后来全家都在机场各个岗位工作。

2005年，经上海市人民政府批复同意，撤销浦东新区机场镇、川沙镇建制，设立川沙新镇。磁浮示范运营线从中穿过，浦东机场北通道也从旁边经过。"双翼齐飞协调发展，背靠机场建临空港，机场镇社会事业建设步伐快"，那几年，这句口号，永远改变了昔日的江镇。

航班从这里起飞去远方

童年，薛舒在镇上上幼儿园。幼儿园由原有的寺庙改建。

原本供奉神佛的大殿里，当时是女工的缝纫厂，永远充满机器启动的嗡嗡声响。盛夏的时候，没有电扇，就在顶棚装了纤维板，由一人拉动，为大家扇风。而孩子们则在侧殿起居游戏。有时薛舒午觉醒来，听见大殿里传来女工的声音，她们也觉得酷暑难挨，因此有人建议暂时休息，派一人出门去买点心。你出三分钱要咸的，我出三分钱要甜的。那声音里小小的喜悦，带着慵懒的满足，不知道为什么，一直留在薛舒脑海里。

或许那画面象征了逝去的时光。那是一个镇上所有人几乎都认识所有人的日子。在市场经济带来的巨变到来之前，带着自给自足的舒适自得。长大后的薛舒早已搬到市区生活，但在江镇度过的日子和听来的故事，则变幻成各种各样的面貌，出现在她的小说里。很多年后，她特意回到江镇，欣喜地看到童年的街道和童年的房子还在，只是举目远眺，能时不时看到航班起飞。这些庞然大物看起来离地面那么近，它们轻巧地掠过小镇上空，带着无数旅人，飞去遥远的地方。

邹逸麟与邹振环: 王家厍和张家宅

▲　　**邹逸麟**（1935—2020），中国历史地理学家，复旦大学首席教授，
　　　复旦大学中国历史地理研究所原所长。

●　　**邹振环**，1957年出生，复旦大学历史系教授，翻译出版史专家。
　　　1999年，博士论文《晚清西方地理学在中国的传播与影响》入选
　　　2001年度全国百篇优秀博士论文。1997年，《影响中国近代社会的
　　　一百种译作》获首届上海历史学会"学会奖"。

1978年9月底的一天，在上海市机电一局标准件模具厂
内，像往常一样，机器轰鸣，工人干活。忽然，车间上方
的大喇叭响起，播出了车工邹振环的名字，要求他即刻去
人事处报到。

在人事处办公室，干部递给邹振环一封信，这是来自
复旦大学的录取通知书。邹振环道谢接过通知书后，申请
用厂里的电话给父亲所在的厂打了电话。此时，西南联大
经济系毕业的父亲正被下放劳动，在厂里打扫厕所。

这是改革开放元年，恢复高考第二年，这个时刻，对
于邹家来说，是命运转折的时刻。

几天后，报喜的卡车开到了北京西路，要到邹振环家
门口。但整个张家宅支弄太窄了，卡车没法驶入。送喜报
的同厂工友纷纷从车上跳下来，一路敲锣打鼓走到邹家。

　　　　　　　　　　　　　　　　　　似是故人来

这一片人们敲锣打鼓走过的区域——王家库/张家宅地区，如今已经在城市建设进程中被拆除，取而代之的是高楼和商品房。

这些记录过邹振环父亲低头走路的街区，这一片见证了邹振环光耀门楣的小巷，这些承载了许多此地居民生活、劳动和渴望的房子，现在都已经消失在历史中。在如今的一次学术会议上，邹振环作了《大上海的小街区——"王家库"/"张家宅"的地理空间与文化空间》发言，逐一考证了这一街区的由来，也是向这个曾养育过他的地方作一次致敬。

一

邹振环的父亲邹逸涛是1947年到上海的。

这位宁波青年于1940年考入西南联大经济系，一年后太平洋战争爆发，在联大学生投笔从戎的高潮中，他报名参加了第四期战地服务团译训班。这个训练班为配合援华英美盟军工作而特设，征调全国各大学文法学院毕业生和外语系二年级以上的学生，以及英语较好的学生报名服役一年。邹逸涛入伍从译，他服务的对象就是大名鼎鼎的美国志愿航空大队即飞虎队。

1943年，邹逸涛回校继续求学，1945年7月获得经济学学士学位，毕业后进入国民政府设立的行政院善后救济总署工作。1947年总署任务完成，邹逸涛当时供职的杭州浙闽分署解散，他和妻子便离开浙江到上海，在亲戚开设的企业里担任管理工作。

在寻找住处时，邹逸涛自然而然也就循着亲戚的推荐，入住张家宅地区西部的融和里20号。这是一片建造于1925年左右的石库门建筑，风格介于老式石库门和新式石库门之间，既有木窗的格局，也有卫浴设施和宽敞的天井，内部设施都优于周边同时期建造的同批建筑。据说，20号和隔壁的22号，是建造此弄堂的营造商为自己和家属建造的自留住所。

父亲抵沪10年后的1957年，邹振环在这里出生。同年，邹逸涛的弟弟，当时从山东大学毕业后在中国科学院历史研究所工作的邹逸麟，随谭其骧教授来上海参加《中国历史地图集》编纂工作。日后，邹逸麟成为复旦大学历史系名教授。战乱时期分散各处的家族成员，渐渐在这里汇合。

张家宅地区有两个会概念，一是一条大弄堂的名称，指位于北京西路、石门二路、新闸路和泰兴路这样一块区域，面积大约0.6平方公里；二是一个大街区的名称，指张家宅街区（后来成为张家宅街道划分的依据），即东起成都北路，西至戈登路（Gordon Road，后改为江宁路）周边地区，南濒静安寺路（今南京西路），北临新闸路山海关路。张家宅的名字最早出现在1908年的《申报》上，或以此地曾有过的一条张家宅浜（1931年填平）而得名。

有趣的是，张家宅地区曾经有另一个名字——王家库。1843年后，英殖民主义者越界筑路，英沙逊洋行于此购地建造起英式住宅数十幢。至租界扩界前，上海大地产商程谨轩于1900年前后购进大量土地，在卡德路（今石门二路）两侧建起花园洋房和里弄房。以石门二路为界，路东称为东王家库，路西称为西王家库。但人们习惯称卡德路东为"东王家库花园弄"（今北京西路605弄，后简称"东王"）；西为"西王家库花园弄"（今北京西路707弄，简称"西王"）。根据《上海大辞典》记述，王家库大致范围以静安寺路、卡德路一带为中心，东到大田路，西近麦特赫斯脱路（Medhurst Road，后称泰兴路），南至静安寺路、凤阳路，北至爱文义路（Avenue Road，1945年改为北京西路）。王家库和张家宅的空间基本重叠，但中心略有不同，后者不再是卡德路和静安寺路，而是向西北移动了约300米，即后来的爱文义路（今北京西路）张家宅路为中心。

时移世易，王家库的名字渐渐被人遗忘，取而代之的是张家宅的名字。随着张家宅的消失，如今境内唯一留下历史痕迹让人有所联想的，就是今日著名的点心店王家沙。

二

程谨轩发迹之时，曾在静安寺路一带建诸多私家花园洋房，其中著名的"丽都花园"于1936年开幕，在开张后曾举办过荣丰纺织染公司总经理章荣初儿子的婚礼和杜月笙的六十大寿。随着有钱人纷至沓来，这一街区令敏锐商人嗅到机会。

1914年，西班牙人雷玛斯建造夏令配克影戏院，于1926年租给了张石川、张长福等人发起的中央影戏公司。不久，中央影戏公司又把夏令配克影戏院转租给爱普庐影戏院的主任郝思倍。1932年，谢葆生、马岩卿在卡德路新闸路转角创办卡德池（也称卡德池浴室或卡德浴室）。程谨轩还在静安寺路、卡德路口建成当时最先进时尚的带电梯的九层英国式公寓大楼，以程氏之孙的英文名字"Denis"来命名，音译为"德义大楼"。1920年代，他在卡德路（石门二路）东侧建成一幢七层公寓，名卡德大楼，作为英租界高级警官寓所。卡德路因此渐渐成为张家宅街区附近最为繁华的一条街。

今石门二路东头的育才中学，是1901年由英籍犹太富商嘉道理在上海白克路（今凤阳路）创办的，时称育才书社。1909年工部局议设西区华童公学，1910年嘉道理又出资白银2.5万两，在山海关路和卡德路交界处购地10亩，建造了带有操场的三层教学楼一幢。1912年竣工后，即将育才书社迁至新校址，并交工部局管理，取名工部局立育才公学，即育才中学的前身，专收走读华童，开创了上海新式学校之先河。

1929年前后，爆发金融危机，程氏家族投机失利，程谨轩的长孙程贻泽将位于麦特赫司脱路（今泰兴路）306号花园住宅作价后还债，转手被青帮人物高鑫宝改作娱乐场所，被命名为"丽都花园舞厅"。张家宅第一富商之位易主不久，1937年"八一三"事变发生，昔日热闹的夏令配克影戏院一度被用作难民所。随着太平洋战争爆发，日军接管夏令配克影戏院，由伪中华电影公司经营。掌管丽都花园舞台的高鑫宝被汉奸暗杀。嘉道理家族在沪所有产业落入日本人之手，嘉道理死于日本人的集中营。

此时，远在昆明，正是青年邹逸涛和无数热血青年投笔从戎为国效力之际。他何尝想到，战事搅动无数人的命运，自己和后代将和遥远的上海的这个街区发生联系。

邹逸涛人生最后的日子在张家宅度过。平反之后，作为一名英语教师，他重新有机会使用青年时熟悉的外语。2001年，随着动迁，邹振环一家离开张家宅。同年，已改名沪江浴室的卡德浴室随着张家宅街区改造被拆除。不久后，曾经阡陌纵横的居民区成为一片建设工地，新大楼拔地而起，曾发生在这里的风云人物传奇和无数平民百姓的故事都随之四散。

也就在改变邹家命运的同一年，1978年，日本纪录片大师牛山纯次选择以张家宅地区作为介绍20世纪70年代末期上海的经典案例，拍摄了《上海新风》纪录片。40年过去了，张家宅及其建筑虽然大多已经消失，但关于这里的影像和记忆，却依然以另一种方式，留在城市的深处。

张怡微: 沧海桑田小闸镇

▲　**张怡微**，1987年出生于上海。青年作家，文学博士，现任教于复旦大学中文系。出版有《新腔》《樱桃青衣》《情关西游》等作品。

放学如放监。傍晚离开校门，才算一天开始。同学们相伴回家，张怡微却惦念另一个去处——

20世纪90年代，从上海市西南位育中学出门，沿着宜山路往东北走，越走道路两边越冷落，但到了小闸镇街，忽然又喧闹起来。

转入其中，街宽不足4米，触目所及，两边皆为低矮平房。简易的水泥砖墙，油毛毡铺的屋顶，露出木料的门框前，摆出各种篮筐：有卖水果蔬菜的，有卖盗版光碟的，有做炒饭炒面的，有磨豆腐称散装大米的……在铺子和铺子中间，还夹杂着微型的理发店和只能放下两张桌子的小饭馆。各种小贩，营生在这里，也起居在这里。操着外地口音的女人，身形健硕，往往一边在门口叫卖，一边转身回屋，顺手揪出一个正捣蛋的孩子打几下。小孩的哭声响起来，就融入这里的市井之声。眼前活色生香的一切，叫偶入其中的中学生不觉突兀，只觉新鲜有趣。

小闸镇像一个秘密花园。和张怡微熟悉的工人新村迥异，和周边正在建起的高楼小区相比，更显得是两个世界。但小闸镇自顾自地兴旺着。像这里的人们当街生火的煤球炉，烟雾腾腾，热热闹闹。

蒲汇塘上的"闸"

小闸镇的名字里有个"闸"，算是把自己的出身和历史随身携带。明清之际，吴淞江（进入上海市区部分即苏州河）时常淤阻，当局多次浚挖蒲汇塘，以分泄吴淞江。蒲汇塘西接朱家角、泗泾、七宝等市集的各河道，入市区后，原本与肇嘉浜相汇合，经日晖港，汇入黄浦江，但到了清初，由于淤阻严重，蒲汇塘改在小闸镇入漕河泾，经龙华港入黄浦江。清朝道光年间，当局再次疏浚了肇嘉浜和蒲汇塘，小闸镇就位于肇嘉浜和龙华港的交汇点。在陆路交通并不发达的年代，这条水路交通的重要性不言而喻。

清咸丰五年，上海小刀会起义领袖刘丽川从上海县城（今豫园）突围，传说他到小闸镇后准备撤退，不料小闸桥已被拆除，另有一说是，当地人因为天黑不能辨认局势，不让他过桥。不久清兵追至，刘丽川葬身小闸桥边。

抗日战争胜利后，上海市区不断扩大，蒲汇塘河道的土山湾至龙华镇段逐渐湮没。《上海县志》显示：1947年到1990年，对蒲汇塘的疏浚持续多次，分别为1947年浚小涞港到土山湾段，1958年疏浚虹桥地区段4公里，1962年浚小涞港至小闸港全线，1972年又大规模疏浚。至1990年，蒲汇塘的河道西起蟠龙港（今国家会展中心附近），东入漕河泾港、长约2.17公里，可通航20吨以下船只。

有河就有船，船民带来货运，货运汇成集市。当1998年，考入中学的张怡微放学来到小闸镇"探险"时，依旧能看见货运船只往来，人们在码头装货卸货。在河边上上下下忙碌的商人和工人，以及在一边观看这幅图景的市民和路人，或许都没有想到，眼前的漕运场景，其源头可以追溯至明清。这个底层劳动者混杂的码头，诉说着上海之所以成为大城市的历史机遇：商贸往来，依水而兴。

当街洗头的女人们

但水流也在变化。

于上海这样的平原地区，疏改河道本属平常。更何况随着陆路交通的兴起，水网的作用也渐被边缘化。至20世纪中叶，蒲汇塘的排灌、航运功能逐渐为淀浦河（从青浦经过松江、由闵行入黄浦江）取代。与蒲汇塘相连的肇嘉浜因为成为死水常年恶臭，早已被填平成路，原蒲汇塘的土山湾至上海天文台段被填平为漕溪北路。失去了水路枢纽作用的小闸镇沉寂下来，成为被遗忘的区域，也成为农人耕种、养猪的场所。

在1958年，小闸镇再次为人提起，是因为此地农民能种植出肉厚质细、味香甜糯、水分少的小闸南瓜，而获得多次报道。一时，上海郊区很多生产队里都种植了小闸南瓜。北京、重庆等地特地派人来学习经验，引种种植。在物质匮乏的年代，这里的农户也开辟场地、养鸡养猪。进入20世纪80年代，原本属于上海县虹桥公社小闸生产队的小闸镇，划归徐汇区田林街道。1985年，田林街道办事处成立，这里成为上海市新辟的12个居民住宅小区之一。1987年，徐汇区着手建立田林路商业街，此时上海已经进入改革开放后的高速发展时期。小闸镇曾熟悉和见长的水路运输以及农业养殖，在高速城市化和市场化的时代背景衬托下，渐渐显得不合时宜了。

张怡微见证的，是这个曾经繁华的江南市集最后的景象：低矮的平房成为外来人口集聚的场所，附近就有一个水果批发市场，"每天还能看到水果贩子在甜橙上刷亮亮的粉，那时候觉得太正常了，因为光天化日每天路过的时候他们都在那样做，也就好像司空见惯了。"

有时，那些小贩的女人在路边找个高处放置脸盆，然后在煤球炉上生火，烧了开水，连壶提来，把水倒在脸盆里，随即把发辫哗啦啦解开，在周围路人众目睽睽下，开始洗头打肥皂。张怡微有时看到这个场景，总觉得好像误入他人的房间，然而洗头的人如此坦然，周边的邻里也不以为怪。这场景里面含有一种直白的活力，也含有一种亘古不变的生命节奏，把张怡微迷住了。

最新的成为最旧的，最旧的成为最新的

张怡微小时候在曹杨新村长大，在她四五岁时，她母亲所在的无线电厂搬到徐汇区，他们一家也随之来到了田林新村。接连居住两个工人新村的经历，让她熟悉这种行政规划好的居住空间。

在田林新村，所有的小区道路都是横平竖直，所有的建筑高度和外观几乎一致。按照生活片区，可以大致了解居民们的出身：这一片楼房住着产业工人，这一片住着本地农户，这一片住着分配来这里的高级知识分子。田林新村里的小孩子们，都按照自家住址，就近分去田林新村内设的各个幼儿园、小学、中学读书。如无意外，升入新学校的同学就是同一拨人。田林新村里，居民们的需求都被预先设计安排好了。田林路上的商店满足人们日常使用，每隔一段距离，新村里设有菜场。加上位于宜山路的第六人民医院、位于柳州路的社区医院和位于漕溪路的龙华殡仪馆，几乎足不出这个区域，就能满足一生所需。

与之相比，小闸镇真是一个异数。虽然道路不长，占

似是故人来

地只有2.2万平方米，但它里面环境混沌、建筑混杂，人员结构混乱。2000年，小闸镇东侧的铁路更换为明珠线并通车。更为新型的城市交通，改变了小闸镇周边的商贸结构和居民构成。但小闸镇依旧没有变化，它的"不进"成为速变时代的"则退"。

在张怡微的小说里，她多次把田林新村和小闸镇作为主人公活动的舞台。但对于急速发展中的上海来说，小闸镇常年的脏乱差，消防、食品安全隐患频发，以及周边居民的投诉不断，使它不再是一个能跟上时代的"舞台"，而是一个需要被整治的"问题"。2016年，政府决定对小闸镇启动拆违和土地征收，计划在2019年完成安置和拆除。

根据规划，小闸镇河西地块在完成平地后成为公共绿地和景观绿化，并配套建设地下停车空间，缓解周边停车难题；地面配合蒲汇塘沿线绿化改造，除了绿地之外还将建设社区配套公共活动空间。

张怡微回溯少年时代，只过去了20年。但20年前的小闸镇，还留着上个世纪的生活和生产方式的余音。曾经因水网纵横而兴起的小闸镇，是城市发展中的新生事物，如今作为旧迹要被重建了。等到未来人们能再次漫步其中时，它又会是这城市里最新的社区绿地之一。这个张怡微曾见证最后的货运场景的码头，依旧用自己的方式，诉说着上海之所以成为大城市的核心要义：世易时移。

孙颙：躺在南昌路外公的书架下

▲ 　　**孙颙**，1950年生。上海市作协副主席、党组书记。曾任上海文艺出版社社长，上海市新闻出版局局长。

孙颙躺在地板上，抬头看，四壁皆是书架。

等他睡着，这地板如河水，这书架就是重峦叠嶂。梦里他顺流而下，两岸是书组成的山峰和书组成的峡谷，一层又一层，是一生不能穷尽的风景。

这就是孙颙小时候，入住外祖父易克桌在南昌路寓所的印象。半个多世纪过去了，虽然屋子已经易主，藏书已经四散，屋主去世多年，孙颙自己也做了爷爷。但是少年时代，他在外祖父家打地铺过夜的场景却越来越鲜明。那四米层高的屋子客厅，那些从地面直达屋顶的书架，那些散发纸张气息的线装书，一样样都历历在目。

那景象直观呈现了文化的力量，深深地印进少年的心底，跟随他长大，跟随他工作，浸入他的行为举止，印刻入他的生命。

南昌路上

南昌路，资料显示，包括原陶而斐司路（Route Dollfus）和环龙路（Route Vallon）。陶而斐司路为今南昌路东端重庆南路与雁荡路之间的一小段，1902年法租界公董局越界修筑，最初的名称为军官路（Rue des Officies），1920年以法国军官陶而斐司改名为陶而斐司路。环龙路为今雁荡路以西的南昌路大部分路段，1912年法租界公董局越界修筑，以法国飞行员命名。1914年，陶而斐司路和环龙路都被划入上海法租界。1943年，这2条路统一以江西省会南昌改名为南昌路。

南昌路为老上海高级住宅集聚区，众多花园别墅和公寓，穿插在梧桐树下，路东端分别有科学会堂和复兴公园。在上个世纪初，这里怡人的环境吸引了不少名流入住。1915年，革命党人、同盟会元老陈其美入住环龙路渔阳里（今南昌路100弄）5号和萨坡赛路14号（今淡水路92弄2号），策划武装反袁。在1915年11月洪宪帝制推出之际，他策划刺杀海军上将郑汝成，12月发动肇和舰起义，誓死捍卫共和，也由此被袁世凯视为眼中钉。1916年5月18日，被袁世凯派人刺杀于萨坡赛路14号寓所。

5年后的1920年初，陈独秀从北大返沪时，入住环龙路渔阳里（今南昌路100弄）2号，主编《新青年》，宣传马克思主义思想。10月4日，在寓所与杨明斋、包惠僧等谈话时被法租界捕房逮捕，经孙中山等营救获释。

1925至1933年，杨杏佛先后入住环龙路铭德里（今南昌路100弄）7号和霞飞路霞飞坊（今淮海中路927弄）5号等处。其中1926年4月，他在陶而斐司路（今南昌路东段）24号设孙中山葬事筹备处，任总干事。1932年，杨杏佛与宋庆龄等发起组织中国民权保障同盟，任副会长兼总干事，因组织营救革命志士和进步人士，抗议德国法西斯迫害犹太人等，招致当局仇视。1933年6月18日，在亚尔培路331号（今陕西南路147号），遭暗杀。

而孙颙的外公易克枭（易敦白）是湖南籍人士，曾是清末科举考试的最后一批秀才。上个世纪初，他入幕北洋政府，在段祺瑞等人手下工作，担任过湖南省教育厅厅长。在国民党统治时期，他参与了倒蒋反蒋的活动，失败后遂生去意，到上海当了寓公，入住南昌路一幢三层的沿街小楼，从此不问政事，专心读书声出金石，修身养性。

文史资料

外祖父的屋子，是孙颙童年的"百草园"。

南昌路的小楼，虽没花园，但有个天井，成了孙颙儿时向往的去处，外公常年住在别墅二楼，而一楼的大客厅则是书房。底楼40平方米不到，层高约有四米，四壁全部被书架占据。其中东西两堵墙，书架由地面直达屋顶，玻璃门内大都是珍贵的线装书。北面是个暗间，堆着笨重的木制书箱。每每随母亲去外公家，孙颙总是好奇，直到问了舅舅："书箱里装的是什么？"舅舅回答："二十四史。"小时候的孙颙不知道古版的二十四史如何宝贵，但是，那整面墙整面墙的书，教小小的他学会了敬畏，也种下了最初的萌动。

上海解放之后，易克臬被聘为文史馆馆员，从此更加埋头书籍，他对吃穿不讲究，对时事也不过问。除了佐饭时喝一点药酒和黄酒，外祖父没有任何嗜好，吃饭细嚼慢咽，不高声说话。在二楼的房间里，外祖父往往穿一件对襟上衣，摆一张藤圈椅，摇一把蒲扇，让小孙颙与他面对面坐着，口授唐诗、教他对句。孙颙的名字，是外祖父取的，外祖父旁征博引，出版过一本《中华新韵》的书，因此坚持这个字念"禺"，绝对不认同念"用"，并搬出古书佐证。虽然按照新华字典，周围人不承认这个字的读音，但这一点点坚持，是外祖父显露过的唯一的倔强。

外祖父自己一个人的时候，也就整天坐在书桌边，看古书、摆围棋、写书法。暑假的时候，有时孙颙在外祖父家住几天。外祖父教孙颙看棋谱，告诉他做人做事勿求极致。有时眼看一个角要下赢，外祖父却要求孙颙放弃，并告诫他"穷寇莫追，追了，自己露出破绽，反而会输"。这避让的哲学里，积淀着多少外祖父一生的境遇，但老人笑笑不响。

有一段时间，孙颙去玩时，发现外祖父用蝇头小楷，写着什么长篇。他告诉孙颙，自己正应文史馆的号召，写北洋政府时期的回忆文章，并拍拍手边一沓文史资料。已经爱上阅读的孙颙，看到原来有一种书店和图书馆都看不到的"非公开出版物"，立刻来了兴致，一定要借来看。谁能想到，很多年后，这个书桌边好奇的少年，会成长为上海政协的文史委主任。当孙颙发现改革开放以后的文史资料，全部变为公开出版时，立刻觉得，那是违背周恩来总理当年设计文史资料的初衷的，因此孙颙极力呼吁恢复内部资料的出版形式。

历史的缘分，就这样穿越时光，奇妙地串联起南昌路的外公和成年后的孙颙。

书架的归宿

"文革"开始，生产组占据了客厅作为工厂，书架被剖开做了长桌板凳。外祖父平淡对待身外之物。有次被人咄咄逼问，为何家里只剩半个金镯，另一半镯子去向何处？易克桌依旧用不疾不徐的口吻回答：每次孩子们来看我，我要妻子加几个菜，又没多的钱，就只好剪一段金镯卖掉换钱买菜。剪一点剪一点，最后只剩半个金镯。至此孙颙才知道外祖父经济状况今不如昔，但外祖父从未流露一丝一毫，甚至对物质得失也不太在意。

但等大卡车拉走所有的书籍，外祖父垮了。

20世纪60年代末的一天，外祖父去文史馆，一次回家路上，被电线杆绊倒，再也没有站立起来。此时孙颙早中断学业，跟随时代的安排去崇明务农。连外祖父手抄给他的围棋棋谱，也在周转之中散失了。可是外祖父和他的藏书，一直保存在孙颙的心里。在务农的时候，在田间的时候，后来在大学的时候，在孙颙写小说的时候，外祖父和他的书架，一次次又跃入孙颙眼中，玻璃明净，书籍整齐，全家人对此爱护有加，房间里似还散发纸张气息，似还可闻外祖父鼻息。

孙颙一遍遍写下它，那么在文字里，这些高高的书架和满墙的书籍就能一遍遍重生。

改革开放后，南昌路屋主易主。孙颙便不再去那一带转转，如今他自己做了祖父，他也教5岁的孙子围棋，也会教他唐诗。昔日外祖父给他的潜移默化的影响，换了场景换了时间，但都传承下来。

虽然书架不在了，书本不在了，但当年躺在地板上望向书架时感受到的文化的震撼力还在，半个多世纪过去，也没有减损一点。

（部分资料参考《卢湾区志》）

王晓玉：在山东路长大的山东人

▲　　　**王晓玉**，中国作家协会会员、华东师范大学原传播学院院长。

童年的清晨，是从收马桶的叫唤声中开始的。

有钱人家的娘姨、普通人家的主妇、少小当家的女孩，闻声一个个拎了自家的马桶出门。邻居相见，互相点头招呼，而那收马桶的，同样也是这里的居民。马桶倒尽，水声、刷子声随之响成一片。在山东路福州路口的永乐里，一天就算正式开始了。

从王晓玉出生一直到17岁考上大学离开前，山东路汉口路的这个街角，就是她认识上海的原点。

如今王晓玉已年过七旬，住到城市西南角的郊区。可是但凡和家人到市中心，她必定会和弟弟们绕到老家的街角看一看。这里有他们曾经的住所，曾经的回忆，曾经熟悉的上海人家和上海生活方式。每次回到这里，她好像又变成那个小女孩，只要乖乖去仁济医院隔壁的教堂里坐一坐，就能领到一块香香的豆腐干。

那五香豆腐干的香味，就是她山东路情结的滋味。

山东路

王晓玉的父亲是从山东来沪谋生的。母亲则是杭州人。王晓玉是家里的长女。生她的那年盛夏，母亲没有选择在家分娩，而是颇为新潮地去了医院。王晓玉诞生在仁济医院，离她家步行都不用5分钟。

仁济医院追溯起来，是清道光二十四年（1844年）二月，英国基督教伦敦会医生雒魏林和传教士麦都思在上海县大东门外开设的仁济医馆（后改称仁济医院）。道光二十七年迁至麦家圈（今山东路福州路），又称"麦家圈医院""山东路医院"，为上海第一家西式医院。该院的医护人员初多为外国人，早年的麦克劳医师和丹文鲍医师均属当时的名医。而王晓玉记忆里的，曾去领取五香豆腐干吃的地方，则是山东路麦家圈上的天安堂。

天安堂于清同治三年（1864年）建于山东路麦家圈，当时参加礼拜的除中国人外，还有英国侨民中的"不随从国教"的信徒。直到光绪十一年（1885年），西侨又在苏州河畔（今南苏州路）另建一新天安堂，供英国侨民礼拜，山东路天安堂就全部归中国人使用，改称中华基督教天安堂。1916年，天安堂由中国人自己管理，1918年华人自行募集款项在原址翻造新堂，1924年落成。天安堂还设分堂于南市三牌楼，名福音堂，还在南翔设慈善安老院和留养所。王晓玉的记忆里，山东路教堂的顶是尖的，墙是红的，台阶是高高的，天花板穹顶弧度惊人。神职人员欢迎孩子们来玩，为了吸引小朋友安静坐着听礼拜歌声，就用小食吸引。1958年联合礼拜时，天安堂人员参加黄浦区联合礼拜，原址归仁济医院。1989年改为仁济医院门诊部。

山东路留着19世纪外国人在沪活动的痕迹。

除了医院和教堂，永乐里从汉口路门出来左转，山东路上还有一处外国坟山。老上海对此莫不熟知。

这座山东路九江路口的外国坟山，也能追溯至清道光二十四年（1844年）。当时在沪经营的英商麦都恩组织一公墓公司，购买今海关西侧一块地皮作为安葬外侨棺柩之地，后易地山东路287号建公墓，人称外国坟山，又称山东路公墓。其后，外国人又在浦东坟山码头、东新桥九亩地、八仙桥、静安寺、虹桥路等处陆续开办外国公墓，专葬外侨。小时候，为了去灯红酒绿的大马路（即南京东路），永乐里的居民必须经过山东路外国坟场。夜间从围墙的豁口望进去，只见黑黑的树影和白森森的墓碑、十字架，足够叫小孩子汗毛倒竖。好在解放后不久，1951年，山东路公墓迁葬，原址建体育场。

小时候，山东路上有剃头店，有弄堂学校，有小书摊

杂货铺和饮食店。坟场斜对面，山东路近南京路口，曾有幢慈淑大厦，在王晓玉小的时候，曾有人从上面跳下来，大人们议论纷纷，说是因为股票跌了。死掉的人能不能进外国坟场呢？不知道。

但这条路对王晓玉来说，就是上海的核心了。

居民们

永乐里有两排房子，面山东路的一排，采光好，所住的多是殷实人家。靠里的一排只能靠天井采光，所住人家收入就略低些。但因为大家共用一排水龙头，因此抬头不见低头见，彼此生活都有了交集。

上海解放前，福州路上曾有不少欢场集聚。王晓玉的一个邻居，人称"玻璃杯"，就是陪酒女郎出身。"玻璃杯"身材窈窕，面容姣好，但转身进了弄堂，就和其余主妇一样倒马桶、烧煤球炉，一样买鱼洗菜。闲暇时，她和永乐里的其他女性居民在一起织毛线、研究花纹针法，别人对她没有鄙夷神色，她也没有流露丝毫风情。解放后，"玻璃杯"顺应时代，嫁了个扛大包的工人。工人膀大腰圆，孔武有力，又是独自带着孩子的鳏夫，乍得娇妻，喜不自胜。后来又添了孩子，一家人便和乐融融地，顺利在新时代安身下来。

日常生活在弄堂里，是高于一切的法则。活下去，把日子过下去，就是居民的追求。相比外人想象中上海人的旗袍西装，永乐里的人们缺乏精致的海派腔调，却能风来雨来都不变地维系着日常。他们不伤害别人，也不被人所伤，无进取之意，也不会被当做出头鸟。他们日复一日地倒马桶，烧煤球炉，买菜吃饭，按照时令乘风凉或者晒太阳，也构成了上海某种城市底色。

王晓玉是弄堂里的皮大王。父亲常年在外经商，外婆和母亲对她呵护有加。过年过节，家里盛出猪头、鸡鸭鱼肉来供奉祖先，还没上桌，外婆先纵容王晓玉把猪头里的肉抠出来全吃了。王晓玉下面有三个弟弟，弟弟打架打不过小伙伴，只要喊一声"阿姐——"王晓玉立刻冲出家门，一步跃下两三级扶梯直往弄堂里冲去。她是一点不吝啬淑女形象的。家境好的时候，家里娘姨要下楼去买粢饭、油条、小笼包来给大小姐做点心。家境每况愈下后，大小姐反而露出本性，取出一只大海碗，盛满冷饭，浇上开水，再从大人预先备下的缸里挖一大勺咸菜肉丝毛豆出来作为浇头。饭上再压两块咸带鱼。心满意足捧着这一大碗饭菜，跑去弄堂有风处，毫无吃相地大嚼。但这餐饭是吃得最开心舒服的。

大小姐的心是野的。

1961年，王晓玉考上华东师范大学。之后几个弟弟也都读书出色。王家成了弄堂里被人高看一眼的家庭。大学毕业后，王晓玉去外地工作，8年后回上海，成家生子，儿子又回到这条弄堂里，复刻母亲童年经历一般，被外婆宠大。

上海不少里弄已经不见踪影了，但永乐里还在，不过是当年烧煤球炉的家庭现在烧液化气了，当年麻将台前摸牌的母亲现在换成女儿了。任凭外面的时代和环境怎么变，这条里弄却似在海底，没有大变化。只是偶然一抬头，才发现天井上空，东西南北四向，早有高楼大厦的影子围过来了。像有人从高处探头望向井里一样，望着永乐里的一切。

燕子姐姐讲故事：一切从小红楼开始

▲　陈燕华，中国第一代电视少儿节目主持人。

1983年，从静安区骑车到徐汇区衡山路，是一段越骑越安静的路程。

一路向西，两边的楼房密度逐渐降低、车辆渐疏、行人渐少。自行车轮子滚动的声音，就越发清晰，偶然遇到崎岖处，车身一颠，车铃被震得轻轻一响。陈燕华发现，自己已经骑入荫凉深处，进入一片梧桐交织的绿意，抬头看时，在衡山路的尽头，小红楼耸立。中国唱片总公司上海公司，到了。

正是在这幢楼内，她第一次灌录了《燕子姐姐讲故事》的磁带。正是在这里，她第一次意识到自己嗓音的天赋和个人的志趣。从此，她的声音和她的名字，伴随了一代少年儿童的成长。而一切，是从她第一次放好自行车，走入那幢小红楼开始的。

《义勇军进行曲》在小红楼录制

全上海有无数幢红色外墙的楼宇。但说起徐家汇小红楼，只有独一无二的一幢。几乎所有的老上海都会脱口而出：小红楼呀，唱片公司的小红楼。

这幢不会言语的小红楼，在上海人的集体记忆里，是流淌着音符和旋律的化身。早在20世纪初，录音唱片已传入上海。清光绪三十四年（1908年），法商在沪开设东方百代公司经营唱片销售业务，1917年在徐家汇路1434号购地建厂，建起中国第一家唱片制造厂，小红楼为其中一幢办公用楼。

最初，唱片是在中国录音，送法国制成唱片，再运回中国销售。当年，谭鑫培的《洪羊洞》《卖马》等老唱片在红楼里灌制，梅兰芳的《贵妃醉酒》《霸王别姬》等共计32张唱片也在红楼里陆续问世。灌制成唱片，打破了传统戏曲表演的地域限制，也延长了诸位大师的艺术生命。2004年，中国唱片100周年座谈会也正是在小红楼内举行，越剧演员傅全香在座谈会上回忆：从1946年在红楼里灌制第一张唱片《恨娘》，到1948年灌制《李香君》，两年内出了32张唱片。1989年，傅全香在红楼里灌制《梁山伯与祝英台》，获得了当年的金唱片奖。

时代歌曲，也在小红楼留下浓墨重彩。1934年，聂耳担任百代音乐部主任，就在这幢小红楼里，他创作出了

似是故人来

《大路歌》《毕业歌》《码头工人歌》以及《金蛇狂舞》《翠湖春晓》等著名歌曲、乐曲。1935年，正是在小红楼里，聂耳和田汉为电影《风云儿女》创作录制了主题歌《义勇军进行曲》，唱片模板至今为中国唱片总公司保存。新中国成立后，《义勇军进行曲》被定为中华人民共和国国歌。

红楼二楼朝西的一间房间里，"金嗓子"周璇曾在这里录过音。与周璇同年代的很多歌星都已在此留下婉转乐声。新中国成立后，中国唱片社成立，《我的祖国》《梁祝》等优秀音乐作品在这里陆续走出。解放后，这里出版的第一批粗纹唱片有《解放区的天》《军队向前进》等，以后产量连年增长，到1957年年产粗纹唱片713万张，手摇唱机2.7万架。粗纹唱片一直生产到1972年，随着用户的不断减少而停产。1952—1972年，累计共生产粗纹唱片8629.93万张；手摇唱机从1952—1965年，累计共生产各种型号手摇唱机39万余架。

除了录制唱片，中唱上海公司在1958年9月，试制完成第一批25厘米三十三又三分之一转密纹唱片6个片号共608张，6个片号包括歌曲《黄河大合唱》、乐曲《社会主义好》《人民战士进行曲》等，同时还试制成功了放唱密纹唱片的四速电唱机。1958至1993年间，公司共生产单声道密纹唱片约4888万张。

此外，在20世纪六七十年代，公司还研制了用弹簧马达驱动，晶体管放音的收、唱两用机（107型和108型）和收、唱、扩三用机（109型和109型B型）、701型直流马达驱动的晶体管三用机、17厘米薄膜唱片、25厘米薄膜唱片及其压片机等产品。1979年，中唱上海公司引进美国ES6000型全套盒式音带复制生产设备，11月开始试生产，1980年1月正式投产。20世纪80年代后期，推出的歌曲联唱《红太阳》一鸣惊人，销量高达700万张。

1983年1月，经广播电视部批准，中国唱片厂、中国唱片社上海分社、中国唱片发行公司上海分公司合并组建成立中国唱片总公司上海公司，这是一家集编、产、销统一的经济实体，由上海市广播事业局代管。

隔壁的工作人员都过来听

1983年，陈燕华第一次走入中唱上海公司时，被眼前厂区面积之庞大所震慑。

因为兴奋和忐忑，她甚至来不及观察厂区内景，就连忙按照编辑的指示，进入录音棚所在的区域。当时，陈燕华以"燕子姐姐"为名，每晚在上海电视台主持少儿节目，已经小有名气。也因此，受到中唱音乐编辑之邀，以录制磁带的方式来为孩子们讲故事。在当时，这样录童话的形式，实属创新之举。

录音棚里，安静得没有一点杂音，四壁都包裹有柔软的吸音材质，将外部的喧嚣全部摒除。独自在录音棚里，如回到母腹，好像初生婴儿面对陌生世界。聆听极度的寂静，让人也不禁紧张起来。所以，虽然已经习惯面对镜头，但一想到要将自己的声音永久地灌录下来，她还是十分慎重。

陈燕华曾经在上海戏剧学院进修。在校时她学得最好的一门课，正是台词课。因为表现出众，还被老师钦点为课代表。为了确保自己在录音棚里发挥到位，陈燕华第一次到中唱时，还特意请了两位台词老师与她一起来，以便现场给予专业指导。

她念了一段童话，然后走出录音棚，到外间的控制台听自己声音的回放。在那个小房间里，她听到自己的声音豁然响起，甜美清亮的嗓音似从天空降临，如水一样充满了整个房间。甚至正在隔壁办公的中唱员工，都不禁走到这里来听她的声音。陈燕华难以忘记，当时这些整日和声音打交道的专业人士，在听到自己的声音时，眼里露出的那份赞赏。这是一个有仪式感的时刻，也是一个决定性的时刻。从那一刻开始，她确认自己有天赋的嗓音，也有了自信，自己一定能做好为儿童念故事这件事。

她录制的《燕子姐姐讲故事》1986年出版就卖出100多万盒，并获得了1989年的金唱片奖。这是这一奖项第一次颁给语言类节目。

这是燕子姐姐一生中最开心的一段日子，也是中唱上海公司历史上最辉煌的日子。但在这辉煌之中，也蕴含着变化的暗涌：盒式音带已经开始流行，几年后CD也即将研制问世，互联网即将改变传播方式，传统唱片的黄金时代正在进入尾声。

在接下去的日子里，陈燕华时不时会骑着自行车，从静安区的家到位于徐家汇的中唱来录制故事。小红楼不仅成了一个地理意义上的坐标，也成了她生命里的一个坐标，直到上个世纪末她离开上海。

就在她离开上海的日子里，上海第一条地铁从徐家汇穿过。陈燕华曾经听中唱的老员工说过一件轶事：当年为了测试录音棚的隔音效果，曾请解放军在厂区外的道路上开空炮。最后证明录音一点不受影响。但地铁从厂区地底下穿过，再不能隔音了。到了上世纪90年代，盒带也不再流行。不久中唱和临近的大中华橡胶厂都移居他处。此处只留下前者的一幢小红楼和后者的一根烟囱。

如今，回上海多年的燕子姐姐，还在继续讲故事。只是当年留下她的声音的录音棚已经消失在城市更新中。听着她故事长大的孩子，自己做了父母。见证她讲故事的厂区，变成了绿地。唯有她的嗓音没变，还是那么清甜有力，像她一直在念的童话人物，始终执拗地留在纯真年代。

从浦江饭店到中国证券博物馆

▲　**万杜涓**，上交所国际交流合作中心负责人。

1990年底，黄浦路15号浦江饭店门口，出现了一个推着小车卖茶叶蛋的阿姨。

早晨9点前，她的摊位前会出现一波购买高峰，到了下午3点过后，又会有一波购买高峰。阿姨敏锐地为自己找到了新客源——

这年的12月19日，随着黄浦江边的开锣声，上海证券交易所在上海浦江饭店举行开业典礼，告别40多年的证券交易机构重回上海滩。初生的上海证券交易所只有8家上市公司，25家会员，3万名投资者，12.34亿元市值。上交所开业当天共成交93笔业务，成交金额为1016.1622万元。其中，股票交易的笔数为17笔，交易金额为49.4311万元。其余成交的都是企业债、金融债和国债。这样的数字，与今日的上交所相比显然是"小儿科"。

但这一新生事物的出现，对改革开放初期的上海乃至全国来说，都具有石破天惊的意义。对当时144岁的浦江饭店来说，上交所的出现，也为这家昔日"远东第一饭店"注入活力。这家当时生意闲淡的涉外饭店门口从此人气剧增，他们当中，有身着红马甲的交易员、身着黄马甲的管理人员，还有因为这一新生事物而聚集于此的普通人。

这一人群的出现，不仅促成了浦江饭店门口茶叶蛋阿姨的生意，他们每一个人，也在那个时代，用各自方式创新。

1990年12月，也是万杜涓作为上证所筹备组成员第一次走进浦江饭店的日子。2019年，退休后的她再次回到浦江饭店，此时，这幢建筑有了新的名字——中国证券博物馆。

时间是伟大的作者，它能写出未来的结局

浦江饭店，原名礼查饭店，建于1846年，为上海第一家西商饭店。《虹口区志》显示了两年后的1848年，即清道光二十八年，吴淞江（苏州河）北岸（今乍浦路街道、提篮桥街道一带）正式被辟为美侨居留地。同治二年五月十日（1863年6月25日），划定美租界界线，美租界扩至今唐山路街道一带。是年八月，英美租界合并，改称英美公共租界。到光绪二十五年三月二十九日（1899年5月8日）

似是故人来

租界再次扩展至今嘉兴路街道的一部分，是年，英美租界正式改称上海国际公共租界（简称公共租界）。

光绪八年（1882年），英国人立德尔招股成立上海电气公司（亦称上海电光公司），在大马路31号A（今南京东路190号）创办上海第一座发电厂，是年6月，以直流100伏对外供电，在6.4公里线路上串接15盏弧光灯。其中一盏，就亮在浦江饭店门前。

1922年，爱因斯坦夫妇在上海得知自己获得了1921年度诺贝尔物理学奖的喜讯。爱因斯坦当晚下榻礼查饭店304房间。1927年4月，周恩来和邓颖超住进了礼查饭店。5月下旬，周恩来离开礼查饭店，来到1000米外的公平路码头，登上西行武汉的英国轮船。美国喜剧大师卓别林也曾于1931年和1936年两次来到上海，并下榻礼查饭店。正是在上海之行中，卓别林说了这句话——"时间是伟大的作者，它能写出未来的结局"。

看到浦江饭店的孔雀厅，眼前一亮

1990年，34岁的中国人民银行上海分行金融行政管理处处长尉文渊站在浦江饭店前时，并未想到卓别林的这句话。

事实上，由于5个月后要建成上交所的压力非常大，令他无暇他顾。尉文渊把手下的6个人分成两路，一路找房子，另一路围绕公司上市和股票交易运行等制订各种文件和规章制度。

刚刚从部队转业到中国人民银行上海市分行的万杜涓，此时工作不满一年，服从组织需要，加入尉文渊的筹备组。骤然又要去新部门工作，万杜涓倒觉得有趣。新成立的上交所，没有一个人知道应该怎么办，大家都是一张白纸起步，共创新事物。

尉文渊记得：当时正是暑天，他为了找办公地点，到汉口路上海交易所旧址看过，结果发现已被分割出租；到黄浦江和苏州河沿岸的旧仓库寻找，面积够大，但装修工程量太大；到火车站售票大厅和邮政局分拣车间也去看过，均不合适。一个月很快就过去了，房子还没着落。事后他说："选不中，和头脑中对交易所应该是个什么样子没有概念有关。"于是，他又把新中国成立前在旧上海证券交易所里工作过的一些老人找来询问情况，又看了一本书的封面上印的香港联交所交易大厅的照片。这时，有人建议到北外滩浦江饭店的孔雀厅去看看。尉文渊跑去一看，眼前一亮，不禁兴奋地脱口而出："就是它了！"

浦江饭店的孔雀厅是19世纪整个远东地区最具盛名的舞厅，大厅不但宽敞，而且气派。这家有着100多年历史的欧洲建筑风格的涉外宾馆，地处黄浦江和苏州河交界处，位置很好。

筹备组随即把华东设计院的专家请来设计，并向中国人民银行上海市分行借了500万元用于装修和其他开销。最初，为了和大厅的色彩相配，确定场内交易员穿红颜色的马甲。没想到派去买布的人看到黄颜色的布料质量很好，把黄布买回来了。后来成为上海证券交易所首任总经理的尉文渊说："既然买回来了，不要浪费，就让场内管理人员穿黄马甲；再去买红布给交易员做红马甲。"作为交易大厅一景的"红马甲""黄马甲"由此定调。

唯有这幢建筑，依旧默默矗立

万杜涓记得第一次走进浦江饭店时的震撼——太美了。

尽管室内陈设有些年头，但难掩建筑本身的美感。当时，上交所租赁的是浦江饭店的西边，东半部的客房和餐饮区域照常营业。在浦江饭店西边的三楼，就是上交所工作人员最初的办公间。因为香港贸发局主席邓莲如一行最终确定12月中旬到访上海，上海市委、市政府于是决定上交所开业仪式于12月19日上午举行。

1990年12月，前去报道的《解放日报》记者记录了当时的场景：昔日的浦江饭店内，"此刻成为面积约为477平方米的交易大厅，四壁镂有12只开屏的孔雀，46张双人的经纪人席位排成凹字型，每张桌上整齐地配着一台小型电脑，两架红白分明的电话机。在铺着猩红色地毯的大厅中央，安置着两个高1.3米左右的圆边柜台，这是交易所派出的场内管理员的席位。其中有一张椅子是监督经纪人以及监理座位。大厅正面墙上高悬着一块长4.7米、宽2.7米的大型电子显示屏，闪烁着的灯光将不断变化的最高与最低成交价显示出来……这里的电脑网络连着100多个终端，显示屏上的任何一个行情，都会同步出现在本市及浙江等几十家证券柜台上。在距地面15米高的拱形天花板上，九盏宛如盛开的白玉兰灯群，将明亮而又柔和的光洒满大厅……清脆悦耳的按键声在大厅内骤然响起，只见身穿红色马夹的经纪人们用认真的手势、飞指将客户委托买进或卖出债券的数量、价格输入席位上的电脑终端……"

虽然在浦江饭店里工作，但上交所和饭店工作人员一般互不往来。万杜涓记得，有个浦江饭店的服务员，被派来上交所所在的区域打扫，他穿着黑色制服和白衬衫，清瘦斯文。这个年轻的有心人，很快嗅到了证券交易这一新生事物的力量。不久，他认识了交易员，并且学习了证券交易知识，开始学着买卖股票。新中国证券市场从这里起步，这一新生事物的出现，不仅改变了这个年轻服务员的命运，也更新了城中无数人的财富观。门口卖茶叶蛋的阿姨，也发财了。

1997年，万杜涓随上交所搬到浦东南路528号新址办公。2019年，作为上交所国际交流合作中心负责人，万杜涓再次回到黄浦路15号浦江饭店办公，此时，这幢建筑最新的用途，是中国证券博物馆。

当足音再次踏响在老建筑的地板上，1990年加入筹备组时经历的那些激情岁月，历历如昨。黄浦江涛声依旧，远远海鸥随船飞舞，眼前景象让万杜涓心潮澎湃。唯有这幢建筑，依旧默默矗立。

• • • • • • • **打开城市的钥匙**

秦畅：从滇池路进入上海深处

▲   **秦畅**，上海人民广播电台首席节目主持人，主持中国首批新闻名专栏《市民与社会》节目。

滇池路100号是老洋行，本不是公寓，却住满了人。快入冬时，甚至连一楼到二楼拐角处，都来了个流浪汉睡在那里。

二楼有十六户住户、七八十口人，谁愿意卧榻之侧有个不明身份的人？偏偏这流浪汉极识相。每天天不亮就离开，夜里十一二点才回来，整日不声不响，把破被褥塞在窗台缝里，收拾得干干净净。久了，也不落话柄，居民们就默许了他来栖身。

这是1993年底的一个夜晚。滇池路四川北路上一处建筑发生火警。那晚，毗邻火警发生的建筑，滇池路100号内，整个走廊的住户都睡了，恰恰是那从不开口的流浪汉晚归，挨家挨户敲门，叫醒了所有人。

大家惊醒过来，从窗户往下看，警笛呼啸而至。消防员一夜奋战，第二天，滇池路100号的房子虽未过火，但走廊里也是落了一层纸灰和水。自此之后，没有人再提起赶走流浪汉，后来还让他在楼道灶台上热饭菜吃。

这个冬天，是山西姑娘秦畅到上海度过的第一个冬天。在这个楼道里，她第一次感受到了上海人的暖。

上海人对陌生人有天然的防备，对逼仄空间锱铢必较地维护，但他们也对别人的隐私表示尊重，对无家可归者给予包容。他们很少坐下来互相称兄道弟，甚至见面也冷淡，但本地的老住户、外来的年轻租客，还有不明来历的流浪汉，都在一幢楼里各得其所，互相守望。

是从这条路开始，准确地说，正是从这幢建筑开始，秦畅真正进入上海，触摸到这座城市的核心。

滇池路100号

滇池路100号大楼原为仁记洋行，由通和洋行设计，砖木结构，1908年竣工。典型的英国安妮女王时期建筑风格。沿街转角处的圆锥顶塔楼为立面构图中心，清水红砖立面，砖拱及一二层之间楣梁上的装饰纹样、爱奥尼柱头等砖雕花饰，做工细腻。整条滇池路，也曾因为是仁记洋行所在，而被命名为仁记路，直到1943年才以云南滇池改今名。

旧时，滇池路沿路多为银行、洋行，曾有"中国的华尔街"之称。此处紧靠外滩，地理环境优越。进入20世纪50年代后，滇池路100号被作为居住楼使用。原本的办公室、仓库甚至金库，都被用成居民住所。1993年，大学毕业进入上海人民广播电台工作的秦畅，到当时位于北京东路2号的电台报到。电台职工的集体宿舍，就设在滇池路100号二楼。

从小，这个山西姑娘对上海的印象，全部来自文学和影视剧里对外滩万国建筑的描述。来到上海，看到北京东路高大上的电台和滇池路的洋气外观，也觉得极为符合内心对上海的想象，直至走进滇池路100号的那一瞬间——

那一刹那，屋内的阴暗和屋外的阳光形成了强烈反差，秦畅只觉眼前一黑，什么也看不见。等到慢慢适应过来室内光线，第一个映入眼帘的，是门口的一堵墙上，摆了二十几个牛奶箱，箱上有锁，上面写着赵钱孙李的名字。秦畅完全不知道这是什么。再跟着老师往里面走，一路心更往下沉。老建筑里面早已经分给"72家房客"居住，走廊里已经分辨不出原来洋行的模样。正是开饭的时间，整条走廊里，家家户户在门口摆个煤炉做饭，各自扇风点火，烟雾缭绕，走廊也已经失去笔直的形状，不仅脚下堆满杂物，上面挂满篮子。各色抹布、晾晒的衣服，甚至植物、腊肉垂吊下来，影影绰绰，如置身热带雨林。

二楼原来的木地板，好多地方都已经缺损。有人在里面填了木头，有人填了砖头。沿着走廊一路走过去，就是一路的高低不平。老住户们用狐疑打量的眼光，上下审视新来的女孩，一边警惕地提醒他们：公共水池里的水龙头，各有各的主人，有的上面罩着易拉罐加了锁，绝对不允许用错。夜里，秦畅睡在属于电台宿舍的那一间，只觉得一晚上有什么在天花板奔来跑去，问同屋先来的何晶、路平，答说是"阁楼上老鼠在跑"。秦畅吓得浑身汗毛倒竖。

这哪里是她少女时代憧憬里的那个美丽、精致、繁华、富足的上海？在山西的家里，她从初中开始就有了自己独立的房间，后来去浙江杭州读书，校舍也崭新宽敞。没想到到了一个大都市，迎接她的却是这样的拥挤。

暗面里的暖

可是等到天亮了，跑出楼道一仰脖子看，滇池路100号，分明还是那么优雅。

高挑的门廊，雕梁画栋，西式的窗户，一切都是好看的、令人心驰神往的，谁知道在里面住着是那种光景？

二楼差不多十六户人家，每一户里再细分为祖辈、父辈、孙辈，三代人好几口挤在一起，又有妯娌姑嫂兄弟连襟等层层关系。二十几平方米的空间里，阁楼搭着阁楼，地铺连着地铺。到了早上，这么多人共用走廊尽头唯一一间卫生间，都得站在门口排队。秦畅实在受不了，早上眼睁睁开后第一件事，就是穿上鞋，一路奔到北京东路电台大楼里上厕所、刷牙、洗脸。到了晚上，再在单位里灌了热水回来。

临到上海之前北方伙伴和同乡们劝她的话，现在都涌到眼前来："上海人精明记仇""上海人势利小气"……然而在最初的陌生感消除之后，这群走过来提醒她不要用错水龙头的上海人，却也主动向她打开了家门。

秦畅是在1993年7月到上海的。到了阴历八月半，看到这些外来的电台工作人员不能回家时，走廊里的居民就邀请他们一起过中秋节。在几乎不能转身的小房间里，上海主妇硬是收拾出一张圆台面，上面摆满了菜肴——毛豆是剪开两端入味的，芋艿是葱油炒得酥烂的，看上去连插一根针都没有空隙的房间里，不知哪里竟能找出一只大砂锅。主妇说，中秋要吃的鸭子汤，必须用砂锅炖。

秦畅心里嘀咕，接过主妇递来的饭碗，等到喝汤时，汤碗又是另外的，上不同的菜，用的勺子还不一样。北方虽然场地大，但是那么大的场地里却没那么多的讲究。这家上海人家的小房间里，奶奶带着小姑子，儿子儿媳下面又有一对儿女。六口人已经塞满空间，却还放下了大衣柜和一个金鱼缸。他们得意地向外来青年展示：房间天花板上装着环形轨道，等收拾了桌子，拿出一只大脚盆，家人可以在这里拉上帘子洗浴。

什么叫"螺蛳壳里做道场"，秦畅叹为观止了。

进入城市的钥匙

这些阿姨爷叔们，开始热情指导外来的青年融入上海：哪里买菜、哪里有好裁缝、哪里可以修补东西、哪里有澡堂……

秦畅初来乍到，没见过上海挤公交的阵仗，有次去当时的上海外国语学院看同学后，因为不会挤公交，只能步行回家。闻讯后，同楼的上海人又教她如何挤公交。他们疼惜这些孩子整天吃食堂，硬是在几无空隙的走廊里腾出一块空间，让电台的职工申请了一处煤气灶。从此这些年轻人有了下饺子、热面条的地方。一旦看见他们吃光面、光饺子，这些生活不富裕的居民又总要把自家的菜分些过来。

这些住户也吵架，但吵完了，第二天还是说话，彼此往来，过节还送礼。有时秦畅一开门，看见邻居穿着簇新的衣服，顶着新吹的发型齐整整全家出门，是去参加喜宴或者寿宴。那种雅致、搭配和派头，让人完全忘记他们日常是在怎样的逼仄里生存。这就是上海人吗？秦畅想，这就是上海人啊。

那些早晨，滇池路楼下有个卖生煎的铺子；那些夜晚，滇池路楼下有个卖馄饨的挑子。完全不能接受南方点心口味的秦畅，因为被这香气日日熏着，最后尝试了人生第一口生煎。1996年，广播电台搬去虹桥路。秦畅和同事们也作别滇池路。但是对生煎的爱，后来伴随她至今。爱一个地方的吃食是一个标志，标志着一个外来者对新地方的认同和情感。

外滩的高大建筑这么多，一如影视作品里那样，而里面住户的生活却很逼仄琐碎，影视作品并不常触及。可这琐碎里也有大气，这逼仄里也有包容，这界限分明里有刻骨铭心的暖。这是滇池路生活送给她的一把钥匙。怀揣着这份对上海人生活的理解，她真正进入了这座城市深处。

虹桥路1191号，从这里进入中福会

▲　柯倩（1928—2020），生于台湾淡水，上海市第七届、第八届人大代表，中福会退休职工。

1949年初，时局已经渐渐明朗。

但21岁的柯倩对外部世界一无所知。这个生于台湾淡水佃户的女儿，目不识丁。由于家境贫困，兄弟姊妹众多，她从小被父母卖给人家做童工。苦熬数年后，此时的她，好不容易遇到一户好东家。这户单姓人家在这年春节作出一个决定——带着一家老小，以及照顾幼儿的保姆柯倩，坐上台湾回大陆的船。

1950年，在辗转杭州等地后，单家在上海虹桥安顿下来。也在同一年，中国福利基金会托儿所（中国福利会幼儿园前身）从五原路搬到虹桥路1191号，收托幼儿从原先的50名激增到200名，园方急需人手。单家把幼儿送托寄宿后，原本照顾孩子的柯倩空闲下来，在东家的推荐下，去托儿所工作。这一工作，就是整整35年。

1978年，柯倩被评为上海市三八红旗手，并连续当选第七届、第八届上海市人大代表。1983年，55岁的柯倩宣誓加入中国共产党。在特殊的年代里，柯倩用自己的台胞身份，做了许多工作。

在初次进入中福会的一个甲子后，2010年，时年82岁高龄的柯倩办理了财产和遗体捐赠手续，决定在身后捐出自己的房产和所有积蓄，作为中国福利会幼儿教育基金和特殊党费，并办理眼角膜和遗体捐赠手续。

没有人能够预料，70年前，跟随东家的一趟旅程，改变了柯倩的一生命运，也让这个贫苦女孩有机会，与海峡这边的这座城市的命运互为见证。

一个女孩命运由此转折

柯倩总是说，整个青少年时期苦头吃足，只有三个女人对她好。

1928年，柯倩出生在台湾淡水县八里乡一户佃户家。10岁那年，就被父母卖作童工。第一次去一户人家做女佣，整整五天没有喝水吃饭，只能手脚不停干活，靠喝一点米汤、吃一点猪食果腹。在被主人喝令去山上砍柴时，才有机会把憋着的眼泪流下，但因为不敢哭出声，只能一直饮泣。到了17岁时，柯倩还衣不蔽体。一位善心的老太看见她，拿了破布给她裹身。这是柯倩人生中第一次得到来自别人的温暖。

后来，柯倩又去码头边的工厂做工，因为肚子太饿而哭了起来。一位善良的工友老婆来送饭时，看见柯倩实在可怜，就把自己不多的饭分了一半给她。这是柯倩第二次得到他人的帮助。这雪中送炭的情谊，让柯倩感佩在心。等到柯倩在单家做了保姆领了薪水后，她做的第一件事就是立刻奔到码头，把自己辛苦得来的一半的酬劳，全给了曾施饭的工友之妻。

第三个对柯倩好的人，就是单家的老太太。单家老太太的儿子和儿媳忙于工作。照料孩子的担子就全落在老人和保姆身上。老人将无依无靠的柯倩当自己的女儿疼爱。1949年春节后，单家举家来大陆，老太太决定让柯倩同行。5月3日，正是在杭州的街头，柯倩目睹解放军进城。单家老太太高兴地告诉她："共产党是为穷人谋福利的。"

1950年，单家在上海虹桥安顿下来，并把孩子就近送到中国福利基金会托儿所（中国福利会幼儿园前身）寄宿。空下来的柯倩在东家的鼓励下，去幼儿园应聘，从临时工、保洁员做起，最后成为幼儿园的保育员。

22岁的这一年，在外出做工12年之后，柯倩第一次不再是孤苦的童工或卑微的女佣，在上海的这一家幼儿园里，她第一次得到了一份正式的工作，开始有宿舍、领薪水。

一群孩子住进宋氏老宅

就在柯倩到大陆的同一年，1949年的7月24日，中国福利会幼儿园的前身——中国福利基金会托儿所在西摩路（今陕西北路）369号的宋氏老宅成立。

这是一幢1908年建造的西式住宅，1918年宋嘉树去世后，一直由宋氏家族成员居住。1949年，宋庆龄在此主持托儿所开幕典礼，邓颖超、许广平、廖梦醒、李静一、曹孟君、张琴秋、杨之华、邓裕志、胡子婴、胡耐秋、赵峰、龚普生、康若愚等应邀出席，并赠送"造福儿童，解放妇女"的匾额。邓颖超、李静一分别致辞祝贺上海第一所新型托儿所诞生。

在1949年前，人口稠密的上海只有42所托儿所，远远不能满足群众所需。宋庆龄决定中福会率先建立托儿所和幼儿园。新生的中国福利基金会托儿所最初只收30多名幼儿。由于房舍不够，1949年11月15日，迁至五原路205弄5号，原日托制改为寄宿制，收托幼儿50名。1950年4月，迁至虹桥路1191号，收托幼儿200名，工作人员增至86人。1951年10月，工作人员为97人。黎沛华为第一任所长。之后，所长先后由沈粹缜、陈善明担任，副所长由熊维真、过琪瀚担任。

1953年9月，托儿所正式改名为中国福利会幼儿园，1954年1月1日起改为寄宿制幼儿园，收托儿童250名，按年

似是故人来

龄大小分设9个班级，依照不同年龄特点进行德、智、体、美全面发展的教养工作。收托对象主要是革命军人、机关干部、职业妇女与工人的子女。1956年12月12日，迁至五原路314号。幼儿园在短短几年时间里，迅速从日托到寄宿，收托人数倍增，让许多职业妇女以及劳模、工人和干部免除后顾之忧，可以专心投身工作，对新中国的幼托事业起了很大示范作用。

一张照片记录温暖笑容

当年迎接解放军时，单家老太太的一句话，让"共产党"三个字在柯倩心里扎了根。柯倩如今有了安稳的工作，再也不会动辄被打骂虐待，她的内心开始有了新的渴望——渴望学习文化，去了解这座改变她命运的城市，渴望亲近共产党。

在幼儿园里，一位年轻的老师知道柯倩在学习认字后，特意买了一本字典送给她。柯倩跟着音标一个字一个字抠下来，直至后来初次见面的人以为她是北方人，因为柯倩的发音里几乎听不出南方口音了。柯倩也学会了写字，她开始记日记，学习保育知识。

上夜班时，柯倩每晚总要进孩子宿舍查房几次，怕孩子们冻着摔着。当保育员时，一次户外活动，一个调皮的小男孩把秋千荡得很高，不慎从半空中摔下来。柯倩把孩子牢牢地抱住，孩子没啥事跑开了，而柯倩却把腿摔成骨折。得到柯倩照顾的孩子，长大成人后也会从全国各地给她写信。柯倩就用自己小孩般认真稚拙的笔迹，把那些长大后离园的孩子们写给她的信，逐字逐句都抄下来。

在幼儿园里，柯倩得到了园长沈粹缜的呵护，也是在幼儿园里，柯倩见到了她一直向往的宋庆龄。

1952年秋天，宋庆龄来到虹桥路1191号托儿所视察，检查厨房和盥洗室的卫生，并对工作人员说："整个民族体质的提高，要从关心孩子的健康、讲究清洁卫生、养成良好的卫生习惯抓起。"1955年春，宋庆龄在视察幼儿园活动室时，发现积木的边缘有细小的毛刺，就对工作人员说："要赶快修好，小囡的小手小脸很嫩，碰到毛刺会划破的。"

宋庆龄和孩子们在一起的照片，一直被挂在幼儿园里，柯倩常常去看这张照片，总觉得从宋庆龄的微笑中得到无穷温暖。渐渐地，从青年到老年，她也到了宋庆龄当年的年纪。

照料了无数孩子的中国福利会幼儿园，也照料了这一个受尽苦难的台湾女孩。得到了关心的柯倩把她在这里得到的关爱也都给了孩子们："只要孩子们过得开心幸福，我的生命就得到了延续。"2010年，柯倩决定去世后把产权房和全部存款捐赠给幼儿教育事业和作为特殊党费，并在市红十字会办理了眼角膜和遗体捐赠手续，希望能给有需要的病患带来光明，为医学研究带来实用。

柯倩一直没有说的是，当年她在单家一手带大的孩子，后来因为得了严重的肾病身故。当她得到消息赶到医院时，那个小孩似乎一直等着她一样，看了她一眼，咽下了最后一口气。没有人能够预料，1949年，为了照料这个小孩，柯倩离家到大陆来，这趟旅程，改变了她一生的命运。

叶永烈: 在漕溪路打开属于自己的天地

▲ **叶永烈**（1940—2020），生于浙江温州。1963年毕业于北京大学化学系。上海作家协会一级作家。

　　叶永烈的父亲叶志超曾任温州一家银行行长和当地医院院长。他的岳父杨悌曾任国民政府的温州军政府执法部副部长。叶永烈和妻子杨惠芬的少年时代，起居宽敞。他们不必操心家务，直到1964年，他们俩来到上海，住进12.3平方米的竹木简屋，一切要从头学起。

　　这是两人婚后第二年。叶永烈的妻子杨惠芬从温州调入上海一所中学任教。结束两地分居状态后，两人要做的第一件事，就是安家。叶永烈此时已经从上海电表仪器研究所调到上海科学教育电影厂担任编导。他轮不到福利分房，当时月收入不过50元，租房每月要支出10元，数额巨大。

　　机缘巧合，一日两人在等43路公交车时，看见电线杆上贴着广告。打听之下才知道，漕溪一村567号，一位守寡的老工人决定卖掉房子，去女儿家住。这是半间私房，水泥地，上有一间阁楼，铺着地板。除了正面墙是砖石墙之外，其余三面是竹篱抹着石灰。虽是陋室，能挡风雨。他们随即以530元的价格买下。他们在这里真正开始恋爱，一住15个春秋，诞育两个孩子。他们用在这里学会的上海话，融入了上海的生活。

1979年，叶永烈分得一套两室一厅新公房，新居室离开漕溪一村不远。如今，夫妇俩又自购房屋，依旧不愿远离漕溪路。

为的，是一份情结。

从斜土路到漕溪路

温州人叶永烈，之所以会在上海的漕溪路安家，是因为当时工作单位的缘故。

从北大化学系毕业后，叶永烈被分配到上海电表仪器研究所工作。但在大学期间，叶永烈就作为主要作者写出了《十万个为什么》，还完成了《小灵通漫游未来》。此时的他，实在无心电表仪器，而是渴望继续科普创作。到上海一个月后，他就如愿被调入上海科学教育电影厂。而这家电影厂，正位于斜土路2567号。

1963年的斜土路，在叶永烈的记忆里，"不是现在的柏油马路，而是用花岗石块铺成的高高低低的弹硌路，人称'又斜又土'——虽说斜土路因斜桥至土山湾而得名。斜土路很长，也颇荒僻，马路两边大都是用涂了沥青的黑色竹篱笆围起来的工厂，不见百货商场，也没有像样的高楼。"

1964年，妻子来沪后，两人以斜土路为圆心找房子安家。漕溪一村567号的这间平房，位于漕溪路东侧，成为两人在上海的第一个家。

叶永烈考证过，这些简陋的平房建于20世纪50年代初。那时，填平徐家汇的臭水河——肇嘉浜，河边棚户的居民迁到这里。这里新盖了一批简易平房，原先说作为过渡房，几年后另迁他处新居。可是，后来由于经费短缺，这些过渡房竟成了永久房。平房构成一条条弄堂，每条长约200米，中间是一条五六米宽的弹硌路。平房的门前有一米多宽的青砖"上街沿"。弄堂这一头是煤球店、小菜场，那一头是公共厕所。弄堂的中点处是供水站，因为家家户户没有自来水，要用塑料桶凭竹筹子从供水站的自来水龙头放水、拎水。家家用马桶，每天，在环卫工人一声声"马桶拎出来"的报晓声中，一天算是开始。

这片平房里，大多住着位于今徐家汇绿地的大中华橡胶厂的工人。面对初来乍到的外乡人叶永烈夫妇，久居此地的邻居们，热情扮演了保护者和引路人的角色。

叶永烈的妻子起初不会用煤球生炉子，是邻居手把手教会她：先用报纸引燃，再放柴爿，再放煤球。他们教会她，如何熄灭火舌又保留火种，到做饭时再轻轻一转，把炉子烧旺。邻居们也教会小夫妻凭筹子到家对面的老虎灶打开水。到了星期天，夫妻俩和邻居们一起，围着供水站，两脚踩在脚盆里洗被单。听着大家一边洗衣服一边家长里短地聊天，这是小夫妻从未过过的生活，接地气且温馨。

老虎灶边上，就是菜场。许多老人买好菜，就到茶馆坐一坐。所谓的茶叶，不过是粗茶或者茶叶末，配上老虎灶老板卖的五香豆腐干、香烟、糖果、瓜子，老人们自得其乐。叶永烈坐在家里，能听到苏州话、无锡话、宁波话、苏北话，声声此消彼长，不断传进陋室。虽坐屋中，如行闹市。为招揽下午场的生意，茶馆老板还请来评弹艺人说书，叶永烈出门一看，只见茶馆里桌桌满客。趴着听的客人、抽着烟听的客人、站在后排听壁书的小孩，构成一幅生活气息浓郁的画卷，从此一直留在叶永烈心里。

后来，这些上海普通人的生活场景，被叶永烈写入长篇小说"上海三部曲"。

从轰动弄堂到离开弄堂

远离温州的家人，漕溪新村平房里的邻居成了叶永烈夫妇的新家人。

叶永烈记得，他的右舍隔壁是一对老夫妇，丈夫是木匠，妻子在里弄工厂工作。叶永烈夫妇喊他们"公公""婆婆"。有时叶永烈的两个儿子放学回家，家里没人，他们就直接去公公婆婆家做功课。有一回，叶永烈到老夫妇家去，看到他们桌上放了十几把剪刀，在磨剪刀。原来两位老人收入拮据，于是替一家工厂磨剪刀补贴家用。

叶永烈的左邻人家，两代都是工人。在非常时代，叶永烈遭受冲击，老工人挺身而出维护叶永烈，还经常说宽心的话，替他鼓劲。叶永烈家右边的一户邻居，是一位兰州大学退休的女教师，新中国成立前是联合国译员。终身未婚的她喜欢孩子，总是招呼叶永烈的两个儿子去玩，在幼儿园教语录歌的时代，她却教两个孩子英语。"文革"结束后，叶永烈有一次遇到一位老先生出现在女教师家，原来他是她在联合国工作时的男朋友。

叶永烈隔壁过去两户人家，算是弄堂里最宽裕的家庭，家里有一台24英寸黑白电视机，被孩子们称呼为"电视机阿姨"。1978年的一天晚上，"电视机阿姨"急急忙忙跑进叶永烈的家，大声呼喊"快来我家看电视"，拉起叶永烈夫妇往她家跑。原来，电视里正在播出叶永烈的专访，是上海电视台女导演富敏率摄制组来叶永烈家拍摄的。弄堂里从未见过拍电视，更未见过熟人上电视，一时之间，叶永烈轰动了整条弄堂。

在这样的环境里，叶永烈出版了10本书。1978年底，

《光明日报》记者谢军到叶永烈家采访之后，写了一份内参提及："他创作条件很差，一家四口人（大孩12岁，小孩8岁）挤在12平方米的矮平房里，一扇小窗，暗淡无光，竹片编墙，夏热冬凉，门口对着一家茶馆，喧闹嘈杂。每年酷暑季节，他就是在这样的斗室里，不顾蚊虫叮咬，坚持挥汗写作。"内参得到国务院副总理方毅的批示。1979年6月，叶永烈所在的上海科教电影厂通知他，上海市政府特意分配一套建筑面积40多平方米的两居室新房，以改善他的居住条件。

消息一出，整条弄堂再次轰动了。

邻居们用一辆"黄鱼车"帮助叶永烈来来回回搬运家具和书籍。这次搬家后，新房还是在漕溪新村。之后每年春节，叶永烈全家前往老房子给"公公""婆婆"及老邻居拜年。那些年里，女教师也常来他的新居坐坐。

别了，陋巷里那12.3平方米的空间。如今，平房老宅虽然已经拆除，但它像屋角的第一块基石一样，见证叶永烈夫妇在异乡上海打开了属于自己的天地。

王诗槐：漕溪路上的上海电影制片厂

▲ **王诗槐**，演员，1957年生。主演电影《日出》，电视剧《在水一方》等。

30年前王诗槐骑车出行。30年后王诗槐开车出行。

交通工具的变化带来出行体验的变化，窗外的风景也让人意识到，城市已经历许多改变。但有趣的是，只要一进入漕溪北路这一带，王诗槐的感受就穿越了时空。

以漕溪北路上的上海电影制片厂为圆心，这块区域似有魔力，似乎是一个永远不受外界干扰的场域。他每次到这里，就会想到自己第一次到这里的情景。

1977年，他从安徽考入上海戏剧学院。1984年，他从安徽省话剧团正式进入上海电影制片厂担任演员。

此后的人生见过许多风景，也去过上海各个角落。但对他来说，上海的核心位置永远在这里，像一部历久弥新的电影，只要来到这里，看到这里的景致，他就又像那个初次来到上海的青年，怀揣着对艺术的初心。

上海电影制片厂

《上海电影志》资料显示，1949年3月，在上海剧影协会筹委会的领导下，先后秘密组成了40多个迎接解放的演出队，由吕复任演出队总队长。电影界的演出队由昆仑、文华、国泰、大同、清华等电影公司分别组成。

5月27日上海解放。南下工作队进入上海市区。第二天，夏衍、于伶等前往上海剧影协会（筹）进行慰问。6月初，于伶代表上海市军事管制委员会文艺处召见"中电"负责人陈锡芳，宣布军事接管，敦促办理移交手续。陆续接管的有中电一厂、中电二厂、中制、上海实验电影工场（简称"上实"）、中华电影工业制片厂、农业教育电影制片厂、西北电影制片厂驻沪办事处、电影发行服务公司、国民政府内政部电影检查处、远东制片厂、海光大戏院（1950年撤销）、文化会堂（今解放剧场）、民光大戏院（今胜利电影院）、国际大戏院（今国际电影院）等。由当时担任上海市军事管制委员会文教委员会副主任的夏衍负责，着手进行上海的社会主义国营电影制片机构的筹建工作。

1949年11月16日，上海电影制片厂正式成立。厂址梵皇渡路（万航渡路）618号，后迁移到漕溪北路595号。于伶、钟敬之任正、副厂长，徐韬、蔡贲为正、副秘书长，陈白尘、张骏祥任艺术委员会正、副主任。下设5个摄影场，以摄制故事片为主，同时摄制美术片、科教片和译制片。

1950年至1952年，上海长江电影制片厂、昆仑影业公司、文华影业公司、国泰影业公司等8家私营电影企业联合组建为国营的上海联合电影制片厂。1953年2月，上海电影制片厂与上海联合电影制片厂合并，仍沿用上海电影制片厂厂名。于伶任厂长，叶以群、蔡贲任副厂长。其间，上影创作了《南征北战》《渡江侦察记》《鸡毛信》《铁道游击队》《家》等一批脍炙人口的优秀影片。1957年4月，上海电影制片厂改组为联合企业性质的上海电影制片公司，下设3个故事片厂：江南电影制片厂（简称"江南"）、海燕电影制片厂（简称"海燕"）、天马电影制片厂（简称"天马"）。与此同时，原属上海电影制片厂领导的上海美术片组、译制片组和洗印部门，分别改组扩建为上海美术电影制片厂（简称"美影"）、上海电影译制厂（简称"译影"）和上海电影技术供应厂。1958年10月，上海电影制片公司改为上海市电影局。同年，为支援华东各省新建电影厂，江南厂建制撤销。1966年"文化大革命"开始后，海燕、天马两厂停止生产。1972年后，在恢复拍摄影片时，曾使用上海电影制片厂厂名。1977年，海燕、天马两厂合并。正式恢复上海电影制片厂，厂长徐桑楚。之后相继担任厂长的还有吴贻弓、于本正、朱永德等。

当年没有明星和流量的概念，在王诗槐眼里，进出上影厂大门的演职人员是文艺工作者，自带光环，神圣超脱于凡俗。

1981年正在上海戏剧学院表演系学习时，上影厂就选中王诗槐，想让他担任电影主演。但阴差阳错，正在排毕业大戏的王诗槐失去机会，毕业后被分配到安徽省话剧团任演员。好在随后，王诗槐在电视剧《华罗庚》中的演出声名鹊起，并在根据艾芜名著《南行记》改编的影片《漂泊奇遇》中饰演男主人公漂泊者。1984年，他正式成为上海电影制片厂演员。

上海，真正成了他的家。上影厂的大门，正式向他打开。

与大师同行

早在1977年第一次到上海，在上戏报到时，王诗槐就隐隐觉得，上海这个地方，会成为自己的福地。

这种对上海的好感，源自在老家安徽巢湖地区文工团时的经历。青年时代，他从合肥懵懵懂懂进入巢湖地区的文工团。起初，他对话剧、舞剧、歌剧等艺术门类并不熟悉。团里有一些从上海过来的文工团员，还有一些从上海到安徽插队后考入文工团的知识青年。这些同龄人，为文工团带来了不一样的气息。

最直观的是，上海人总是在穿着方面非常注意。虽然在物质较为匮乏的年代，大家在服饰上几乎翻不出什么花样，但上海人总是能以别出心裁的打扮让人眼前一亮。比如在穿着统一服装时，上海人会搭配一条围巾或者一枚胸针，上海人会穿一双皮鞋来搭配西裤。他们总是人群中惹人注意的存在。在饮食上，上海人会在食堂吃大锅饭时，取出一只从家里带来的小小玻璃瓶，姿态优雅地从中拿出一只醉蟹，然后津津有味地拆壳品尝。他们总是与众不同，像日常生活中的艺术家。他们身上这份不自觉流露出的体面和讲究，教人对上海这个城市也充满好感和好奇。到底什么样的土壤会培养出这样一群人呢？

1984年正式成为上影厂的演员后，王诗槐有机会充分接触上海人。

解放前就在上海拍戏的演员刘琼，随身带三种烟。抽烟时的姿势和缓缓吐烟时的派头，犹如电影场景。刘琼还懂衣服料子，进了裁缝店，用手在陈列的外套上一捻，就能说出毛料产地。这些上海人随意展示的生活细节，足够教一个初来乍到的年轻人瞠目结舌。但更令王诗槐印象深刻的，是上海老演员们在业务上的讲究。

拍《卧底》时，舒适老师能自己拉京胡。拍摄《诈骗犯》时，仲星火老师自己带着工具来化妆。这些前辈演员会把角色吃透，会把细节琢磨到最准确的地步，会和导演探讨并和对手演员商量自己对角色的理解。在拍于本正导演的《漂泊奇遇》时，演土匪舵把子的李纬老师是片场岁数最大的演员。他不仅将自己的台词谙熟于心，也把整部电影里其他所有演员的台词都背了下来。即便这天没有自己的戏，他也会到现场去。一个镜头拍好，王诗槐跑下来问他意见，李纬老师会毫无保留地告诉他，哪些不错，哪些可以改进。这份对工作孜孜以求的态度，也让王诗槐日后悟出许多对表演的思考。

1985年，王诗槐在根据曹禺著名话剧改编的同名电影《日出》中饰演男主角方达生，该片获得了第九届《大众电影》百花奖最佳故事片奖。拍摄《日出》时，内景就是在漕溪北路上影厂的棚里搭的。拍这部电影和另一部《同归于尽》的时候，都在不远处的乌鲁木齐路取景。浓荫下，带有年代感的马车经过，似乎也将旧日的上海风情和眼前的现代都市场景重叠。

学生时代，沿着上戏往上影方向走，师兄师姐会告诉王诗槐，沿途那幢楼里住着白杨，那里又是张瑞芳的家。看到仰慕已久的前辈大师就住在自己目力所及之处，王诗槐感到好奇，也心向往之。

以上影厂为核心，构成一个小小的王国。王诗槐怀念在这个王国里度过的时光，他说："我已经退休了。现在当我说怀旧的时候，除了谈论童年，更怀念的是进入上影前后的时光。一切都好美好。当时对艺术的纯粹的向往，正是今天的怀旧的源泉。"

杨洁勉：曾是跑马厅大楼里的唯一读者

▲　　**杨洁勉**，1951年生。曾任上海国际问题研究院院长，现为该院学术委员会主任。上海市人民政府参事，国务院特殊津贴获得者。

1966年，深秋的一天，杨洁勉第一次走进南京西路325号，当时上海图书馆所在。

许多年后他说起这个瞬间，用了进入"高不可攀的知识殿堂"和"充满向往的童话城堡"，来形容自己的兴奋和激动。他当时只有15岁，初中二年级学生。根据当时的馆规，尚不满获准进入上图的年龄。但他偷偷跨入。

那一天，他是图书馆里唯一的读者。

从1926年诞生之初至今，这幢矗立在南京西路黄陂北路口的地标，曾经先后被用作跑马厅大楼、上海体育宫、上海博物馆、上海图书馆、上海美术馆、上海市历史博物馆（上海革命历史博物馆）。询问一个上海人，他习惯用什么名称叫这幢大楼，由此可以推导出，说话者的年纪和在上海经历的时代。

不过对杨洁勉来说，不管这漂亮的大楼会被派作什么用途，它所唤起的记忆，永远与自己少年时求知若渴的眼神有关。

跑马厅大楼

老上海习惯叫南京西路325号跑马厅大楼。但其实在上海，早先有过三个跑马厅。

黄浦区区志显示：上溯至清道光三十年（1850年），英国麟瑞洋行大班（老板）霍格及吉勃、蓝格兰、魏勃、派金等5人，成立"上海跑马厅委员会"，又称"跑马总会"。在英租界界路（今河南中路）以西、花园弄（今南京东路）以北，购农田80余亩，开辟第一个跑马场。后将跑马场地分块以高价出卖后，买进浙江路与泥城浜（今西藏中路）之间、六马路（今北海路）一带土地170余亩，辟第二个跑马场。1862年前后将第二个跑马场土地以高于原地价10倍多出卖。上海道台出布告允许跑马总会圈占。于是由一英国军官骑马从今西藏中路第一百货公司门口起，向西由静安寺路（今南京西路）折马霍路（今黄陂南路）再向东经跑马厅路（今武胜路）至现在的上海工人文化宫，折向北沿西藏路回到原地。这名军官路经的土地，计460余亩（今人民公园、人民广场），被辟为远东最大的赌窟——上海第三跑马场，又称"跑马厅"。

跑马厅大楼于1926年设计，1933年竣工，由英商马海洋行设计，余洪记营造厂承建，位置在跑马厅的西北角（今黄浦区南京西路、黄陂南路路口），大楼本为高级俱乐部，供跑马总会会员享乐。《上海名建筑志》资料显示：跑马总会大楼东面面向跑马场（今人民公园），5层钢筋混凝土结构，包括会员俱乐部和来宾看台两部分。建筑占地8900平方米，建筑面积21000平方米，高4层，外表风格为古典主义构图，折衷主义特色。楼外立面用深咖啡色的面砖和石块交织砌筑。西边有贯通二三层的塔什干式柱廊。西北端是高53.3米高耸的大钟楼，钟楼最上部是四面三角形坡形顶，顶与大钟之间是瞭望台。钟楼四面镶装有圆形直径3.3米的大钟。底层设售票处、领奖处。一二层间有夹层，为滚球场。二楼是会员俱乐部，有咖啡室、游戏室、弹子房、阅览室等。三楼有会员包房、餐厅。会员在三楼长廊观看赛马。1925年到1935年，又在大楼的南面建造了具有英国早期近代建筑风格的红砖墙的二层房子，直连到今武胜路口。

　　抗战期间，日军曾驻扎在跑马厅。抗战胜利后，跑马厅停止赛马赌博，但这里又成为美军军营和美国剩余物资的仓库。直到上海解放后，这一片土地和建筑，终于又回到人民手中。1951年9月7日，上海人民在原跑马厅旧址举行人民广场辟建典礼。翌年10月1日，公园对外开放。20世纪50年代，上海市人民政府将原上海租界跑马厅分别分配

　　　　　　　　　　　　　　　　　　似是故人来

给上海市体委、上海市文化局、上海市图书馆。

1992年9月14日，人民广场综合改造工程开工。1997年，原先在上海跑马厅内的上海体育宫动迁至大渡河路1860号，在原址上建造上海大剧院。同年，上海图书馆搬到淮海中路1555号的新址。2000年，上海美术馆由两百米外东迁而来，落户于此。2012年，上海美术馆迁至2010年上海世界博览会场浦东园区的中国馆。2017年11月起，上海市历史博物馆（上海革命历史博物馆）在南京西路325号开始内部试运行。

阅览室里的脚步声

杨洁勉出生在温州路，离当时位于南京西路325号的上海图书馆只隔几个街区。由于家庭住房条件非常困难，因此上海图书馆成了杨洁勉的第一书房和第二课堂。但在杨洁勉少年时，上海图书馆曾规定，只有高中生以上的人才可以进馆阅览。因此，早先每每经过上图，年纪尚小的杨洁勉只能默默仰视，觉得这建筑可望不可即。

到了1966年秋，学校停课，进入上图的门槛放宽至初三学生，因为从理论上讲，初三学生可视为"高中生"了。秋日的一天，管理员没有细看杨洁勉的学生证，他以初二学生的身份第一次"混"进上图。那种感觉，就好像一个人生平第一次走进一座梦中的宫殿和知识的海洋。

那时，只有陈列马恩列斯毛著作的阅览室开放，杨洁勉在那里学习毛泽东诗词，后来又开始看《毛泽东著作成语典故解释》。同时，他还努力阅读了英文版的《毛主席语录》和"老三篇"。这么大这么安静的一座图书馆里，杨洁勉有时竟是唯一的读者。但好景不长，馆里的工作人员发现了杨洁勉只是个初二学生，将他拒之门外了。

杨洁勉的"书房"自此就转移到了临近上海图书馆的人民公园。此后不管冬来暑往，他每天6点就到公园，等着公园开门后，边锻炼身体边等天亮。然后，就在透进阳光的树丛中轻声朗读、背诵《诗经》、唐诗宋词等直到九十点。那时候书籍匮乏，所有的文本都是杨洁勉手抄的。等到好不容易弄来一套许国璋英语教材，杨洁勉更是如获至宝地每天阅读自习。这样自律的学习习惯，一直被杨洁勉带到1970年江西铜鼓县的插队生涯中。1973年，他以全县第一名的成绩考入上海师范大学英文系，回到故乡。作为一名工农兵学员，这次他拥有了"合法"身份，能理直气壮走进南京西路325号上海图书馆了。

但在20世纪70年代初中期，上图里许多类别的书还不对外开放。唯一能看到外文书的，是三楼外文科技阅览室。在高敞的阅览室里，四周摆满外文工具书的书架透露着书卷的美感。能进入这里的读者都有种争分夺秒的专注。杨洁勉在这里学习和自己英语专业有关的文史哲原著，阅读有限的可以上架的英文报刊，为日后从事国际问

似是故人来

题研究打下了基础。但上图对读者的身份限制还未废除。有几次，杨洁勉约了朋友在上图见面，有的朋友是插队的知青，即农民身份，没有学生证也没有工作证，就被拦在门外。那些朋友感到难以名状的委屈，杨洁勉也深感歉意。

1979年，杨洁勉考入上海国际问题研究所，成为该所首届硕士研究生，单位办公室成了杨洁勉真正意义上的"家"。1981年，他成家后因无婚房仍住单位的集体宿舍。1986年，杨洁勉搬进常德路的石库门"三层阁"里，房间只有约10平方米大，但毕竟是个"家"了。

在20世纪80年代初中期，杨洁勉有时还会陪同外宾参观上图。当时百废待兴，整个社会都涌动着学习的热情，上图南京西路门口，每天早上等候进馆的青年们所组成的长长的队伍，每个阅览室里都坐满着如饥似渴的青年读者，这些都构成那个时代最动人的风景。那里面包含着一种强大的精神力量，每一个经历过的人终身不会忘记。

杨洁勉记得，上图搬到淮海中路后门前的标语牌上曾有这样的字样："读书改变人生。"他记得，在1966年那个秋天的下午，他第一次走进上海图书馆，一个人坐在桌边。灯光并不明亮，周边一片静谧，只有工作人员走动的脚步声远远传来。对他来说，那是一个人一生中的决定性瞬间。读书，的的确确改变了他的人生。

唐颖：环龙里，望向外面世界的眼睛

▲ **唐颖**，作家。1982年毕业于华东师范大学中文系。代表作《上东城晚宴》《阿飞街女生》《另一座城》等。

环龙里是一片住宅。但对住在里面的人来说，这儿也是驿站。

20世纪50年代，幼年的唐颖在这里，目睹离家千里的俄罗斯夫妇寄居于此，并最终离沪。到了80年代，青年的唐颖在这个街区，目送无数伙伴汇集于此，又争先恐后出国。人们在这里，日常吃住在这里，生儿育女在这里，但与此同时，又时时刻刻想离开这里、不甘于这里、不安于这里。

这是南昌路上环龙里的故事，也是属于那个年代，许多淮海路周边儿女们的故事。这里人们的眼睛，不仅仅看向眼前的生活，更是望着外面的世界。

好像他们的血液里，天生涌动着渴望远方的基因。

似是故人来

环龙路上环龙里

环龙里的命名出处，就是一位远道而来的人。

1911年，法国飞行员环龙（Rene Vallon）带着飞机到上海上空进行飞行表演，是年2月25日和2月26日，环龙先后在江湾上空作飞行表演，但在5月6日做第三次飞行表演时，飞到今人民公园附近，不幸坠机身亡，年仅31岁。

据报道，当飞机出现故障时，环龙如果跳伞，本来有一定机会生还，但那样的话，飞机可能坠毁在市中心造成重大人员伤亡。为了避免惨剧，他在飞机上坚持操作到最后一刻，因此最后虽然坠机，但没有伤及无辜。当时的顾家宅公园（今复兴公园）附近在建中的马路由此被定名为环龙路（今南昌路西段）。在靠近环龙路的公园北端还建有一座环龙纪念碑。据说石碑的前面，刻有一首诗。该纪念碑一直保留到1950年才被拆除。

1943年，雁荡路以东的陶而斐司路（今南昌路东端重庆南路与雁荡路之间的一小段）和环龙路被统一命名为南昌路。虽然换了名字，但环龙路周边的房屋，却留下了环龙的痕迹。其中就有位于南昌路244弄的环龙里，和南昌路224弄的环龙新村。

建于1936年前的环龙里，属于新式里弄，为砖木三层结构，一共9个门牌号，建筑面积1075平方米。每层都有煤气灶、抽水马桶和浴缸，一直到改革开放前，拥有这些设施，都是中上层生活水准的代名词，足以傲视上海大部分民居。

幽静、整洁、生活便利，让南昌路上的高级住宅和新式里弄受到许多文人青睐。1927年，徐志摩和陆小曼住环龙路花园别墅（今南昌路136弄）11号。1923年，巴金先后住过环龙路志丰里（今南昌路148弄）11号舅父家和环龙路花园别墅（今南昌路136弄）1号。1931年，傅雷由法返沪，任上海美专办公室主任，住环龙路花园别墅（今南昌路136弄）39号。1936年，电影演员赵丹入住环龙路锡荣别墅（今南昌路69弄）3号。

1949年前，环龙里的住户多为俄侨。50年代，唐颖随父母入住环龙里时，同一层楼面的邻居，正是一对俄国夫妇。妻子叫丽丽，丈夫是犹太人，叫马甲，而上海邻居们当时统一称呼他们"罗宋人"。

牛羊肉、葡萄酒和面包

因为和"罗宋人"做邻居，因此唐颖童年居所的走廊里，常年飘浮着洋葱和牛羊肉的异国食物味道。有时丽丽和马甲周末要办派对，一大群"罗宋人"连夜聚集过来，彻夜跳舞、放唱片，甚至摔瓶子、打架。

小孩子虽然爱热闹，却不喜欢邻居的派对。因为大人们说，派对过后，唐家总会少些东西。妈妈更是全力阻止唐颖姐妹接近丽丽。但丽丽却丝毫不察觉似的，她会用托盘捧着高脚杯，兴奋地握一瓶葡萄酒冲到唐家，和唐颖父亲聊天。在离沪之日到来时，她到唐家告别，要把自家养的小猫送给唐家，还要走了唐颖姐妹的照片，说想要留住在上海的记忆。

但他们对上海的记忆和感受究竟如何？许多年后，当唐颖漫步美国街头，看到许多旅美华人时，总会想到童年的邻居。在20世纪50年代，上海街角曾有过不少糟坊，卖油盐酱醋和廉价酒。马甲和一些俄罗斯男人会去那里，买最廉价白酒，斜靠在柜台上，手握酒杯，一腿弯曲，面对异国他乡的街景，展示一身破旧西装，慢慢啜饮，俨然是在高级酒吧里的派头，却又会在店伙计不注意的时候，拿一点桌面上的萝卜干吃。

他们中的许多人，都曾是俄国旧日的贵族和贵族的后代。20世纪60年代，所有的在上海的俄国人逐渐都离开了这座城市。南昌路上，不再看到他们的踪迹。

关不住的女儿

唐颖到了上幼儿园的年纪。妈妈把她送到社区全托幼儿园。幼儿园的名字叫南三幼儿园，离家只有100多米。其他小朋友都乖乖听从老师和阿姨的管束，但唐颖认得路，她想要回家。

到了晚上八九点，别的孩子准备入睡之际，唐颖拿好自己的全部财产：脸盆和漱口杯，一路"越狱"。到家一看，满室灯火辉煌，父母正和一房间的朋友们在一起。父母明明在招待客人，却把自己留在幼儿园，想到自己一路赶来的紧张和期盼，唐颖站在门口放声大哭。众人却是哄堂大笑。妈妈甚至没放女儿进门，当即把唐颖送回幼儿园。但下一次，唐颖还是会溜出来。

久而久之，唐颖成了幼儿园的名人。老师们看到她想家了，就让她给大家讲故事。从小，父亲口授唐颖许多故事，有格林童话，还有王子与贫儿，以及父亲从英语读物里看来的趣闻等等，是当时别的孩子不容易听到的故事。唐颖就用自己的语言，一一说给小伙伴们听。讲故事的时候，她忘记了想家。她找到了另外一个可以逃进去的世界。

等到上了小学认了字，唐颖更是成了街道图书馆的常客。书里面的世界，给她安慰，给她陪伴，也向她打开了一扇通往外界的大门。

20世纪80年代，封闭的社会甫一解冻。出国潮中，整条淮海路上骚动着跃跃欲试的翅膀。所有的年轻人，几乎都渴望立即改变命运，去外面的世界看一看、闯一闯。

环龙里内外，都是关不住的人。送别过俄国旅人的南昌路，开始送别土生土长的上海孩子。不论以何种形式，出国是他们当时共同的夙愿。

整个街区、整个城市，似乎都被一种冲动驱使。他们都曾是南昌路上穿着黑蓝灰制服的青年，看上去面目相似，却原来都按捺着惊人的能量，一旦有机会释放，他们便飞往世界各地，开始后半生的传奇。2000年，在唐颖刚刚到纽约的时期，她几乎每天都能看到南昌路周边的亲友。他们已经在异国扎根。

也是在2000年前后，这些游子多多少少开始回流了。南昌路上，唐颖又见到了昔日的熟脸。曾经远嫁的女友悄悄告诉唐颖，自己已经熟悉人口密度高和小店林立的南昌路了，在他乡高档少人的社区里，如何能习惯呢？也有已经打拼多年腰缠万贯的朋友回国，但绕来绕去，最后也还是在南昌路附近置业。

在年轻的时候，他们最想逃离自己的街区，现在，一个轮回过去，他们又轻轻地说，想要回来。

南昌路上又出现了许多外籍人士面孔。但不会再有一个丽丽，提着酒瓶跳舞，也不会再有一个马甲，靠着街角喝酒。即便有，那场景落在更年轻和更国际化一代的孩子眼睛里，也不会有惊诧。

竹林：襄阳北路上的非典型上海生活

▲　　**竹林**，本名王祖玲，1949年出生，中国作家协会会员。著有长篇小说《生活的路》《苦楝树》《呜咽的澜沧江》等。

童年的早晨，从阿婆给竹林梳头开始。

在襄阳北路6弄的家，王家小楼对面住着一户俄罗斯老太太。每天早上，有小贩头顶一筐新出炉的面包，走街串巷叫卖，到了这个小区，必定会在这户外侨家前停留。眼前面包散发香气，身后阿婆拉扯着自己的长发有点痛。而屋内的祖母起床，老保姆正招呼竹林进屋吃早饭。

20世纪50年代，一天的场景这样开始。很长一段时间，这幢小楼里就住着祖母、阿婆、老保姆和竹林。三个老太太为一个小女孩隔绝出一个独立的时空，和楼外异彩纷呈的上海生活竟是丝毫无关。如今，老太太们早已故去，竹林则到了昔日祖母的年纪。在上海几乎生活了一辈子的她，坐在小楼里当年属于祖母的房间喝茶，一张口，是不掺一点沪语的普通话。

似是故人来

躲进小楼成一统

竹林的祖父、父亲和叔叔都不怎么喜欢上海，也丝毫不稀罕上海的文化。在竹林童年的记忆里，大人们回家，买回一块蛋糕或几只苹果，都要嘲笑一番上海的"小"："在我们北京，蛋糕都是论盒卖的，苹果都是论筐卖的，哪里有这么几只几只做买卖。"同时代的上海女孩，多少有点吃西餐、吃上海点心的味蕾记忆。但竹林小时候，家里吃炸酱面和大葱。

祖父祖母其实都是浙江籍贯。但祖父早年在烟台做银行经理，父亲一辈都在北京出生长大。在北京时全家生活富足，住过王府大院，后来受到抗战影响，全家才不得不迁居上海，家境也渐渐式微。过过北京好日子的男人们，多少有点不甘心，他们留恋那段记忆不愿放手，不学上海话、不吃上海菜，始终在心里没有真正融入上海。但竹林毕竟是在上海出生的孩子。她对家族的"北京辉煌"毫无印象。从小，祖父、父亲和叔叔们在外谋生，而她被留在小楼里，在祖母、阿婆（祖父弟弟的遗孀）和一个老保姆的保护下长大。

窗外时代，正在迅疾变化，而小楼内，和老太太们的生活却似静止。祖母幼时受过私塾教育，能看小说，在小楼底部祖母的房间里有个半人高的小书柜，摆着《镜花缘》《红楼梦》《警世恒言》等线装书。住在二楼的阿婆，是北京旗人拳师之女，受教育程度稍逊，她的房间墙上，常年挂着《西厢记》《红楼梦》里的人物绣像。她们教女孩坐卧吃饭要有老派的规矩；她们教女孩，无论身处什么境遇，要与人为善。不管外界的评判标准如何改变，童年这些书、这些家规和这些话语，成了竹林的底色。

住在淮海路周边的上海女孩，大多从小洋气、会打扮，但竹林可是和三个年龄差距达60岁的老太太一起生活的。所以竹林总是穿对襟大袄和绒布衫，还簪一朵祖母的绒花在头上戴着玩。冬天里，竹林穿着大棉裤，不束腰的棉裤子重，总是往下掉，小女孩每跑几步，就要停下来提一提裤子。一直到竹林上小学三年级时，祖父淘汰下来一双绒线袜，改织了一件绒线衣，竹林才第一次穿上绒线衣。

也许，因为小时候没有接触上海小资和时髦的那部分，时髦也就一直没有成为竹林的生活方式。

襄阳北路

襄阳路分属静安、徐汇。又以淮海中路为界，分南北两段。北至巨鹿路为襄阳北路，长631米，1921年到1929年分段筑成，以旅沪法侨名命名劳尔登路。1943年改名淳化路。以淮海中路为界，南至肇嘉浜路为襄阳南路，长1499米，建于1918年到1921年，以法国邮船公司职员名命名拉都路。

襄阳北路从新乐路到北面尽头，在20世纪60年代到

现在我只信，首先我是一个人，跟你一样的一个——至少我要学做一个人。

90年代，一直有大型菜场。而沿着襄阳北路到淮海路口，是襄阳公园，原为江阴颜料巨商薛宝成的私人花园，1938年，法租界公董局购买来准备作为新建办公楼之用，1940年法国政府向纳粹德国投降，建办公楼之议遂搁置。1941年公董局决定将其改建为公园，专供法国儿童游玩，因此一度有儿童公园之称。由于国人的抗议，公园于1942年1月30日向中国人开放。公董局为了纪念1939年在抗德战争中阵亡的原法国驻上海总领事外交官兰维纳，将公园改名为兰维纳公园，并在园内建了一座大理石的兰维纳纪念碑（1949年被拆除）。因该公园临近杜美路（今东湖路），故此上海人习惯上称它为杜美公园。1943年，汪伪政府将公园改名为泰山公园。抗战胜利后，国民政府于1946年将其改名为林森公园。1950年5月28日，上海市人民政府批准改名为襄阳公园。

襄阳北路沿路均为住宅。襄阳北路22弄青云里，是9幢建于1912年的新式里弄，44弄有德云坊、仁德坊、麟趾坊、蒲祥里。襄阳北路6弄，是一片有45个门牌号的小联排别墅区。竹林印象里，此处为华侨银行宿舍，独门独户，大多生活小康，家务有保姆代劳。

离开和归来

王家的老保姆偏疼小女孩。

老保姆以前在洋人家里帮佣，因此还学会了几句英语。她抱着竹林，教她说"艾格斯"（eggs）和"好饿呦"（how are you）。老保姆去菜场买了菜后，还会招手叫竹林到厨房，原来是偷偷藏了梨专门留给孩子"开小灶"。老保姆的儿子生了两个孩子。每年过年，祖母在底楼的房间里朝南位置摆桌子祭祖，保姆的儿子就带着各自的孩子到小楼，去祖母房间给祖母磕头。祖母给两个红包，嘴里道"长命百岁""长命百岁"，这些场景和画面，不知不觉就融入了记忆深处。

但祖母要和竹林讲家史，竹林却不耐烦了。比如说在浙江湖州有个"淡墨状元"，讲的就是他们家祖上两兄弟的科场传奇；比如家里原来有过九进的大宅院，后来遭遇火灾；比如家族中的祖先在苏州捐过一座宝带桥，祖先过世后韩愈为之写墓志铭，还将此义举写了进去……竹林摇着头捂着耳朵，说"不要听不要听"。她已经上小学了。她觉得祖母告诉她的都是封建迷信的故事。她开始看《苦菜花》《迎春花》《三家巷》，看《羊城暗哨》《青春之歌》。这个世界不仅仅是小楼这么大了。

离开富民路小学后，竹林升学至市西中学。那段时间，家里络绎不绝，总有很多人来吃饭，父亲说，这些朋友有的要举家去宁夏，有的要去新疆，有的要去青海。此去一别不知何日能再见，祖母和父亲就招待他们在家聚餐送行。祖母的房间里，小佛龛也收起来了。1968年竹林高中毕业，也要离开上海了。她去安徽凤阳农村插队务农。

　　祖母在竹林下乡期间过世。1972年，竹林开始在《安徽文艺》发表小说，1974年底作为独生子女回到上海。老保姆、阿婆也都过世了。父亲住进祖母原来的房间，叔叔住到楼上。竹林无处可住，回沪后先后住过出版社的集体宿舍、上海作协的办公室，后来又住去嘉定。

　　许多年过去了，父亲过世了，叔叔也售出了二楼部分，竹林重新搬回小楼。如今她到了祖母当年的年纪，也住进祖母原来的房间。整个小区格局没变，小时候爬上去玩的阁楼没变，祖母的书柜也没变。只是，昔年三个老太太和一个小女孩共同构建的小小世界，一去不复返。

　　　　　　　　　　　（部分资料参考《静安区志》《上海名园志》）

钱乃荣说旧书店：书卷多情似故人

▲　　　**钱乃荣**，1945年出生，吴语研究学者，上海大学教授。

书本，是用纸印制的，算不得活物。但旧书不一样。

旧书被人购买、使用、阅读，书脊被人摩挲留下指印。翻开旧书，一并也会翻开里面夹着的花瓣、发丝、碎屑，甚至还能看见前人留下的划线、题注、印鉴，这些都是属于人的痕迹。穿越时空，历历如昨。因此，旧书应该称得上是一种活物。

1962年，17岁的少年钱乃荣走进位于淮海路的上海旧书店时，千万种关于活着的和活过的人的气息，借由旧书，扑面而来。它们属于眼下，又不属于眼下，与窗外的时代互为补充，传递着新书不能传递的丰富信息。它们成了钱乃荣的启蒙者和引路人，也如草蛇灰线，将他未来的人生轨迹，一点点预示出来。

书店

上海的书业，与上海的发展是同步的。

资料显示：早在1843年，墨海书馆在沪创立，以后相继有美华书馆、土山湾印书馆、格致书院、同文书会等。1876年，英商美查开设点石斋书局，后发展成为上海规模最大的出版发行机构。1880年苏州席氏将明朝万历年间开设的扫叶山房在上海设立分店，发展为当时上海最大的书店。后来有文瑞楼、同文书局、鸿文书局、千顷堂书局、广益书室（后改名广益书局）等，经营印刷出版和图书销售。1897年创立的商务印书馆，很快发展成为中国规模最大、影响最广的书店。1911至1920年间，在沪创办的中华书局、大东书局以及世界书局、开明书店，在全国各地都有分支机构，形成各自的发行系统。

1921年7月中国共产党在上海诞生以后，成立了人民出版社，之后又陆续成立了上海书店、华兴书局、湖风书局等。到了20世纪30年代，很多进步文化人士在上海开设书店。邹韬奋于1932年创办的生活书店，钱俊瑞于1935年创办的新知书店，李公朴于1936年创办的读书出版社，是闻名全国的进步书店。1948年三店合并组成"生活·读书·新知"三联书店。在上海有影响的书店还有：大江书铺、上海出版公司、上海杂志公司、万叶书店、文化生活出版社、北新书局、亚东图书馆、光明书局、作家书屋、良友图书公司、晨光出版公司、海燕书店、群益出版社、新亚书店、新月书店等。

清末民初，上海的书店集中在棋盘街。民国时期，逐渐向河南路（今河南中路）、爱多亚路（今延安东路）、西自来火街（今广西南路）、二马路（今九江路）这一方块地区发展，其中尤以四马路（今福州路）及其附近的交通路（今昭通路）、山东路（今山东中路）更为集中，不仅有商务、中华、大东、世界、开明、正中等大书局，还有不少中小型书店。

在古旧书业方面，上海有1911年开设的古书流通处，1929年开设的中国书店，以后又有江浙人在上海开设的抱经堂、来青阁、汉学书店、传薪书店，北方人开设的来薰阁、忠厚书社、富晋书社、修文堂书局、萃古斋书店等，都经营古旧书业。

启蒙

解放初，上海有私营书店500多家，经过整顿和重新登记，到1956年从事经营新书业务的私营书店全部划归新华书店，从事经营外文书业的私营书店除自行歇业外，都并入新华书店上海分店外文门市部，从事经营古旧书业务的私营书店分别并入上海古籍书店、上海旧书店。

这与曾任上海图书公司经理、上海书店出版社总编辑的俞子林的回忆不谋而合：1958年，福州路上开设了卖古旧书的古籍书店和上海旧书店。后者在四川北路、南京西路、淮海中路等地开设了门市部。

令钱乃荣流连忘返的，就是位于淮海中路上的上海旧书店。

1956年，钱乃荣考入向明中学之后，每天放学回家要走从瑞金一路到重庆南路这一段的淮海中路，不是去思南路附近的淮海中路新华书店，就是去成都南路附近的上海旧书店，如果时间空一点的话，会两个书店都去待上很长时间。其中，新华书店那时是不开架的，而旧书店几乎完全对顾客开架。对于少年来说，这种自由，更具吸引力。他可以一本一本抽下来翻看，一待一两个小时，直到暮色四合而不自知，抬起头来，才猛觉夜幕降临。

在钱乃荣的记忆里，那时的旧书店铺面很大，进深很长，里面还有多个曲折转角地，每类图书分列齐整，重要的旧书还在大台面上陈列。

每一本书都像一把钥匙，为钱乃荣推开一扇门。这是校园教育所不曾涉及的区域：古典文学通俗读本、气象、天文、地理类书、生理卫生、动植物类书……后来遇到当时推行文字改革、拼音字母那些书，钱乃荣也会购买。浑然不知日后，他会靠语言学吃饭。

虽是家中独子，但父亲收入不高，母亲是家庭主妇。钱乃荣手头的零花钱拮据。母亲给他乘电车上学一天的零用钱6分，积个好多天，才能买一本书。但那时的旧书有一个很好的周转链，即收卖都有合理的价格。钱乃荣清晰记得：发行不久的好书，如一本《宋词选》，原价卖1元3角，旧书卖1元；《近三百年名家词选》原价卖8角，旧书卖6角5分；又如《古文观止》因为解放前出过很多版本，旧版本就有只卖到8角钱一部的。一些私人出版社在50年代初出版的书到1957年以后都降价卖得很便宜，如中州路人世间出版社的一本《人体生理图解》，只卖4角；大中国图书局出版的一个《草本花卉栽培》硬纸转盘特价2角。许多新书或旧书，看完可以拿到瑞金路附近的旧书回收处估价，卖得钱来再去买自己看中的旧书，就这样，爱书人可以在买卖间周转着看书。

渐渐地，他懂得了其中的窍门。如家里有一本20世纪30年代出的《儒林外史》，排版等反而没有50年代人民文学出版社的《儒林外史》好，于是把前者卖掉，换回50年代版的旧书后，余钱还可多买两本旧书。

在这一买一卖间，钱乃荣对阅读的兴趣渐长。一次在收旧书处的对外橱窗里，他看到一套十本20世纪30年代良友出版的《中国新文学大系》，标价100元，在当时无异于天价。钱乃荣这才意识到，自家藏书里有其中的六本，是何等珍贵。于是回去将这些书从书橱取出，一本一本认真读，由此也读出了他此后一生对现代文学的兴趣。

大学

1962年高考临近，父亲看到家中日益贫困，希望独子高中毕业后就去找工作负担家用。但钱乃荣却一心想报考复旦大学中文系。

苦于自己古文功底不够的他，恰巧在离家不远处看到一张广告，贴着万宜坊有私家教师可补习《古文观止》，一个短期10次收4元。闻讯而去的他，只拿得出2元钱，但看到少年求知若渴，又一身补丁，老师就破例收下了他。跟着私家教师读书时，老先生常拿出一部《纲鉴易知录》，翻到某页读讲某篇古文的时代背景，一来二去，钱乃荣就喜欢上了这部书。但不久后的一天，钱乃荣居然在淘书时候，在附近的一家旧书铺里见到了这部书。起初他以为只是巧合，但看到每本上面的"卷一""卷二"字样正是私家教师笔迹，心下顿时明白：曾经慷慨减免自己学费的补课老师，其实已经贫困到连藏书也朝不保夕。

几年后的一天，钱乃荣的父亲在复兴公园散步，遇到一位年纪相仿的老者，大家闲谈几句，最后攀谈起来。说话间发现，这位陌生老者竟然就是曾给钱乃荣补课的私家教师。听说钱乃荣考上了复旦，老师大喜过望。而父亲，也终于放弃了坚持要儿子去做工的打算，允许他读书深造。这一本一本旧书的叠加，终于量变产生质变，让淘书少年钱乃荣的命运轨迹，开始朝着另一条道路驶去。

郑德仁: 和平饭店里的爵士乐

▲　　郑德仁，1923年出生于上海虹口，国家一级演员。

　　故事是这样开场的：1986年的一天深夜，英国女王访华先遣队的一位高级官员刚出虹桥机场，就问接待人员："和平饭店酒吧还开着吗？""那支老年爵士乐队还在演出吗？"

　　当他得到肯定的答复后，立即驱车来到和平饭店。翌日晚，这位官员又带去了十几位王室成员、外交官和商人。直到深夜十一点半，终曲《一路平安》已奏响，这些英国客人还不愿离座。他们递了张条子给乐队，询问能不能再加演半个小时。

　　和平饭店老年爵士乐队是支什么样的乐队？和平饭店酒吧为何能被美国1996年的《新闻周刊》评为世界最佳酒吧之一？在过去的三十多年里，为何能一直被写入旅游手册必去景点，成为上自各国政要、下至黎民百姓心中的沪上风景？

在上海的寓所，翻着一沓乐谱，年过九旬的上海交响乐团前演奏员、低音提琴演奏家郑德仁娓娓道来：1980年，这支由白发苍苍年近古稀的乐手组成的爵士乐队，是如何小心翼翼地在和平饭店奏响第一首曲子的。

黄浦江边的绿屋顶

今天的和平饭店北楼，历史上曾被称为华懋饭店、沙逊大厦，有"远东第一楼"的美誉，为犹太商人维克多·沙逊在上海建造的第一座高层建筑，也是上海近代建筑史上第一幢现代派建筑。

上世纪20年代，沙逊将投资重点转移到建造高楼大厦上。当时的沙逊大厦、河滨大楼、华懋公寓、格林文纳公寓、都城大楼、汉弥尔顿大楼等上海建筑，以及罗别根花园、伊扶司乡村别墅等产业均为其所建。

沙逊大厦由英商公和洋行设计，新仁记营造厂承建，由芝加哥学派哥特式设计风格的建筑师设计，以一个海拔77米的绿色铜护套屋顶为最大特色。外墙采用花岗岩石块砌成，由旋转厅门而入，大堂地面用乳白色意大利大理石铺成，顶端古铜镂花吊灯，豪华典雅，有"远东第一楼"的美誉。建成后开业，二至四层是商场，底层沿外滩租给荷兰、华比两家银行，西部为服务部，有穿边式售货廊。底层两条通道交叉，一条从外滩进入，一条从南京路通滇池路，中间交叉点有一个八角亭式的内厅，其穹顶用彩色玻璃镶嵌着图案。五至九层是华懋饭店，拥有最具特色的九国式特色套房。十层以上由沙逊家族居住自用，极尽英式奢华。入住华懋饭店，也成为当时下榻上海滩最豪华的选择。

1945年12月，美国特使马歇尔上将到上海后下榻于华懋饭店，住在豪华套间中。1909年诺贝尔物理奖获得者、享有"无线电之父"美誉的马可尼于1933年12月也曾下榻华懋。上海解放后，市财政经济委员会在内办公。1952年由上海市人民政府接管，1956年恢复饭店业务，改名为和平饭店。1992年世界饭店组织将和平饭店列为世界著名饭店之一，当时中国仅此一家饭店获此殊荣。

外滩重响爵士乐

1980年，这座城市对外关闭许久的窗户启封。

随着外宾和外商来沪次数增加，一批涉外宾馆开始感到，上海的夜晚几乎没有什么提供休闲娱乐的去处。如今生活在繁华上海的人们或许很难想象，在三十多年前，即便在外滩和南京路，夜晚商店关门后，路上几乎既无行人，也无车辆，一片萧索。

一次偶然的机会，和平饭店负责人看到当时正在锦江饭店演出的郑德仁，随即邀请他夜晚到和平饭店演奏。但演出什么曲目呢？和平饭店酒吧空间不大，不能容下整支室内乐队，但放一个7个人的爵士乐队却正好。在和大家商量之后，郑德仁邀请一批年过六旬的乐师，开始每夜到酒吧演奏爵士乐经典名曲。起初，饭店的经理心里没底，这样的做法是否能招揽顾客，因此也未和乐手签订合同，而是商定，客人凭外宾证入场，来一个客人，付一元钱外汇券，其中宾馆收4毛，乐队收4毛，职工收2毛。

眼前的乐队，乐手年老，乐器陈旧，乐谱泛黄。但这样的"三老"组合，却有一种特别动人的魅力。中断近40年的爵士乐再度回响在上海。外宾感到，这不仅是一支能演奏外国乐曲的乐队，也传递了中国改革开放的信号。很快，老年爵士乐队，成为了和平饭店的招牌。

1987年，当《解放日报》记者走进和平饭店酒吧时，看到的是这样的场景：百余平方米的酒吧里坐满了不同肤色的宾客。操着英语的服务员不得不站在门口对迟来者说："实在对不起，已经客满了，请改日再来。"酒吧经理坦言：自从请来了老年乐队，7年时间生意利润额折合人民币300多万元。

这在当时，无异于一笔巨款。

菲律宾乐队里的"小广东"

经过一段时间磨合后，乐队的保留曲目达到五六百

似是故人来

首，不管客人点什么曲子，都可以即兴演奏。有一晚，一位正与巴西客人谈生意的日本客人递了张条子给服务员，请乐队加演几首巴西曲子，乐队马上照办。还有一次，苏联文化代表团来到酒吧，乐队马上奏起《莫斯科郊外的晚上》。马来西亚总理马哈蒂尔夫妇慕名而来时，总理夫人当场点了好几首曲子。美国之音、英国BBC电台、奥地利广播电台也曾到酒吧来录音。

在那个没有互联网的年代，乐谱来源有限。最初"撑下市面"的大部分乐谱，都是郑德仁凭回忆写出的。而这些储备，则来自于20世纪40年代，他在菲律宾人的乐队做乐手的经历。

1923年1月，祖籍广东的郑德仁，出生于上海虹口，从小在学校也喜欢吹拉弹唱。他的父亲原本在英国太古轮船公司远洋轮上做国际海员，一家人生活宽裕，但太平洋战争骤然爆发，已获暨南大学入学通知书的郑德仁正准备随迁往昆明的学校出发时，却得到父亲的远洋轮在战火中失踪的消息。面对无业的母亲和还未成年的弟妹，郑德仁只得外出寻找工作，担负起一家人的开支。

起初，郑德仁到青年会图书馆当编书员，但每月仅有50元的薪资。后来，通过朋友介绍，他应聘到位于南京西路、成都路的高士满夜总会（前身是"美国妇女总会"）任乐师，月收入飙升到200多元，且合同一订就是3年，足以养家。当时，高士满夜总会有不少菲律宾和俄侨乐手，乐手们经常演奏美国爵士乐，夜总会领班的夫人是郑德仁同乡，看到这个"小广东"颇有天分，就鼓励他学习贝斯，跟着菲律宾乐手们，郑德仁爱上了爵士乐。

1947年，华人吉米·金以自己名字命名，组成16人的吉米·金乐队，常驻十里洋场最好的百乐门舞厅。在这沪上首支中国人组建的爵士乐队中，郑德仁是贝斯手，还从事乐队的谱曲和编曲。郑德仁记得电影《出水芙蓉》在大光明影院首映时，他一天中连看四场，忘情地速记，第二天主题曲就在百乐门舞厅奏响。也就在那时，他练就了记谱写谱的能力。

没有想到，这一身功夫，在近四十年后又被拾起。1980年，久已失修的和平饭店已不复1926年新落成时的奢华，显得陈旧不堪，但外商往来络绎不绝。在那种活跃的气氛里，隐藏着一股万物复苏的生机。"人们都说，看到我们，宛如看到旧上海的繁华。其实不是，我们见证的，是一个全新的上海。"郑德仁说，他难以忘记，上世纪80年代，当他夜晚提着乐器和乐手们赶到和平饭店时，沿路经过的黑暗和安静。

但风从外滩吹过来，那是一座城市封闭许久的窗户再次打开时，风从海上吹来的气息。

金光耀：在聂耳玩耍过的弄堂长大

▲   **金光耀**，生于1954年，复旦大学历史系教授、博士生导师。

小半年未见荤腥了。

家里老的老，小的小，都已经快忘记了肉的滋味。

1960年代初，在这个城市中，走街串巷的收旧货者如一种避光的动物，神出鬼没。祖母悄悄地召其中的一个到家里，神秘兮兮地取出一包红木背骨制麻将牌，将之贱卖，换了6元钱。

这6元钱，在黑市上可买一斤肉，烧出来是小小一碗。摆在常德路恒德里街面房子3楼的居室里，香味萦绕不去。

在这个小小的空间，复旦大学历史系教授金光耀曾度过了37年光阴，那碗肉的滋味，叫他记住了大半辈子。每每忆及，那拮据匮乏又喧闹鲜活的日子，就都涌上前来。

明星

恒德里，位于常德路。

常德路，原名赫德路（Hart Road），早在1914年即已修建完成。路名得名于原英籍海关总税务司罗伯特·赫德。在这条路上，坐落着作家郁达夫、张爱玲的故居，也留下过建筑师邬达克的住宅。

恒德里位于633弄，是一片两层的里弄房屋。底楼朝南，有小花园，带独立铁门。其中，恒德里65号，为音乐家、国歌作曲者聂耳故居。1930年7月，为躲避当局追捕，18岁的聂耳逃离故乡昆明到达上海。起初，他想报考上海音乐专科学校，但未能如愿。人生地不熟的聂耳，在上海举目无亲，最后托人才在云丰申庄找到一份杂役工作。

1931年，聂耳栖身的商行因为偷税被查封，失业的聂耳顿失所依。好在同年，聂耳就找到并加入黎锦晖等人创立的明月歌舞剧社（前身为中华歌舞团，后明月歌舞团并入上海联华影业公司，称联华歌舞班），任小提琴手。黎锦晖日后在回忆录《我和明月社》中写道："为了节约开支，（聂耳）迁出联华宿舍，找到赫德路（常德路）恒德里内一幢房子……空关了两年多没人住，积尘很厚，在房东派人初步打扫之后，聂耳又邀几个社员进行了洗刷，房子焕然一新。"

当时的明月歌舞剧社，荟聚了周璇、王人美、黎莉莉、白虹等大批明星,且同一班人又演话剧也演电影,这些全新的艺术形式以及全新的技术手段,都让聂耳大开眼界。

城市,将这群志同道合又年纪相仿的年轻人召唤在一起,命运交叠。在恒德里,明月歌舞社的年轻人七八个人住一间,一起吃饭、一起排练,聂耳就住在楼上最靠北的房间,还曾在底层练小提琴。王人美的二哥王人艺曾是聂耳的小提琴老师。聂耳练琴的刻苦有口皆碑:一有空闲,年轻人难免要结伴去热闹的商业街逛逛,但聂耳总是一人躲在房间里练琴,当然有时候他也和弄堂里的孩子们一起玩耍,每每做游戏时,聂耳的两只耳朵会耸动,而其灵敏的听觉,也让他博得了"耳朵先生"的称号。

于是,就在这一时期,他将原来的名字聂紫艺,改名为聂耳。

童年

恒德里街面房子3楼,那两间不足30平方米的房间,一直居住着金家祖孙三代。

就在聂耳和这群电影史上赫赫有名的明星们一起玩耍过的弄堂口,金光耀和自己的小伙伴们玩耍着、长大了。

1958年,4岁的金光耀和伙伴们一起参与了一件大事——驱灭麻雀。根据当时的有关号召,全市都被发动起来。而在恒德里，这条职员和商人为主的弄堂中，往昔小门一关各守各家的邻里，那次全体出门。孩子们敲锣打鼓惊吓麻雀，使小鸟均疲于奔命最终坠亡，而成年人则举着竹竿、网兜，上房上树，追捕伏击。金光耀也举着家人给他的脸盆击打助威。孩子们精神兴奋，因为这些打破规矩、有违日常的事件总是叫人激动。他们眼睛里看到的一切，好像过节，似乎整条弄堂都在举行一场狂欢。

不久，同样的狂热又来一次，如飓风般，将恒德里所有的铁门都席卷一空。全民大炼钢铁的日子到来了。弄堂里，原本竖立在一幢幢建筑底楼花园小径前的铁门都被拆掉运走。很快，连弄堂口的大铁门也消失不见。

后来，弄堂里又办公共食堂，动员家家户户支持。金光耀家也把唯一一张圆台面上捐。此后，凡是金家来了客人要留饭，家长要向公家借来自己的圆台面待客，事后再拭净归还。又过几年，无饭可吃了，家长也不敢去借了。

一条弄堂如一个剖面，收拢着几户居民的生活轨迹，也成为整个城市那些年经历过的事件的缩影。

1966年，金光耀小学五年级，但再无学可上。至1968年去中学报到之前，差不多有两年的时间，他无处可去，整日闲晃在弄堂里。起初是很兴奋的，不上学的日子总是开心的。金光耀和伙伴们都不用再去课堂，聚在弄堂里下军棋、打扑克牌、刮香烟牌、算24点……年纪大些的男孩，无处发泄旺盛精力，就弄来哑铃石锁，以弄堂为健身房，就地锻炼身体。但日复一如，这玩乐终究开始变得无趣。少年们心里发闷，渐觉空虚。

弄堂当时多无独立煤卫。不少主妇，都会在夜里八九点钟，把积攒一天秽物的马桶列在家门口，等待清晨粪车收去。但总有"力比多"旺盛的孩子，晚上溜到弄堂里，对准某只马桶狠踢一脚，随着"哐当"巨响响彻弄堂，腌臜流满一地。孩子们哄笑一散。等住户探头出来查看时，调皮鬼们不见踪影，而被踢倒的马桶的主人只好硬着头皮披衣出门，打扫一地腥臭污水。

匮乏

在恒德里的那些日子，匮乏是双重的。

其一是物资紧张，食品短缺。在恒德里，居民们虽还不至于挨饿，但也不是人人饱腹。20世纪50年代末到60年代初，恒德里支起了卖山芋的摊位，用山芋充定粮，鼓励大家多吃山芋以代替主食的不足。在供应给居民的定粮里，大米的份额减少，代之以面粉。因此弄堂对面又多出了一个制面条的摊位，可以就地将面粉加工成面条。

年迈的祖母为了让家人有肉吃，将质地上乘的麻将牌贱卖，但这也只够一顿罢了。日常的餐桌上，为了稍微见点荤菜，祖母聪明地购来最便宜的鱼肚肠，将这两三毛钱可买一大碗的鱼内脏清洗干净，加些粉皮一炒，一样香味扑鼻。

而随着年纪渐长，金光耀感到了另一种来自精神的匮乏。无学可上，也无书可读，再也没有老师耳提面命之后，少年们反而纷纷传阅书本。在弄堂的伙伴手里，金光耀借来并读完福尔摩斯探案集，也第一次从年长的大孩子嘴里听到约翰·克利斯朵夫的名字。到了20世纪60年代后期，金光耀听说有同学家还保留着手摇式唱片机，就偷偷上门去听。一首西班牙歌曲《鸽子》，让听惯了铿锵有力歌曲的孩子们目瞪口呆，如痴如醉。似乎是第一次，向来不懂忧愁的少年们，心里被唤起了对未来懵懂的期盼。

1978年，金光耀从插队的黄山茶林场考上复旦大学，此后返沪成家生女，这两间房间里，一度四代同堂。等到20世纪80年代，当金光耀拉着女儿的小手下楼去骑童车时，发现弄堂里认识相熟的人已经所剩无几。

他的同龄人或去农村后再也没有回来，或都已经渐渐搬走，更小的一辈都在学堂读书。曾经在弄堂里到处晃膀子闲逛的少年们，再也不见。一个熟人社会似乎已经如书中的一页，轻轻翻过去了。

在少年时代的尾声，当他独自带着行囊去安徽插队落户时，金光耀并没有觉得离别的感伤。但在1991年因为分到房子而要离开恒德里时，他却有了一丝不舍。

童年的记忆里，因为楼下就是菜场，睡梦中总有菜场的嘈杂声。有次凌晨三四点，和同学们相约去菜市排队、占位子，体味到的是与伙伴玩耍的兴奋，而毫不在意供应的紧张。在那些天色将明未明的日子里，一天的开始，总是从沿街的窗口传来菜贩运货开市的声响开始。

以后，就再也听不到这些声音了。

高文彬：从虹口弄堂出发参加东京审判

▲　　高文彬（1922—2020），上海海事大学教授，作为中方代表团成员全程亲历东京大审判。

1945年春天，23岁的高文彬在课余，和三五好友相约去武昌路吃饭。

饭店里，邻桌一位通相术的吃客，兴致勃勃为这几个大学生预言了未来。轮到高文彬时，指着他说：你的一生不会发财，人生会有波折，"不过眼下，你即将远行。"

没有根据的说辞，竟有了惊人的巧合。是年7月，高文彬从东吴大学法学院法律系毕业，经老师举荐通过中国代表团派往远东国际军事法庭的首席检察官向哲濬的面试。在随后的1946年至1948年，高文彬远赴日本东京，先后担任远东国际军事法庭国际检察处翻译官、向哲濬的秘书等职，全程参加审判日本甲级战犯工作。

坐在虹口区的家中，接受采访时95岁的高文彬想到72年前的那顿饭，笑谈："后来的一切，还真被那个吃客说中了。"

　　　　　　　　　　　　　　　似是故人来

生命的轨迹，绕着虹口转了一圈

在度过大半个世纪后，高文彬的生活轨迹依旧还在虹口区。

他曾求学的课堂，他曾吃饭的场所，都在虹口区，他幼时生活过的宝华里和最后他栖居的公寓，又都位于虹口区东长治路上，且相距不远。犹如转了一个圈，一切又回到原点。

地方志显示：东长治路位于虹口区境南部，长1551米，宽18米到24米。其存在的历史要比人们想象得更为久远。早在1860年，东长治路由上海公共租界工部局修筑，成为熙华德路（长治路）向东的延伸线，因此命名东熙华德路（East Seward Road）。两条路均得名于当时美国驻沪领事之名。1943年，汪伪政府接收租界，更名为东长治路，得名于山西省长治。

东长治路早期通行有轨电车，交通便利，店铺众多，商业渐趋繁荣。在上个世纪初，沿路就已经设有银楼、茶楼、浴室、酱园、药铺、炒货店等，成为沪东重要商业群。1940年前后，居住在虹口的日侨曾在该路开设野村产业、西长洋行等行号和商店25家。上海解放前夕，沿路有商店110家，其中百货24家、服装6家、南货果品4家、饮食6家、烟糖杂货38家、中西药5家、五金17家、洗染2家、粮店2家、酱园2家、旅社4家。另有各类小店200余家，情景颇为繁荣。

东长治路两边，曾有一大批兴建于上个世纪初的住宅。高文彬曾居住于东长治路573弄的宝华里，这是一批修建于1929年的砖木三层旧式里弄，高文彬的父母带着4名子女一起居住在宝华里。高文彬的父亲是一名颇有名望的中医，对子女的管束颇严，但对身边人却向来宽厚，高文彬记得，凡是为邻里看病，父亲从不收费。

青年学子，绝不向日本人低头

20世纪初，最令百姓受苦的，不是身体的疾病，而是亡国之痛。

高文彬兄妹4人中有3人皆就读于东吴大学。其中东吴大学法学院，原本位于虹口区昆山路146号，是一栋4层小白楼，从这里诞生了一批中国早期最精通英美法、最擅长比较法研究的人才。然而1937年，战争炮火影响下，东吴法学院被迫迁至上海公共租界避难，其后8年，法学院不断迁徙避难。

1941年12月，日军又占领了上海租界，此后法学院为了保留教学火种，不得不分为两路——1943年到1945年间，法学院赴"大后方"重庆重新开办。而留在上海的师生，则以东吴法学院的谐音"董法记"名义恢复上课，并不断迁址。

　　　　　　　　似是故人来

当高文彬入读法学院时，学校借用了爱国女校的校舍。他忘不掉在日军眼皮底下去课堂的羞辱：上学的路上，会经过一个日军的岗亭，日军要求所有中国人路过时必须停下来向他们敬礼，如果谁不敬就要被打。高文彬为了避开这个岗亭，宁可每天绕远路去上学。

但即便是在这样艰难的环境里，法学院对教学未有一丝松懈怠慢。由于功课负担重，一些学生中途跟不上，入学的一年级班内约有80位同学，到四年级时人数只剩一半，可见训练之严。高文彬曾回忆道，当时的教学环境下，"东吴法学院学生的专业英语过硬。学生学习英美法时，授课是全英文教学，其中讲授英美法时请美国总领馆的法律顾问给我们上课，讲到德国法时则请德领馆的法律顾问来上课。"

目睹山河破碎的锥心之痛，让师生们更感受到了自己肩负的历史责任。在之后的1946年至1948年间，中国代表团前往远东国际军事法庭的17人中，10人皆来自东吴法学院，除了高文彬外，首席检察官向哲濬，检察官首席顾问倪征燠，助理检察官裘劭恒，检察官顾问鄂森、桂裕，法官秘书方福枢、杨寿林，检察官翻译刘继盛、郑鲁达等皆是。

弄堂口走过的每个人都欢呼胜利

1945年8月，在历经浴血奋战之后，抗战胜利的消息终于传来。

正在学校办理毕业手续的高文彬记得，当时只听见校园内传来一阵阵欢呼声。在确认了消息后，高文彬和同学们一起来到学校操场，大家涕泪交流地跳着、叫着、鼓掌欢呼。人们按捺不住兴奋之情，自发上街游行庆祝。一路上，不断有知道消息的市民加入队伍，互不认识的人也激动地彼此拥抱，或双手举起来作成个"V"字型表示胜利。

为了把消息告诉家人，高文彬在参加游行后，一路小跑回宝华里。还没走到弄堂口，就看见邻居们聚在一起，讨论着抗战胜利的喜讯。接下去一连好几天，不管白天黑夜，人们互相见面时，都会满脸喜悦地彼此说"日本人投降了"！

不久后，高文彬得到东吴大学法学院老师、著名教授刘知芳推荐，前往向哲濬处面试。他记得面试是在华懋大厦（今锦江饭店）举行的。向哲濬当场给出一篇英语文章，要青年人当即翻译，以测试其英语程度。面试通过后，高文彬应验了相士的预言"出门远行"，在接下来的两年里，全程参加了东京审判。

搜查证据，不让杀人魔鬼逍遥法外

在向哲濬的团队中，高文彬每天参加庭审，做好翻译和庭审记录签收及汇编工作，并负责收集整理日军侵华证据，将证词翻译成英文。

高文彬看到，在一张1937年的东京《日日新闻》报纸上，刊登着日本少尉军官向井敏明和野田毅并肩而站、以军刀拄地的一张照片。在从淞沪战场向南京进攻途中，这两名军官开展了"百人斩杀人竞赛"——这是一场令人发指的、以砍掉中国人头颅数量为计算方式的竞赛。最终，向井以杀死106人"获胜"，而野田毅杀死105人"告败"，究其失败原因，仅仅是因为杀人杀到军刀"刀刃卷边"。

看到这份材料后，高文彬立即将报纸复制3份，一份留在检察处办公室，另两份通过倪征燠寄给南京军事法庭庭长石美瑜。最终，盟军在两人的家乡日本崎玉县发现向井敏明和野田毅。此时，昔日的杀人狂魔已隐姓埋名多时，被抓捕时，是在街边设摊的普通小贩，几乎已经顺利回复了正常生活。在被押解到南京接受审判时，两人一度拒不认罪，但最终，在确凿的证据面前，两人被判处死刑，被押到南京雨花台刑场执行枪决。

东京审判结束后，向哲浚带回两整套远东国际军事法庭的庭审记录，这其中亦凝结着高文彬的心血。退休前，高文彬是上海海事大学国际航运系教授，并参与翻译了《英美法大词典》。他又住回了虹口区东长治路，离幼时所住的宝华里不远，他在那里庆祝过抗战胜利，也从那里出发去参加东京审判。

• • • • • • • • 守护一块梦田

程永新：守护巨鹿路675号

▲　　**程永新**，1958年生，《收获》主编。

巨鹿路675号爱神花园：上海市作家协会（吴越摄）

许多人见过巨鹿路675号在白天的样子，而程永新见过它的夜晚。

那是在节假日，他在单位值班。入夜，街道安静下来，巨鹿路675号的老洋房也安静下来。

房内，木地板、木楼梯、水晶吊灯、彩绘玻璃，还有整室整室的书稿，逐一隐入暮色。窗外，爬满整幢建筑物外立面的青藤，在风中发出微微的响动。

他睡在大楼的底楼东厅。这间房间里，四壁挂着历任上海作家协会主席的肖像。在他们的目光注视下，程永新人躺着，心却浮想联翩。到2018年，他已经在这里工作35年了，算上实习阶段，他已经进进出出这幢建筑物36年了。他熟悉这里的一草一木，尽管如此，对这幢房子经历的历史，对亲历和创造这些历史的人物，对这些人物身处的时代，他也不敢说全然知道。

夜晚的上海作协大楼，显得空旷辽阔，身处其中，人显得渺小，即便细微的走动，也会引发巨大的回声，真的好像是待在一座宫殿中一样。事实上，第一次走进这幢建筑物那一刻，程永新就认定，这里不是普通的三层楼洋房，这里是文学的圣殿。

巨籁达路的爱神花园

从私人洋房到文学圣殿，巨鹿路675号的命运随着上海的变化而变。

巨鹿路，旧称巨籁达路。由上海法租界公董局越界修筑于1907年，以法国驻沪领事巨籁达之名命名。租界管辖境内，也成为市区内高档西式洋房聚集区。当时上海工商界"四大天王"分别有荣氏兄弟、简氏南洋烟草、郭氏永安集团和实业家刘鸿生。刘鸿生的胞弟刘吉生多年跟随兄长打拼，收益不菲，于1921年购入巨籁达路（巨鹿路）681号的地皮兴建住宅。1924年，刘吉生又购进了原住宅东边，即今巨鹿路675号的地块，又造了一幢花园洋房，设计者是当时初露头角而日后在上海闻名的匈牙利籍建筑师邬达克，房屋由馥记营造厂承建。至今，在进入巨鹿路675号大门后约20米，在通道的东侧还留有一块显示馥记营造厂定制字样的窨井盖。

新建的刘吉生住宅主楼朝南，用四根通贯底层与二层的爱奥尼亚柱充当门廊，二层为阳台，可以俯视楼下花园里的小池塘，和池塘中间的浴女雕塑。这位女神是谁，至今并无定论，一说是邬达克感佩刘吉生夫妇伉俪情深，从欧洲定制后特意送给客户的礼物。花园也由此获得昵称"爱神花园"。

1949年5月26日，在上海市区苏州河以南解放之际，在军管会文艺处领导下，成立了文学工作者协会临时工作委员会，配合上海市人民政府工作。1949年9月11日，全国文学艺术工作者代表大会之后，正式成立了中华全国文学工作者协会上海市分会。1953年11月7日，第二次文代会后，文协易名为华东作家协会。1954年12月13日，华东大行政区撤销后，原华东作协改名为中国作协上海分会。

与此同时，这幢房子的命运也发生了变化。1949年后，刘吉生赴香港，之后在海外定居，刘氏住宅被房产部门接管后，由上海作家协会使用。上海作协的第一任主席是夏衍，副主席是巴金、于伶、周而复、章靳以和许杰。一时，巨鹿路675号聚集多少作家身影。作家鲁彦周第一次到这里，还是1950年代，他曾写下："我一想到它，就有一种温情感。"也正是在这里，鲁彦周目睹了1957年《收获》文学杂志的诞生，在这里，他领到了自己的第一个作家协会会员证。"巨鹿路675号，永远值得我怀恋。"

绿树成荫的巨鹿路，巧妙地用植被将周围的城市喧嚣和高楼隔绝在视线之外。这幢昔日企业家的私邸，如闹市桃源，从此成为全中国作家和无数文艺青年魂牵梦萦的朝拜之地。

《收获》编辑部来了年轻人

1979年1月，《收获》杂志复刊。主编由巴金担任，具体筹备工作由肖岱负责。也在这一年，程永新考进大学。整座城市百废待兴，一个人和一个杂志社的命运，慢慢在这一年有了交集。

1982年，正在读书的程永新被安排到《收获》实习，第一次走进巨鹿路675号，这幢美丽古老的建筑和绿意葱茏的庭院，将这个爱好文学的年轻人的心紧紧抓住。他好奇地打量着一切——

当时，巴金的女儿李小林常常来作协和作者、编辑聊天。她说话爽朗，总是带来许多京沪文坛趣事。肖岱也毫不摆架子，总是自己提着热水瓶下楼灌水。在三楼的《收获》杂志社，老编辑们坐在房间里看稿子，逐一提笔回复作者来信，一笔一画，竟然全用毛笔。年长的编辑喜欢程永新，也信任他，将稿件给他看，甚至当程永新还是实习生时，就参考他的意见录用稿件。在这里，程永新获得了前所未有的包容和鼓励，也有机会目睹一部文学作品从手稿变成铅字的全部过程。此中的神奇力量，让他挪不开眼睛。

1983年大学毕业正式工作时，程永新几乎是理所当然地留在了这里。老编辑们也为他请愿："如果小程不来，我们也不要别人了。"从此，这幢建筑里的一砖一瓦，一块护墙板甚至一条扶手，对"小程"而言，都有了新的意义。他从文学圣殿外的仰慕者，成了圣殿的守护者之一。

另一种意义上的守护，则来自于在巨鹿路675号流传的这么一个故事。花园池塘里的爱神雕塑差点在"文革"中被毁，但要去砸的人提着锤子到花园却遍寻不到雕塑。等"文革"结束才发现，原来是老园丁偷偷将雕塑藏了起来。而这位园丁，平时也是武康路巴金家的园丁。日常在作协大院，小编辑们都怕这位园丁，因为但凡大家走动擦到一点花草，他都要厉声大骂，但在关键时刻，他守护了整个院子的灵魂。

老房子历经运动，被完整保护了下来。有时户外溽暑蒸人，但走进巨鹿路675号，一下就有凉意扑面而来。建筑本身的美感，留在了许多作家的文字里。

在这里，程永新接待了苏童、王朔、马原、余华等人，见证他们在文坛成名成家，在这里，程永新也恪守了从巴金开始，一代一代《收获》编辑肩负的文学编辑的责任。年轻的编辑们接过老编辑手里的毛笔，然后换成钢笔，然后换成电脑，看似变化很多。但在市场化最热闹的时候，《收获》也不曾刊登过广告，在文学边缘化的质疑声传来时，这里依旧坚守对原创文学的价值判断。30多年过去，小程成为老程，巨鹿路675号的花园里，爱神凝视着诸位编辑和作家，青藤将整座建筑物覆盖，亦如一种呵护的封印，让岁月和外界的风雨不能侵蚀。

夜里值班，一个人和这幢楼独处的时候，程永新想，其实有那么几次，他也想过离开这里。

一次，是下海潮时，朋友召唤他去经商；还有一次，是出国潮时，女朋友要他一起出国。但最后，他又留下了。当时当刻，他也有过怨憎，他埋怨这幢建筑让他不能远行。但现在回想，他又感谢这幢房子留住了他。他没有被时代茫然带走，而是留在了自己爱的岗位上。他说，文学杂志上发表的文章作品对现实如果没有深刻意义，那么对于一个办杂志的人而言，是一种失职。

时光逝去，他开始明白，他不用急着到外面去看看世界，因为更多时候，整个世界会到这幢建筑物里来看他。

宗福先：在市工人文化宫的日子

▲　**宗福先**，1947年出生，著名作家、编剧。历任中国作家协会会员，中国作协理事，中国剧协第四届常务理事，上海市政协常委。1978年开始发表作品，创作了话剧《于无声处》，合著话剧、电影《血，总是热的》、电影《鸦片战争》、电影《高考1977》。

在1970年代的那些夜晚，西藏中路上的上海市工人文化宫，是一座灯塔。

在这幢楼的514房间里，坐满了戏剧创作组，俗称小戏班的学员。他们的身份并非专职学生，也不是文艺工作者，而是清一色的在职一线工人。每当开课的时间，他们从位于北新泾的染化九厂、从大杨浦的小小照相馆、从凯旋路的上海热处理厂……纷纷聚拢过来，来到这座"灯塔"里，写下自己的作品，学习戏剧创作理念，为的是什么呢？

学习写戏并不会增加他们当时的收入，也不会有助于提干，更与升学无关，却让这些青年乐此不疲。在干完重体力活三班倒后的夜晚，在还没有地铁和高架的那些日子，他们连换多趟公交车，晚饭也顾不上吃，几乎横穿一整座城市到达这里。最终，从这些业余爱好者当中，先后涌现了宗福先、汪天云、贺国甫、贾鸿源、马中骏等一批具有全国影响的剧作家。

"灯塔"回应了他们的激情，彻底改变了他们此后的人生命运，也选择通过他们见证一段时光。

从东方饭店到工人乐园

市工人文化宫，曾是一座旅店。

20世纪二三十年代，西藏中路曾是旅店一条街。因为位于繁华的南京路和淮海路中间，优越的地理位置，吸引了一品香、爵禄、大中华、东方、大陆、远东等一批旅店，当时它们叫作"饭店"。其中，东方饭店于1926年动工，1929年竣工，1930年开业。东方饭店由建筑师乌鲁恩设计，整个建筑包括两个部分，主楼7层，副楼5层，占地2591平方米，建筑面积12240平方米，西洋式钢筋混凝土结构。资料显示，主楼为立式长方体，副楼为卧式长方体，而窗多为半圆形，加上圆柱和黑色铸铁栏杆晒台的弧形，以及100多条晒台伸出楼面的半圆曲线，则与前者的直线形成对比。在正门的立面上方三至五层之间和建筑物两侧前部三至五层之间，采用了古希腊的建筑元素，用了爱奥尼克式石柱。硕大的半圆窗下方，双重式大门两侧用花岗石贴面粗缝砌成，更显气度。

新中国成立前，上海有两家名叫"东方"的旅馆饭店，一家在浙江中路九江路，人称"老东方"，所以西藏中路的那家被称为"新东方"。"新东方"一度既是商业处所又是文化娱乐的会所。饭店内附设有餐厅、舞厅、弹子房，尤其是楼下的"东方书场"有座位400个，冬铺皮垫，夏铺凉席，气派远胜一般书场茶馆，曾是上个世纪上海最大的书场。一度，东方饭店重金聘请名家，说《杨乃武与小白菜》的响档李伯康来东方说书，一时间听众如云。东方书场还曾上演过沪剧，解洪元、石筱英的中艺剧团（成立于1946年）1948年在此演出。该团以演时装戏为主，其中演出影响较大的有《叛逆的女性》《秋海棠》《骆驼祥子》。古装戏也演，有《西太后》《浮生六记》等。饭店后来还设了东方剧场。除此以外，东方饭店内还有创办于1932年的东方广播电台，频率为1220千赫。东方电台的节目以评弹、滑稽戏、沪剧以及话剧为主。抗战胜利后，民营无线电播音同业公会也设在东方饭店内。

新中国成立后，1950年9月30日以筹募职工文娱基金的方式购置东方饭店为上海总工会直属的文化事业单位——上海市工人文化宫。当时陈毅同志向上海市工人文化宫赠送亲笔题书的横匾"工人的学校和乐园"，并题词"面向生产，学习文化"。1950年10月1日，上海市工人文化宫对全市职工开放。上海市工人文化宫设有上海工人图书馆、上海工人运动史料陈列馆以及弈棋室、乒乓室、健身房、小剧场等文娱活动设施。1966年底，上海市工人文化宫在"文革"中关闭。1973年1月恢复开放。

市工人文化宫成立之初，将解放前中国共产党领导的中华业余图书馆、蚂蚁图书馆以及益友社等进步群众社团的图书予以接收，创办上海工人图书馆。市工人文化宫的文艺创作始于1951年与《劳动报》等合办的上海工人文学写作组，还每年举办职工美术、书法、摄影展览，经常举办培训班。1973年起，市文化宫举办戏剧创作班，培养戏剧、电视、电影创作人才。1978年，由宗福先编剧、苏乐慈导演、市工人文化宫业余话剧队演出的话剧《于无声处》，作为"戏剧舞台上的一声惊雷"，成为前无古人的一部戏。

从一线工人到业余剧作家

1971年，因为哮喘病发，上海热处理厂的青年工人宗福先请了8个月长病假。

利用这段时间，一直爱好文艺的他学着写了一篇反映当时自己工厂生活的小说《政策》。小说写了36万字，他自己也拿不准好坏，经人介绍，就冒冒失失把小说送去给作家茹志鹃看。隔了不久，有一天，宗福先家来了一位客人，竟然就是茹志鹃。看到作家亲自登门，宗福先惊喜不已。但茹志鹃把手稿交还宗福先，却是兜头一盆冷水浇下来："你呢，根本不懂怎么创作。36万字的小说都没有一个完整的故事。但是——"

茹志鹃话音一转，又带给宗福先莫大的希望，她说："但是你的语言很好，也有自己的想法，你可以试着走这条道路。"

有了这段评价，宗福先心里有了方向。他想继续写，因此愿意学。可是偌大一个上海，当时大学关门，社会上也没有写作培训班。恰好宗福先一位朋友在市工人文化宫任职，便告诉宗福先这里有个"业余小戏创作学习班"在招收学员。所谓"小戏"指的是独幕剧。老师是上海戏剧学院戏文系的高材生、熊佛西的弟子曲信先。宗福先以《政策》投石问路，遂被录取入学。

除了热情，没有什么别的奖励支持这群青年工人来学戏剧了。但唯有热情，让他们焕发出旁人没有的光彩。

无与伦比的《于无声处》

"514"的学生们至今记得，当时业余的他们是多么执著刻苦——曲信先布置一个功课，汪天云一周就可以交出3个独幕剧的构思。宗福先常常一边服药一边写剧本。这样的学生让老师感动，也终究老天不负有心人。1978年的夏天，宗福先完成了真正人生意义上第一部完整的剧本《于无声处》，立刻将它送到市工人文化宫话剧表演班的导演苏乐慈手里，7月下旬开始了排练。因为大家都是在职工人，经常排练到夜深，演员们连夜回到位于吴淞、老闵行、吴泾等地的家中，第二天上班，还没有一分钱的报酬，但没有人有怨言。演出场地就在市工人文化宫底楼400人的小剧场，服装道具都是从各位演员家里拿来的。9月22日，第一场彩排演出开始。台下都是文化宫的工作人员和家属，小剧场只有七八成上座率，像往常一样，大家没有把这部剧当回事，一进剧场就聊天，这部戏就在嘈杂中上演了。但很快全场安静下来，四幕演出结束，观众掌声轰鸣。

这部切合时代的话剧，经口口相传越来越热，是年10月12日《文汇报》发表长篇通讯，11月7日，上海电视台向全国现场直播，11月16日，剧组赴北京演出，并为中央工作会议举行专场演出，前后一个多月，观众6万多人。同时全国各地有2700多个剧团演出了这个剧。

《于无声处》获得文化部和全国总工会特别嘉奖。它和它见证的历史时刻，也如分水岭一般，标志着一个新的阶段开始了。514房间里，那些身为工人的业余的剧作爱好者和话剧爱好者，像蛰伏已久的蝴蝶纷纷破茧而出。

1980年，宗福先调入市工人文化宫担任文艺科干事，5年后进入上海市作家协会任职，历任中国作协理事，上海市政协常委。同学里的汪天云，任上海电影集团副总裁，贺国甫成为知名制片人，贾鸿源是写出《股疯》的著名编剧，马中骏是慈文影视董事长。这座曾为旅店的建筑，也像是这群青年工人生命中的驿站，在非常时期容下他们歇脚，也让他们积攒了力量启航。

宗福先说，至今"514"的同窗们还常常一聚。大家年逾古稀，是非成败几十年，都饱尝命运的滋味。但昔年对文字和艺术的热情还在，他们彼此相聚，是因为对方承载了自己的青年记忆——像那些夜晚，他们一路穿过大半个城市，聚集到市工人文化宫门前。如今"灯塔"本身一点没变，只是那些赶路来的青年已白了头发。

（部分材料参考《上海通志》《上海名建筑志》）

卢新华：在大连路的阁楼里《伤痕》诞生

▲ **卢新华**，1954年生，江苏如皋人，1982年2月毕业于复旦大学中文系。小说《伤痕》获1978年全国优秀短篇小说奖，同时被翻译成英、法、德、俄、日、西等十几国文字。

1978年2月28日，卢新华入复旦大学报到。进校大约一个月后，有一天他在课上听老师讲解鲁迅的《祝福》。

老师说，鲁迅先生的好友许寿裳在评《祝福》时曾说过一句话："人世间的惨事，不惨在狼吃阿毛，而惨在封建礼教吃祥林嫂。"结合刚刚过去的时代，结合自己亲历的青春，这话对卢新华而言，不啻醍醐灌顶。

下课后，他抑制不住内心的澎湃，决定写一个家庭悲剧：一个男孩子，因为父亲被打成走资派，毅然与之决裂，并离家出走。等到"文革"结束，父子再度相见时，父亲已是医院太平间里一具冷冰冰的尸体。

作为"文革"后恢复高考的第一届大学生，当时学生们的功课很紧张。当晚，卢新华只写下一页，取名《心伤》。第二天继续写，完成了两页，改为《伤痕》，主角也改成一对母女。

第三天，是周六。他离开校园，回到未婚妻家中，在她家的阁楼上，以一台缝纫机当书桌，从晚上6点左右写到凌晨2点多，一气呵成。当时的感觉好像不是在写，而是在记录，不仅记录一个人，同时也记录一个时代的故事和命运。他后来回忆说，当时只觉得"在听主人公时而娓娓道来，时而伤心痛哭，音容笑貌栩栩如生，若在眼前。但她好像又什么也没说，只是反复地不断地嗫嚅着两个字'伤痕，伤痕……'"

这是上海阴冷的清明时节，熬了一宿，直至完稿，抬头那刻，窗外夜正深沉，整个区域的居民都在睡眠中，只有自己面前的小灯还亮着。

卢新华只觉得，全身的力气似乎都倾注到这眼前的文稿里去了。他擦一擦泪，揉一揉眼，笔一扔，伸展一下双臂，心里就一句话："可以死了！"

然后，他熄灯回床上睡觉。那一晚，大连路975弄72号的阁楼，见证了影响整整一代中国人的文学作品《伤痕》诞生。

大连路975弄的阁楼

在来到大连路的阁楼之前，卢新华的生命和上海其实并无太多交集。

如那个时代的大多数同龄人一样，1968年，卢新华毕业于山东省长岛中学，毕业后响应时代号召，回江苏原籍插队劳动，这期间又读了两年半高中，高中毕业后又劳动一年，1973年1月应征入伍，1977年3月退伍后在江苏南通地区农机厂当工人。

1977年，暂停11年的高考制度恢复，卢新华考入复旦大学中文系。当时，班上同学年龄跨度很大，最大的1945年出生，最小的1960年出生。受当时的气氛影响，大家普遍喜欢舞文弄墨，创作热情尤其高涨。在校园里，学生们自发地建立起很多兴趣小组。有一天，卢新华从未婚妻家回来，发现自己被分在诗歌组。原因是有些同学知道他当兵时曾发表过一些诗歌，但卢新华心里暗忖："其实当时我心里已经准备写小说了。"

未婚妻是卢新华的姻亲。她的姑父是卢新华的舅舅。到上海后，卢新华住大学宿舍，周末就去大连路未婚妻家度过。

校园属于学术的世界，而大连路成为卢新华了解上海市民生活的起点。当时这片比邻和平公园，由三河路、新港路、大连路围起来的区域里，有许多市民搭建的私房。卢新华未婚妻家就是一幢自己搭建的两层楼小屋。未婚妻的父亲和周边大部分邻居一样，都是附近厂里的一线工人。小房子是两层楼结构，大门进去后有个客厅，后来就成了卢新华夫妇的婚房。楼上可以放两张床，阁楼部分很矮，人进入后不能站直。但这片小天地，在当时已经算是相当宽裕的住宅。

当卢新华开始在复旦读书的时候，未婚妻还在黑龙江生产建设兵团。1979年，未婚妻返城后去工厂上班，一边学习财会知识，两人就在这里完婚。1981年9月，大女儿也在这里出生。

后来有人问卢新华，《伤痕》里王晓华的名字是怎么起的？卢晓华说："'王'是我母亲的姓，'华'是我和我夫人（当时的未婚妻）的名字里共有的字。'晓'则寄寓了天将破晓、黎明已然来临的意涵。而更重要的是，我觉得这个名字是那个时代的语境里最普遍，最让人耳熟能详、过目不忘的符号。"

与和平公园为邻

有了女儿后，卢新华周末回家，有了新的"任务"——推着小童车去和平公园遛娃。

和平公园的1号门东朝大连路，面对杨浦区控江路；2号门南临新港路，面对虹镇老街；3号门西靠天宝路。《虹口区志》显示，公园占地17.63万平方米（264.45亩）。在1937年，这片园址属徐家宅、董家宅、翁家宅3个自然村，南为新港浜（1958年填浜筑新港路）。"八一三"事变中遭受破坏，日军将这里占作弹药库。1949年后，这片区域由人民解放军海军接管，居民陆续迁回。但在1957年，这里曾作垃圾堆场。

1958年初，当时的榆林区人民委员会鉴于该地地处榆林区、提篮桥区、北郊区之间，新村集中，宜开辟公园。申请批准后，是年9月1日施工。1959年元旦预展，4月22日正式开放。公园筹建时曾名榆篮公园，不久更名为提篮公园，后为纪念建国10周年，园内塑造展翅翱翔的大型石雕和平鸽（"文革"中被毁），遂正式命名为和平公园。

《虹口区志》显示，公园总体布局，采取丘陵起伏、山水相间的自然形式。以山水林景为主，因地制宜设置游览设施，配以古典亭台、桥梁、石舫，使整个公园幽雅别致。自1号门进入，沿水榭右拐，是一派青山绿水。沿山拾级而上，崎岖盘旋。山之东麓，湖畔有仿明清建筑的石舫，湖上有桥亭，旁系小舟，水乡情趣浓厚。公园内有假山、九曲桥、湖心亭。公园中部有紫藤花廊，为闹中取静休憩小区。还有天鹅岛，位于公园西南，四面环水，蓝天白云，碧水游禽。建园之初，公园还有猛兽棚、小动物棚、孔雀棚、禽鸟棚、金鱼馆、鹿苑、猴山和游艇、小火车等设施供游客观赏、游玩。

大连路、和平公园以及周边环境的景致，这些自然中的一草一木，后来被卢新华写入《森林之梦》这本小说中。

因为《伤痕》而一举成名的卢新华毕业后，去《文汇报》工作。大约在1983年，大连路的住房拆迁，他住到秦皇岛路。之后下海经商，继而出国留学。他在国外骑三轮车、到赌场发牌，陆续写过一些作品。在上海，他曾享受青年得志的光环，却也成为他此后半生努力要卸下的负担。

卢新华记得，在1977年参加高考之后，他回到江苏南通地区农机厂的宿舍，和当时另外两名参加高考的青工一起聊天。其中一男同学突发奇想，说："我们烧点灰，来预测一下前程好不好？"轮到卢新华烧纸时，那灰忽然一下子直冲屋顶。厂里的宿舍层高三四米，房内并无气流进来，大家都面面相觑。

后来的故事，就是卢新华考入复旦，来到上海，2个月后写出轰动全国的作品。他说他一直不知道，为什么当时在厂里的宿舍，他烧的灰会一下子飞升上去。

但此后至今，按照他自己的话说，像一片落下的灰一样，"在及时迅速努力准确找到自己在自然界应有的位置。"

颜梅华：在合肥路以画医心

从西仓桥街到合肥路不足2公里。但在1936年，以中华路为界，跨过去，就是两个世界。前者属于老城厢，后者属于法租界。10岁的颜梅华，在这一年从前址搬到后址。当时，合肥路的名字还是劳神父路。

法租界有法租界的管理方式，其居民构成、房屋样式都与传统中国街镇大不相同。当战事发生，炮弹会落进华界，但不落进法租界。这里，似上海当时的国中国、城中城。在新居所看到的一切，皆与颜梅华从小熟悉的老城厢生活不一样，这份不一样，拓宽了他的眼界。此后54年，颜梅华在合肥路上长大成人、读书习艺。在这里，他见证亲人去世、经历家道中落，在这里，他从习字为乐到决定绘画为生、立足艺坛。

他本名颜承忠，笔名梅华。梅花对玉雪，因此他管自己的画室叫"玉雪庵"。日后许多风靡全国、在无数孩子大人手里流传的连环画，就是在玉雪庵里，被一笔笔绘制出来的。

合肥路

但初到合肥路的日子，并不都是愉快记忆。

合肥路不过1000多米长，于1916年筑东段至黄陂南路，以徐家汇天文台命名天文台路。1922年筑西段。1927年以天文台台长劳勣命名劳神父路。1943年改今名。颜家入住的是合肥路127弄，这是一片建于1913年前后的旧式里弄。均为砖木二层建筑，小区共有楼房30幢，建筑面积4228平方米。离这里不远，是1923年"味精大王"吴蕴初与人合资在顺昌路设立的味精精制工厂。1966年，天厨味精厂搬迁，原址改为凹凸彩印厂。127弄附近还有弄堂联益里、瑞安坊、三德里、余兴里、施村、五间头等100多幢，弄与弄相通。

在上世纪30年代，生活在这里的居民遇到的现实问题是医疗技术不高，幼儿存活率较低。当时，颜梅华的母亲生育了七个孩子。大哥在三岁时得猩红热过世。五弟六弟又相继被脑膜炎夺去幼小生命。颜梅华最喜欢的四妹得了肺结核，当时，这个病等同绝症。绝望的父母目睹可爱的女孩一天天消瘦下去，终日只能以泪洗面，阴郁气氛常年围绕家中。年幼的颜梅华无力安慰父母，只能在独处时常常无故流泪。有时他一个人走着走着就精神恍惚，坐在街边哭了起来，夜里又频频因为噩梦惊醒。

母亲这才察觉孩子的异样。带颜梅华去他表姐夫开的私人诊所看病。医生紧蹙眉头，怀疑颜梅华得了抑郁症。医生劝母亲，要让颜梅华多读书、写字、画画，多做些自己喜欢的事情疏导情绪。此时的颜梅华，在唐湾小学读书，除了谨遵父命每日习字之外，他最喜欢做的就是和同学临摹小人书上的图画。现在，有了医嘱加持和母亲的鼓励，颜梅华更有理由投入画画。画画也真的让他忘记了死亡和噩梦，笑容重新回到他的脸上。

全家迁入新居后不久，就是1937年的农历春节，一家人在合肥路127弄老房子里聚餐，谁也没有料到，半年多后的8月13日，日本人在上海制造"八一三"事变。

起于小人书

若有谁经历从小康之家坠入困顿，就会备尝生活的艰难和世人的白眼。

颜梅华的祖父和父亲都是前清秀才。科举制度被废后，父亲考入上海的轮船招商局担任会计。起初，这家成立于1873年的中国第一家近代轮船航运公司收益很好，颜梅华的父亲一度每月有100多块银圆收入，家境颇为宽裕。

颜梅华素来喜欢画画，家境好的时候，每次母亲给他10个铜板作为零用钱，他总要花上5个铜板去弄堂口的小人书摊看书。久而久之，书摊的老板苏师傅认识了这个孩子。颜梅华告诉苏师傅，自己不仅喜欢看，还喜欢画，说着掏出自己在课堂上的临摹。苏师傅见状，觉得很不错，就推荐颜梅华去认识一个住在对面弄堂专职画连环画的画家。

上世纪三四十年代，正值中国连环画在上海最兴旺的时代。巅峰时期，上海有专门出版连环画的书局四五十家，深入街头巷尾的小人书摊达到3000多个。庞大的市场催生一大批专职连环画家。颜梅华记得，当时书局老板印一本连环画以2000本起印。其中销往本地和外地各占一半。当时上海连环画行业公会每年都有发行榜统计，新秀老将，孰优孰劣，市场说话——当天能销售800到1000本的，为一流；500本以上的为二流；其余都属于末流。要在市场中站稳脚跟，必须能达到二流水准。

小人书摊老板将颜梅华引荐给家住对面弄堂的职业连环画家，名叫陈光镒，他后来成为抗战时期的连环画界的"四大名旦"之一。但在颜梅华初遇他时，陈光镒仅在画坛初露头角。看到小颜梅华喜欢画画，陈光镒就留下了这个孩子。颜梅华帮忙画连环画中的布景。陈光镒卖一本连环画得2角，颜梅华就能分到2分。有一年暑假，他光是在陈光镒处画画，就赚了3个大洋。

当时去画画，只是兴趣驱使。但谁料到命运自有草蛇灰线的伏笔安排。

颜梅华的父亲在手头宽裕时，购买了闸北水电公司和华商电气公司的一些股票。但随着"八一三"事变发生，父亲工作的轮船招商局为承担军用运输任务损失沉重，父亲购买股票的厂家被日军或炸或占，股票成为废纸，一时家中收入锐减。母亲只能靠典当度日。父母无奈告诉孩子，本来计划供他们上大学，但此刻家里无力为继。

懂事的颜梅华此时15岁，就读中学一年级。他对父亲说，自己想退学去工作。父母一言不发，算是默默同意。如此，颜梅华加入艺华影业公司做美工，从学徒做起，收入贴补家用。曾经是小康之家孩子用来消磨游戏时光的画笔，现在要承担起家人的生计。

走向画坛

也许冥冥之中，来合肥路居住这件事本身，就预示着颜梅华未来的职业方向。

在1935年，早于颜家入住合肥路之前一年。雕塑家张充仁在合肥路592弄寓所开设充仁画室（1935—1966），传授学生。不远处，上海美专旧址，也正是在位于顺昌路的550—560号。以此为圆心，颜文梁住在淮海中路新康花园，关良住在永嘉路，林风眠住在雁荡路南昌路，吴大羽住在延安中路茂名路。1928年《上海画报》曾刊《海庐读画记》云："一日过劳神父路，访海粟于海庐，登楼入其画室，四壁琳琅皆画也。"

合肥路上的颜梅华辍学上班。在他进入影业公司工作不久后，陈光镒结了婚。一次，陈光镒的妻子带着画稿到公司给颜梅华，让他和以前一样，为陈光镒勾描画稿。一个闪念从颜梅华脑海出现：什么时候我可以自己画自己署名的连环画呢？1945年，日本投降，时局渐渐稳定，一些书局恢复营业，1946年，颜梅华以"梅华"为笔名，出版第一部连环画《勤奋》，从此步入职业画家之路。1948年，他创作了《龙虎风云》。1950年前后，他创作了《新闺怨》（上下）、《迎春曲》（上下）等，他加入新成立的新美术出版社，结束自由连环画家生涯。

不久，新美术出版社并入上海人民美术出版社，颜梅华从合肥路出发，每日去人美上班。而随着人美的发展壮大，颜梅华和一代画家迎来了中国连环画历史上最灿烂的精英荟萃的时代。

陈子善：东余杭路上的夏日"柳荫"

▲　陈子善，1948年生，华东师范大学中文系教授。

夏天到了，别的孩子期待汽水。但陈子善不。

全家从沪西江苏路搬到东余杭路的石库门弄堂住，就是为了方便父亲去杨浦区正广和汽水厂工作。有这样一个爸爸，汽水成了陈子善童年最司空见惯的饮料。家里有时就任由那些汽水瓶堆着，也没人喝，因为不稀奇。

令陈子善期待的夏天元素，是一些别的内容——比如傍晚，当大家都搬着椅子到弄堂口乘凉时，他可以和小伙伴围坐一圈，给他们讲故事。

陈子善讲故事绘声绘色。广播里的评书、连环画里的小说情节、父母听的评弹，陈子善都喜欢跟着听、跟着看，有时只要听过、看过一遍，他就能完全记住。

就这样，在弄堂口，陈子善口沫横飞讲着《西游记》《水浒传》《隋唐演义》《七侠五义》《小五义》和《铁道游击队》《野火春风斗古城》《林海雪原》。他可以照本宣科描述，也会自己添油加醋演绎。

小伙伴们期待的眼神，令他产生成就感。有时讲到故事要紧处，弄堂里一阵静默，只见同龄的孩子们如痴如醉，情绪完全被故事节奏调度掌握，其中的神奇之处，让陈子善自己也寒毛竖立。

东余杭路943弄22号，在这个名为"柳荫小筑"的弄堂里，讲着故事的陈子善长大了。

很多年后，弄堂里的小伙伴相见。彼此已经记不清对方的姓名了，但当年的小听众会认出陈子善，然后兴奋地说："小时候在弄堂口，我听你讲过故事。"

柳荫小筑

东余杭路943弄的"柳荫小筑"，为砖木二三层结构的新式里弄。过去不远的东余杭路951弄，有同一时期建造的砖木二层旧式里弄，名为"柳荫里"。两者均建于1929年。

《虹口区志》资料显示，大约在1870年前后，境内陆续出现砖木立贴式结构的老式石库门里弄住宅。其总体布局采用欧洲联排式格局。一般为"三上三下"，即正间带两厢。北四川路（今四川北路）989弄（公益坊）45号"颖川寄庐"较为典型。它以宁波红石作门楼，门口采用石条框，上砌半月形花纹，内装乌漆厚木大门，门内是天井，楼下正中一间是客堂，客堂门是落地长窗，客堂后是白漆屏门，左右为两厢房。二楼也是正间带两厢，天井四周是雕花栏杆，栏杆内装有活络裙板。整幢房屋面积100多平方米，高墙厚门，给住户以安全感。到了20世纪20年代前后，一批新式里弄住宅出现。在虹口境内，有北四川路1604弄（四川里）、北四川路1851弄（广寿里）以及武昌路、天潼路、昆山路等地段陆续建起新式石库门里弄住宅。住宅由原来三间两厢改为单开间与两间一厢形式。住宅的层高降低，层数多为二三层。有的有阳台，外墙改为青红砖清水墙，围墙高度也大为降低，既改善通风，又增加采光。后期，有的还安装卫生设备。

1920年后，在虹口区的新式石库门里弄住宅中又演变出一种新式里弄住宅，大多数集中于北四川路、施高塔路（今山阴路）、狄思威路（今溧阳路）一带。北四川路上的安慎坊、大德里、永安里、永乐坊，施高塔路上的兴业坊、大陆新村等较典型。施高塔路上的日照里（今东照里）、千爱里和吴淞路上的东兴公寓为日式建筑。这种住宅环境幽静，主房朝南，煤卫设备齐全，外形参照西式洋房，取消石库门门楼，改为矮墙，小铁门，天井改为小花园，门楼上有阳台挑出，大多为三层。

陈子善父亲的老同学周伯伯当时在上海财经学院当教授，住在柳荫小筑，知道陈子善父亲觉得上班地点离当时住的江苏路太远，就建议出租一部分房子，请陈家搬来同住。22号里面，有厢房和天井。天井进去，右手边是厢房，上下两层，为教授一家居住。天井前面是一个客厅，也归教授一家使用。客厅上面有房间，前楼出租给陈子善一家，另有一个亭子间，出租给一对老工人夫妇居住。

柳荫小筑名字诗意，但居住起来就非常现实了。

因为是里弄房子，没有现代化卫生设备，家家户户每天都要"倒马桶"，当时弄堂里还设有两处敞开式的"小便池"，哪家小孩得了病，还会在"小便池"墙上张贴"天灵灵，地灵灵……"的灵符，期待每个在这里驻足小便的人，可以一边解手，一边好奇地念咒以驱邪。

柳荫小筑地势也很低，夏季雨天过后，弄堂里常会积水。爱干净的母亲认为这积水污秽有毒，要求蹚水回家的陈子善必须把双脚放在消毒水中浸泡15分钟以上才作罢。

三岁看到老

母亲特别爱干净，也是因为母亲自己生肺病。因为怕自己的病躯照料不好独生子，母亲从周围里弄就近请来一位保姆。

1953年，陈子善到了上学年纪，去霍山路幼儿园读书，每天就由保姆领着，一早一晚两次，从东余杭路出发，拐进舟山路，到霍山路。当时这个犹太人曾集聚的地

方，还住着几个印度人，他们异域的长相，总是让陈子善
害怕。保姆会就势用印度人吓唬陈子善要乖乖听话。在幼
儿园，老师对陈子善的评价是"喜欢看图书，爱听紧张的
故事，常和（小）朋友做军事游戏，领袖欲强，不能控制
自己……集体游戏时没有兴趣，不和小朋友争夺玩具，好
发生争执。紧张时讲起话来有舌结、面红耳赤……背诵儿
歌时兴趣差，对故事理解力强。能仔细观察事物、好奇心
重……"

活脱脱"三岁看到老"，把陈子善性格的特点，全勾
勒出来。

1956年，陈子善进入当时还隶属提篮桥区的公平路
第一小学。公平路第一小学解放前是"宁波同乡会"小
学。这正应和着，陈子善当时在柳荫小筑的邻居也是宁波
人居多。比如一起住在柳荫小筑22号亭子间的那对老工人
夫妇是宁波人，陈子善就按宁波人规矩，称呼为张家"阿
爷""阿娘"。老夫妇常常做了宁波口味的咸鲜菜肴送来
给陈家人分享，本来不爱吃这些的陈子善的母亲，后来成
为宁波菜爱好者。陈子善不太爱吃海鲜，但至今陈子善口
音里，竟然留了有宁波腔调。这是上海五方杂处的特色，
带给陈子善的城市礼物。

1957年，周家伯伯成为"右派"，住房就地压缩，
最后迁出22号。于是，这幢两上两下的石库门楼房在"大
跃进"时大半成了里弄的全托托儿所。陈子善的父亲白天

要上班，晚上被婴儿彻夜哭闹吵得睡不着觉。因为不堪其扰，陈子善一家申请搬家。一直关系良好的亭子间老工人夫妇闻讯，也要求一起搬家，继续做邻居。之后，两家都迁到同弄34号居住，陈家还住前楼，老夫妇还住亭子间。从小学三年级起到1983年搬到华东师范大学附近，陈子善继续在柳荫小筑生活。

到继光中学读书后，陈子善开始独自一人去泡书店。最近的书店在提篮桥，远一些的在四川北路。每天一放学，他就独自走到书店去看书，太阳下山再回家。中学期间，教陈子善语文的老师叫孙继兰，这位在战争时代曾经失去半个手指的老师上课妙语连珠。一次，孙继兰给陈子善写的作文打了100分，还把作文拿给学校其他几位语文老师看。

在文科上的天赋和才华，开始在陈子善身上展露无遗。

1968年，陈子善中学毕业后去江西插队落户，因为是独生子，他在1974年回到上海，被分配进街道生产组工作，不久分配进教育局，之后去华东师范大学接受培训，并留校至今。

在陈子善从事中国现代文学研究后，才知道著名左翼作家夏衍和东北流亡作家李辉英上世纪30年代的故居都在东余杭路上。前者在1930年于上海结婚生子，夏衍在上海第一个正式的家门牌号是虹口唐山路业广里685弄42号，后弄口就在东余杭路上。后者则在与陈子善通信时，看到陈子善寄件地址而特意写信来说明。陈子善和作家们通讯往来，要讨论的文学问题太多，没有机会聊一聊老房子的故事和老邻居的感受。

可柳荫小筑的样子全在他们心里。上海的街区景物，似一份有魔力的盛宴，不论享用过的人去了哪里，走到多远，那份滋养永远在身上。

诸大建：老南市的上海乡愁

▲ **诸大建**，1953年生，同济大学特聘教授，达沃斯世界经济论坛全球未来理事会专家、上海市政府决策咨询特聘专家。

童年如果有味道，对诸大建来说，那就是桂花糖粥的味道。

如果这味道还要再深究一层，那么，童年里，一定还有双档（面筋、百叶包）的鲜、鸡鸭血汤的香，另外加上油墩子油炸表皮和里面萝卜丝的清新。这是童年的味道，也是老南市的味道。对诸大建来说，这就是上海的味道。

小时候，诸大建住在中华路大南门周边。这户从浙江余姚移民过来的人家，在上海老城厢最核心的区域里，安顿下自己的"小日脚"。房子只有二十几平方米，上下两层，最多要住下七口人。邻里多是医生、职员、小业主等。每年过年时，外婆和舅舅带着孩子们去豫园和城隍庙周边玩，那一定是例行节目。

城隍庙前的小吃摊、小吃摊里的美食、美食边上的杂耍艺人，共同构成了孩子们眼里的欢乐世界。说起来，就好像是那个时代儿童的"迪斯尼乐园"。而当诸大建如今参与上海市政府决策咨询时，也越发感到，上海这座城市越是要迈向现代，就越是要知道，自己过去的历史。

而南市，无疑是了解上海城市史的第一站。

老城厢为何得名"南市"

南市，曾经是上海历史最悠久的城区。范围包括上海老城厢的全部及现在的陆家浜地区、浦东上南地区等。1993年，原南市区黄浦江东岸地区并入新成立的浦东新区。2000年，原南市区黄浦江西岸地区并入黄浦区。

上海通志和南市区志显示：早在宋熙宁十年（1077年），有上海务之设。元代上海立县，面积约2000平方公里，县域约今吴淞江故道以南市区、原青浦县大部、闵行区大部、浦东新区大部和原南汇县。到清嘉庆十五年（1810年）缩存600平方公里，县域约今吴淞江故道以南市区、浦东新区大部、闵行区大部。县城为南市区人民路、中华路环线内区域。

早在明清时期，黄浦江建成通畅水道，邑城商业开辟长江、内河、南洋、北洋、日本等多条商贸航线，发展包括海外贸易在内的埠际贸易，成为沿海和长江流域花、布、豆、米、糖、南北土特产品的集散地。城厢内外形成多处商业中心和数十条专业街市，相继建立起一批适合埠际贸易需要的商号、货栈、牙行、办庄、申庄，还出现不少大店、名店和生产特色商品的前店后工场。

1848年，上海县洋泾浜以北一带划为洋人居留地，后形成英租界。1848年以虹口一带划为美租界。1849年以上海县城以北、英租界以南一带为法租界。大批商号和人才、资金流向租界，商业重心逐渐北移。就这样，明明是曾经的"县城中心"，却被边缘化，变成了相对于"北市"的"南市"。同时，有别于租界这一新兴事物，老县城华人居住的区域，渐渐形成了"老城厢"概念。

老城厢与租界抗衡，始终保持热闹。小东门十六铺一带是零售商业中心。抗战前，这里聚集一批老店、名店。有协大祥、宝大祥、信大祥棉布店，有何恒昌、大昌祥绸缎局，有德兴馆、醉白园、大吉楼等菜馆，有童涵春堂国药号、王德大麻油行、万有全火腿店、王大有铜锡店、吴良材眼镜店、冯万通酱园以及曹素功、詹大有、查二妙堂、李鼎和四大笔墨庄。南市最大的百货公司、游乐场所——福安公司也开设在这里。著名的金银首饰大同行裘天宝、方九霞、景福、老庆云等6家银楼开设在方浜路，人称金银首饰街。小南门一带，在抗战胜利后，周围有80多户商户，还有许多生机勃勃的小店。

"八一三"事变后，上海沦陷，设南市区。抗战胜利后分为邑庙区、蓬莱区，1959年底邑庙、蓬莱两区合并，仍名南市区。战争年代，许多人避难而来，本小利微的店家，在南市找到生存之地。1952年的一份统计显示，当时邑庙、蓬莱两区1.7万个商业、服务业网点中，无职工或仅雇一职工的小店有1.03万户，占61%。烟杂、煤炭、油酱、理发、熟水等行业比重高达75%。南市当时还有固定摊贩19105户和数以千计的流动摊贩。小本经营，成了南市商业的特色。

平民百姓小乐园

不过，对孩子来说，衡量一个地方优劣最直观的方式，就是靠吃。

小时候，诸大建最盼望的，就是在大年初一到初五中间的某个清晨，起床后大人关照他说："今天早饭不要吃太多哦。"这就意味着，今天就是那个一年一度，可以去城隍庙放开肚子吃的日子。

过年的九曲桥，人挤人。平时两分钟可以走完的路，这一天要走半个多小时。大家一边走，一边看池塘看金鱼。这半小时的前胸贴后背，拥挤不堪，却也是最让人兴奋的。在上个世纪50年代，城隍庙周边还都是低矮住人的居民平房，从外地来沪的手艺人穿街走户，有耍猴的、拉洋片的、玩叉铃的还有展示弹弓、抽"贱骨头"（陀螺）的，手艺人还会卖一种竹叶扎成的吹管，一吹，管子前端伸出好长。一切都有别于日常生活，好像魔法一样，叫孩子们驻足流连。各种小店星罗密布，有的就是简单的临街设摊。全家最开心的，就是吃着集市上的各种点心，一边玩一边看，到家往往已经是掌灯时分。

除了一年一度的过节仪式，沿袭小本经营的特色，城隍庙周边也是上海远近闻名的小商品集散场所。实惠的主妇要买几粒纽扣，或者配一段橡皮筋和拉链，谁家热水瓶掉了一个软木塞或者汤婆子断了把手，这些细碎的小东西如果在别处买不到、配不齐，在城隍庙周边的小店里，基本都能找到。到了读小学的时候，诸大建在复善堂小学读书，喜欢刻纸，常常去城隍庙周边的小店买花样子。他总是从南门进入，逛一圈从北门出来，再从另一个门进去。纵观整个城隍庙，哪个角落里有什么东西，对他而言，曾经熟悉得如进自家客厅。

1970年，从上海中学毕业后，诸大建和同龄人一样，必须下乡插队。他到了籍贯所在的浙江余姚，经历招工、读书、任教等又辗转到青海、长沙等地，直到1986年读研究生回到上海。此间16年，每次只要有机会回上海，他必定是要去城隍庙周边转一圈的。当时庙关门了，许多商铺也不再营业，小时候见惯的艺人消失了。但饮食店还在，诸大建坐下来吃一碗宁波汤圆，或者点一客南翔小笼包，上海对他来说，就又回到身边了。临别前，他也要到城隍庙周边买了大包梨膏糖、五香豆回去分送亲友。回故乡重温童年的饮食，全是乡愁的滋味。去异乡散发带去的土产，也全是乡愁的滋味。

老城厢的文化活力

到同济大学工作后，诸大建反而不经常去南市区了。偶尔去，也就是带儿子故地重游。全家到九曲桥走一走，最后到老饭店吃一顿是例行节目。上世纪八九十年代，方浜路周围还都是住人的小里弄、低矮的平房，以及怀旧的弹格路。如果坐11路电车，就可以绕着老城厢环城一圈。

偶然外国友人来访，想体验原汁原味的上海特色，诸大建才会特意再去城隍庙和豫园。先是带着外国人去湖心亭喝一杯茶，然后去豫园看一下江南园林，附送一本陈从周教授的《说园》，顺便讲讲小刀会的故事，中午时分去绿波廊，给客人点上一份1986年英国女王伊丽莎白二世访沪时尝过的"同款点心"，足以把外国友人"震慑得服服帖帖"了。

诸大建的父母，在中华路大南门周边的老房子里过世了。他们一生没有离开那里，也就像大树的根系一样，把家族的根扎在了那里。诸大建想，整座城市的根又何尝不是扎在这里呢？这里是上海贸易文化的起源，也保留了江南士绅特有的耕读传家的氛围，更见证无数普通上海人对生活的理解和热爱。

按照新公布的规划，上海到2035年要建设成为卓越的全球城市。老城厢里宝贵的文化元素，能否在这一波规划中得到深挖和发扬？摒弃之前大拆大建的城市改造以及"只有物没有人"的建筑保护，老城厢能否保留"有房有生活"的小尺度宜居空间？这一片区域，不仅是诸大建个人对上海的乡愁核心，也是上海之所以成为城市的初心。诸大建期待着，在当下的语境里理解老南市，或为上海的未来注入活力。

　　　　　　　　　　　　　　　似是故人来

褚君浩：华师大就是我的"百草园"

▲ **褚君浩**，1945年生，中国科学院院士。1981年、1984年先后获中国科学院上海技术物理研究所硕士、博士学位。

中山北路华东师范大学，整个校园里，哪里能出好蟋蟀？

坐在理科大楼的办公室里，年过七旬的中国科学院院士褚君浩露出调皮神情，头轻轻一歪，扳着手指头说：群贤堂（文史楼）边上的蟋蟀最好；一进校门左面的小花园里的蟋蟀战斗力强，头上有玉线；地理系边上的蟋蟀则略逊一筹。因为早年河西荒芜，所以这里的蟋蟀虽然个子大，却是梯形脑袋，斗不起来。

这一瞬间，褚君浩回到8岁。1953年，因为父亲褚绍唐受聘到华东师范大学任地理系教授，全家从虹口搬来。此后的岁月里，一家人见证地理系从无到有地建起来，见证华师大周边从荒芜到繁华。他们从华师大一村、华师大二村住到团结楼。最困难的时候，12平方米住下5个人，书桌白天摆饭，夜里就是床。但在这环境里，培养出褚君浩姐弟三人，全部成了知名教授，连寄居在这里的表妹表弟，也都成为各自领域翘楚。

对褚君浩来说，很长一段时间里，他不用去校园外看世界，因为校园里就有他的全世界。当1980年代褚君浩去德国交流时，父亲写信叫褚君浩回国，而母亲在家书上附言："世界上最美好的地方是祖国，祖国最美好的地方是华师大。"

华师大、长风公园和《丽娃栗妲》

普陀区长风这一片区域，东与原沙洪浜街道接壤，西北与嘉定连接，南与长宁区相邻。

地处吴淞江与虬江之间，地方志显示，历史上，此处曾为吴淞江下游河床摆动、水涝严重的重点治理地域。清代中叶治河以后，水涝灾害减轻，村落渐增。20世纪初，全境地广人稀，河道水网稠密，江河沿岸多为滩地荡田。20年代始，人们在吴淞江沿岸兴办了一些工厂。随着上个世纪初大夏大学迁入后，境内居民点陆续增多。

1951年10月16日，华东师范大学以大夏大学原址为校址，在此诞生。华师大以大夏大学（创立于1924年）、光华大学（创立于1925年）为基础，同时调进复旦大学、同济大学、浙江大学和圣约翰大学等高校的部分系科。1958

年，创办华东师范大学第二附属中学。

1953年，市建设委员会规划在北新泾地区建立新工业区。1956年，部分市区公私合营小厂合并为大中型工厂，相继迁入长风地区。至1959年，兴建了化工机械一厂、华丰钢铁厂、人民机器厂等一批大中型工厂和化工研究院等科研单位。同时辟筑沟通厂区的道路，在蔡家浜和盘湾里两地兴建内河装卸作业区及大型仓库等配套设施，使该地区成为以化工、机械、铸造为主的新兴工业区，习称"北新泾工业区"，亦称"长风工业区"。

1951年到1959年，沿着华师大周边，先后扩建、新建师大一村、二村。校园西面的长风公园在1959年建成开放。在今师大一村495号附近，曾有一个"丽娃栗妲村游乐场"。据普陀区志显示：1930年俄罗斯人古鲁勒夫向申新一厂业主荣宗敬租地建造，以美国电影《丽娃栗妲》片名命名。西傍开阔的东老河，水质清澈，岸边绿柳低垂，岸上草地成茵，有网球场、露天舞池、供游客小憩的遮阳大布伞和设有茶座的小洋房等。开放之初，主要接待外国人，仅在节假日可由群众团体组织华人入园游玩。这也是今天华师大"校河"被命名为丽娃河的出处之一。

1959年，华东师范大学被确定为全国16所重点院校之一。1972年与上海师范学院、上海体育学院等院校合并，改名上海师范大学。1978年学校再次被确认为全国重点大学。1980年恢复原校名。1997年、1998年，上海幼儿师范高等专科学校、上海教育学院和上海第二教育学院先后并入华师大。2002年启动闵行校区规划建设，从此华师大拥有两个校区。

"冲天大将军到此一游"

褚君浩的家，是以华师大中山北路校区为圆心的。

父亲褚绍唐（1912—2004），是我国地理教育研究开拓者和学科发展奠基人、《辞海》中国地理部分主编，曾是暨南大学教师。1951年，褚绍唐受聘加入华师大地理系，成为初创该系的五人之一。1953年，8岁的褚君浩跟随父母住到华师大新村。最先住华师大一村4303号，是一排平房里的三间。后来搬到349号二层楼房的一楼。1958年褚绍唐去上海师范大学工作，全家暂住上师大家属宿舍。1963年褚绍唐回华师大，全家住到华师大二村，先后住过62号、60号、6号。1981年一家人又搬去华师大一村208号301室。到了1990年代，一家人再次入住华师大一村团结楼三楼。

师大新村，就是褚君浩的家，偌大一个中山北路华师大校园，就成了褚君浩童年的百草园。小时候的褚君浩，调皮健壮。他去丽娃河游泳，可以打两个来回。他找到校园里的桑树，攀爬上去吃桑葚直到满嘴墨黑。他到第五宿舍前挖出萝卜，擦洗掉泥，一路走一路啃。他还爬上河边的梧桐，从高高的树梢望出去，能看到很远的地方。底下有人喊："小赤佬快下来。"褚君浩却得意地笑起来，然后在树干上刻下"冲天大将军到此一游"。

当时，褚君浩的兄姐分别在华师大一附中和复兴中学读书，前者住校，后者住虹口老宅。他成了父母膝下的"独子"。他学会了给炉子生火，学会了买菜持家，他到师大一村的教师食堂"中灶饭厅"打菜，从来不会在粮票菜票上搞错一点。他童年的伙伴里，有语言学家史存直的儿子、中文系教授徐中玉的儿子、历史系教授王养冲的儿子、中国人口地理学开创者胡焕庸的儿子。这群子弟，当时几乎都在华师大附小、华师大一附中或者华师大二附中读书。闲时，大家纷纷爬到大学内在建的教学楼阁楼上，一坐几个小时，逐个讲故事和笑话。

像渔村的孩子，自然而然学会了捕鱼；像牧民的孩子，还没有走稳就懂骑马，褚君浩常年目睹父亲和其同事伏案、写作和备课的身影，因此长大后去做老师几乎是天然选择。

浴室门口的院士

1966年，从上海师范大学物理系毕业后，褚君浩到梅陇中学当物理老师。当时还未成家的他，和父母、从云南投奔来的表弟表妹一起住在华师大二村6号。房间只有12平方米大。一边，靠墙勉强塞下一张双人床和一张单人床，另一边则局促摆下一只沙发、一只大橱和一只五斗橱。房间临窗放下书桌，对面即门。从进门到窗，留着几步宽的过道，此外再无一点空余。夜里父母睡大床、表妹睡沙发、表弟睡书桌，褚君浩睡小床。后来，到外地工作的兄姐把生下的孩子们送到上海，托父母照料，如此一来，屋内再无转圜余地。

但理科生有理科生的智慧。房间沙发上坐3人、小床上坐3人，再放把椅子，围着书桌，竟也能容纳下7个人同时用餐。吃过饭，这桌子是父亲做学问的书桌。晚上，这桌子又是床铺。周末，褚君浩把侄子们带到长风公园游玩，好让父母喘一口气。他的自行车横杠前坐一个孩子，车后座一个孩子。人们远远看到，都说："这人年纪轻轻，没想到已经做爹啦。"

而到了夜里，褚君浩搭一张帆布床，睡到屋外楼梯的转弯处。他借着楼梯间灯光看书的样子，感动了住在5号楼的史存直和王养冲两家人。两位教授的蜗居当中，有一间浴室。没人使用的时候，他们允许褚君浩来。褚君浩就在浴室门口铺一张席子，坐在地上，膝盖架一块搓衣板，看书、写文章。比起楼梯间，这一块空地，已让他得到近乎奢侈的清净。

就着搓衣板，在梅陇中学做老师期间，他发表了20多篇科普文章，1976年在上海人民出版社出版了第一本科普著作《能量》。1978年研究生招生考试恢复，褚君浩考上中科院上海技术物理研究所的研究生，师从红外物理学家、中科院院士汤定元，开始了他在红外物理领域的科研生涯。

褚君浩的姐姐成为中国人民大学教授，褚君浩的哥哥是河海大学教授，表妹长大后成了云南大学出版社社长，表弟成为了紫江特聘教授。褚君浩的父亲褚绍唐，直到人生最后的岁月，都能独自步行从师大一村去学校医务室，去世前三天，还在家用放大镜一字一句地研读《徐霞客研究古今集成》，伏案书写勘误表。

这张书桌随着一家人在华师大新村里流转搬迁，如今则安放在褚君浩位于华师大中山北路校区理科大楼办公室里。这是见证过他们一家七口用餐的书桌，兼做过床榻的书桌，见证过褚家两代所有人伏案做学问的书桌。褚君浩走过去，轻轻拉开左边第二个抽屉。少年时，他刚刚到华师大不久，捉了蟋蟀，就放在这里。

朱大建：曾是甘泉新村"野蛮小鬼"

▲　　**朱大建**，1953年生。高级编辑，《新民晚报》原副总编辑，上海作协理事，中国作家协会会员。

甘泉新村，位于普陀区东北部。东与沪太新村、宜川新村两地为邻，南与石泉新村接壤，西、北与宝山区和嘉定区毗连，东北与原闸北今静安区为邻。这块区域早在明、清时已出现村落，过去吴淞江支河新港、赵浦及其分支均能通航，因此村落渐多。但直到1949年前，这里还是一片农村，村民以种植蔬菜为主。

1949年后，为了改善人民群众的居住条件，政府于1953年征用今甘泉路街道东部、中部的村宅和农田，兴建两层楼为主和一部分多层住宅楼群的甘泉新村一到三村，住宅总面积30万平方米，同时辟筑沟通新村的道路。甘泉新村北块是上海市"七五"计划期间规划新建的24个居住区之一。1987年3月起在此兴建住宅楼群，总面积17.6万平方米，绿化面积5万余平方米，其中有命名为"甘泉苑"的居住小区，为市内新建的第一个生态型园林住宅区。同时又在双山路西侧，兴建大批多层住宅楼群的甘泉四村。不过，到1987年岚皋路跨铁路车行立交桥建成通车时，这一地区的西部和西南部尚为市郊接合地区，交通不便。

在朱大建印象里，甘泉新村和1950年代其他的"两万户"建筑都是模仿当时苏联集体农庄样式兴建的。苏联集体农庄底楼养牛养马，二楼住人。上海"两万户"建筑则是底楼住五户，二楼住五户，底楼有两个五户合用的厨房，四个蹲坑公共厕所，近处也都设有学校、商店、书店、影院和绿化等配套设施。对之前住在棚户区贫民窟的产业工人来说，入住新村，确实有翻身做主人之感。但1961年，朱大建一家从热闹的西藏中路厦门路衍庆里搬到天潼路最终又搬到这里来时，却是感到落差的，真是一夜之间从城里到了"乡下"。

放飞蜻蜓

但荒僻有荒僻的好处，租金着实便宜。

朱大建一家原住衍庆里的一间三层阁，出门就是热闹的南京路，但房间不到10个平方米，两个妹妹出生后，家里连父母有6口人，实在是太挤。房管所给新分配了住房，在天潼路马路边，原先是一家米店，楼上楼下共28平方米，无煤卫设备，房内有一架楼梯，似一幢小型的独栋别墅，但每月要7元5角租金。当时朱大建父亲每月工资79元5角，父亲和厂里同事聊天时抱怨租金太贵，有同事说起自己住在普陀区甘泉新村"两万户"里，房租便宜，愿意与父亲交换住房。于是朱大建和父亲一起去了甘泉新村。

房子坐落在甘泉三村和当时长征人民公社交界处，隔一条小河对岸，就住着说本地话的沪郊农民，往南百米远，过一座小桥，隔着交通路就是沪宁铁路。朱大建家要入住的房间在一幢楼房的二楼，是一个大间，用一道板壁隔成一大一小两间。房租是月租金2元5角，比天潼路的两层小楼少了5元5角。这5元5角，就为家庭节约了一大笔生活费。

父母和妹妹们住在间隔出的大房里，朱大建和哥哥住在小房里。不久妈妈又生了一个小弟弟。孩子总数达到5个。

如果说厦门路衍庆里的里弄生活法则，是孩子从小要讲礼貌、懂规矩、会看人眼色，那么到了甘泉新村，在产业工人后代中，孩子间的评价体系，则是崇尚勇猛和大胆。

工人新村场地开阔，男生玩"斗鸡"和"跳马"。"斗鸡"，是将人员分成两队，一条腿弯成三角状，形成一个锐角，一只手扶住，用一只脚跳跃着前行，和对手相斗，谁摔倒，就算输。"跳马"，是小伙伴轮流做"马"，"马"弯腰站在场地上，从低伏跳到高耸，看小伙伴是否能跳过去。最高一级，是"马"站得笔直，只有头颈弯曲，要撑着"马"的肩膀飞跃过去，跃不过的人，请去做"马"。

在这片广阔天地里，朱大建学会了捉蟋蟀、挖蚯蚓、钓鱼，到了夏天，朱大建剪一截自行车内胎，放铝制小勺里，再放在煤球炉上烤，等到橡胶烧煳了，就趁着黏性绕在长竹竿的尖梢去粘知了。每当暴雨来临前，新村小河边，会有大批蜻蜓低低地飞来。男孩子先脱下身上的汗衫，朝蜻蜓密集处突然抽扑，必然会跌落一只或数只蜻蜓，捉住一只蜻蜓，用细线将它绑在小竹竿上，便会有新的蜻蜓尾随而来，此时一捉一个准。捉到蜻蜓，朱大建将它放进蚊帐，用它来驱赶蚊子。早上醒来，看到蜻蜓有气无力地停着不动，他不忍心了，撩开蚊帐一角，悄悄将蜻蜓放生。

离开新村

但人对人却未必如此。

朱大建的父亲只是厂里的普通工人，但因为常常提意见，当时也被批判。父亲有点后悔，觉得自己不应该和同事们住那么近，害得全家的日子都跟着难过了。以前一起斗鸡跳马捉蜻蜓的小伙伴，那些一起疯玩也一起出黑板报的同学，不再理他。被孤立的朱大建，默默学会了摔跤，他去拜了师傅学少林拳、吊环，学习扔石锁、举杠铃。他经常打架。他不肯服软、不愿讨饶，有时挂彩回家，但从来不掉一滴眼泪。

在不打架的时候，朱大建找到了另一个避难所。离朱大建家5分钟路，有一家卖油盐酱醋的小店，新村居民称为小合作社。边上，有个小人书的小摊，摆着各种连环画，2分钱可看一本。20本一套的三国演义连环画，朱大建有时出了钱，在这个小书摊上就地看完。离朱大建家10分钟路，是新村图书室，提供外借。朱大建凭借父亲的借阅卡，借看了好多长篇小说，有《铁道游击队》《敌后武工队》《烈火金刚》《野火春风斗古城》《青春之歌》《播火记》《高粱红了》《创业史》《艳阳天》等。书里的世界，让他忘记甘泉新村里的不如意。

有时青年们手里流转着，传阅一本图书馆里没有的藏书，一旦借到可能当天就要还。朱大建就必须不吃不喝地把它看掉。当傍晚天色昏暗、灯光又没亮起的时候，朱大建就捧着书，在窗边借着户外微弱的光看完。那时候父亲一点也不高兴，反而会火气很大，他吼着儿子："你这样把眼睛也看坏了！"父亲心存幻想，希望孩子视力优良，能参军当上飞行员，改善家里的处境。

但朱大建没有说，他其实已经近视了。在学校里，他已经坐第一排了。他不忍心告诉爸爸他的期望是不可能实现的。就像当时他自己也没想过，终究会有一天，他是因为读书，而不是靠拳头，为自己挣得尊严。

1967年，全家从甘泉新村搬到昌化路小菜场附近的本地农民房居住。不久他和哥哥相继插队离沪。1977年，朱大建在江西生产建设兵团农场参加高考，考入复旦大学新闻系回上海。他再也没有打过架。后来，他曾回江西看过，但再没有回过甘泉新村。

　　　　　　　　　　　　　　　　　（部分资料参考《普陀区志》）

赵开生: 南京西路860弄里的评弹团

▲ **赵开生**，1936年出生于常熟。国家一级演员，国家级非物质文化遗产项目代表性传承人。师从周云瑞习艺，1959年加入上海长征评弹团，1960年加入上海市人民评弹团（今上海评弹团）。

夜书场结束，赵开生回到宿舍，此时其他演员也结束演出陆续回来。一天中最开心的时候，现在刚刚开始。

1962年，新成立的上海市人民评弹团（今上海评弹团）在搬过几次家后，此时已经搬入今南京西路860弄1号一处洋房一年。大房子底楼是排练厅，过街楼连接到边上的小房子，下面是食堂，上面是演员宿舍，每间宿舍不过四五平方米，供给团里的外地来沪单身演员住宿。

常熟青年赵开生这一年26岁，刚刚入团两年，就住在这里。每晚演出结束后，他回到属于自己的这一小间，和其他评弹演员一起吃点夜点心。夏天的夜晚，大家开几只西瓜，一人捧半只，坐在门口。

那时的南京西路上没有高楼，沿街多为二层楼的房子，南京西路860弄1号前是一个花园。晚风徐来，空间敞亮，大家捧着西瓜，一边吃一边聊着天，直到月满西楼，才尽兴而归。

年过八旬的赵开生现在闭起眼睛，回想当时大家到底都聊了些什么。大家聊白天演出时碰到的种种事情，聊弹词、聊二胡、聊琵琶，竟然没有聊过吃喝享受的事情，也没有聊过去哪里玩。

年轻时的人们，好像总也不知道困倦。记忆里的那些夜晚，他们聊到起劲时，还会开腔唱起来，或者动手演奏起来，悠扬的调子，随着晚风飞扬，一如当年的青春，永远生气勃勃。

南京西路860弄里的别墅

今天在地图上查南京西路860弄1号，可以看到此处标记着上海评弹团，同时也是乡音书苑所在地。

静安文史馆提供的资料显示：南京西路860弄1号，原来的地址门牌号为静安寺路830号。1947年《上海市行号路图录》上该处标注的信息较多，有"南海花园""社会部全国合作社物品供应处""合作广播电台""浙沪警备司令部义务稽查大队""上海市公训同学会"。

1949年前，《申报》中关于该地址记录较多的是"南海花园（饭店）"信息。大抵在1945年8月至1947年8月，都可以在报上见到这座花园的各式广告，从内容来看，应

该是家川菜馆，但还兼具了消夏、听歌、跳舞、焰火、游园等娱乐休闲活动，更有驻场歌手及舞者。在"南海花园"内还有过一家民营电台——大约创办于1945年底的合作广播电台。

资料显示，1947年之后这一地址成了民盟上海市的机关所在地。《宁波民盟史》（中国民主同盟宁波市委员会著，群言出版社，2012年）一书中记载该处为"中国民主同盟华东执行部"，而《中国民主党派上海市地方组织志》（陶人观主编，上海社会科学院出版社，1998年）一书则显示台盟上海市委员会成立大会1949年7月31日在此举行。

1951年11月20日，上海市文化局戏曲改进处宣布上海市人民评弹工作团（1958年改为上海市人民评弹团，即今上海评弹团）成立，第一批18位艺人入住延安中路549号集训。1961年，因为延安中路同时有上海杂技团，上海评弹团搬离此处，先去他处，后搬到南京西路860弄至今。

听着母亲纺纱声的少年

赵开生和评弹名家陈希安一样，都是常熟的乡里乡亲。这一片土地，似乎是孕育评弹的天然苗圃。

赵开生幼年丧父，家境拮据。无力负担房租的母亲，只能带着两个儿子去家族祠堂里栖身。母亲白天为人浆洗衣服、绣花，夜里还要纺纱。祠堂里没有电灯，晚上只有一小盏油碗，点亮里面插着的几根灯芯作为照明。母亲在这样微弱的光线里彻夜纺纱，小小亮光衬托出周围黑影憧憧。年幼的赵开生见此情景总是害怕，一直依偎在母亲身边，即便困得频频头点地，也不敢一个人回房去睡觉。许多年后，当他唱起《珍珠塔》里有关纺纱的字句时，童年场景总会回到眼前。

祠堂里也住着另一户人家，那人是评弹票友，正式拜过师父下过海。平时在祠堂起居，他总是吟唱不已，久而久之，赵开生耳濡目染，也学会了四句《方卿见娘》。赵开生10岁那年，常熟电台开播，这位邻居带着赵开生前去凑热闹。赵开生的第一次亮嗓，就是在故乡的电台里唱这四句《方卿见娘》。

见孩子是这块料，赵开生的过房娘是陈希安的母亲，就将他推荐给已经在上海一炮打响的评弹名家陈希安。陈希安将赵开生带到上海引荐给周云瑞为徒。由于家境太过贫困，赵开生拿不出拜师的酒宴钱。1949年3月，在周云瑞生日时，他在陈希安的安排下给周云瑞拜寿，同时也算正式拜师。

把一生都给了评弹

到了上海，住在周云瑞家里，地点在淮海路大方布店对面。师父在经济上不计较，反而常给他零用钱，鼓励他有空就多去看电影，去大世界，也去其他剧院，多看看京剧和其他种类的艺术样式。大上海繁荣的演出市场令人目不暇接，让这个乡下来的少年大开眼界。

上海解放在即，为避时局不稳，师父让赵开生先回常熟，等到1949年秋天，局势稳定下来，赵开生再回到上海继续学习。到了上世纪50年代初，传统长篇书目一度不能演，周云瑞将一部《珍珠塔》剧本交给赵开生，嘱咐他回乡研读。师父说："如果还能演出，就好好去演。如果不能再演出，你就早点学一门别的手艺谋生。"回到常熟后，赵开生巧遇童年的同学、后来也一起学评弹的饶一尘，两人拼档演出，在苏浙一带渐渐有了名声。赵开生1959年加入上海长征评弹团，此后又和饶一尘先后加入上海市人民评弹团（今上海评弹团）。他们都没有去学别的手艺，而是把一生都给了评弹。

在上海评弹团，赵开生说表细腻，弹唱工整，所谱的毛泽东诗词《蝶恋花·答李淑一》尤为成功，影响很大。到1978年结婚之前，赵开生一直住在南京西路860弄，这幢别墅，成为他的事业和生活的见证。

而这幢房子，也在时代的变迁中慢慢变化。周边高楼渐起，夜晚坐在花园里乘风凉也看不到外面风景了。到了上世纪80年代，苏浙沪等地的一些书场关闭，评弹演出受到一定的影响，且上海原有的书场设备陈旧，因此兴建书场成了演员和听众的强烈愿望。1985年，上海评弹团决定征集社会资金，将排练厅改建为高档书场。先后与20多个单位协商洽谈均未成功。

1984年底，常熟福山乡华福实业总公司成立，上海评弹团前往慰问演出。当得知评弹团的愿景后，公司即与评弹团签订了合同。曾贡献出许多优秀评弹演员的常熟，这一次又为上海评弹团提供了投资。1985年11月5日，由陈云题写匾额的"乡音书苑"书场在南京西路860弄开张，半年即演出160多场，场场客满。

韩天衡：龙江路上的陋室铭

▲　　**韩天衡**，1940年，出生于上海，国家一级美术师。

入夜，家人都睡下。儿子和祖母入睡，女儿和妻子入睡。韩天衡不睡。

他守着小方桌上的灯写作。家人鼻息起伏，更显万籁俱寂。韩天衡想篆刻而不能——因为有声音，想绘画而不能——因为铺不开纸，只能写。有时写啊写啊，忽然想找一本书参考，韩天衡要跨过睡在地铺上的妻女，去房间另一侧的书架上翻找。急急忙忙一脚下去，不能分辨被褥形状，有时正好踩到被子下的女儿，"哇"一声惨叫，全家都醒了。

整整14年。从28岁到42岁，韩天衡和家人在杨浦区龙江路64号二楼半的双亭子间度过。这一排建筑，是原英商上海自来水公司杨树浦水厂英籍职员公寓，为联排式住宅。住所前有小花园，屋内按照英国生活方式，设有卧

　　　　　　　　　　　　　　　　似是故人来

室、壁炉、烟囱、厨卫间，以及一座单独供保姆出入的后楼梯。后楼梯通向二层半的保姆间。保姆间和洗衣间连在一起，有隔断分开，两间一共10平方米左右。这10平方米，成为韩天衡1968年从海军部队复员回沪后，在上海市自来水公司上班分得的住房。

尽管住所不大，但在当时上海住房普遍紧张，能得到这样单独的两小间已经让人欣慰。到访的朋友、学生对这住所之逼仄印象深刻，有人后来如此理解韩天衡的号名"豆庐"——老师觉得空间太小，一屋如豆，故名。韩天衡摆手说，非也。

"如果有人因为房子太小就要嚷嚷，那么这个人绝不能成为艺术家。"

自来水厂的宿舍

杨树浦水厂，由英籍工程师赫德设计，1881年6月动工兴建。1883年6月29日，时任北洋通商事务大臣的李鸿章拧开阀门开闸放水，标志着中国第一座现代化水厂建成。是年8月1日，正式对外供水。杨树浦水厂是典型的英国中世纪哥特式古堡建筑，之后屡次扩建，建筑风格始终延续。位于龙江路50—66号的水厂高级职员公寓，由此也带有英式烙印。

但在1968年，韩天衡与家人一起入住时，这幢建筑内已经毫无异国情调。一幢住宅内已经住进了四五户人家。韩天衡被分到的双亭子间朝北，冬天刮西北风时，把附近第八钢铁厂开工的扬尘都裹挟进来。如果开窗透气，用不了两个小时，屋内的地板、桌上都浮了层黑灰。每天早上，韩天衡的夫人应丽华能在小花园里扫出半簸箕黑灰。整个冬季，室内潮湿阴冷，又不能开窗通风，韩天衡只好用宣纸封窗缝避寒。

在这样的陋室里，任何需要大施手脚的动作都是不可能的。穿衣服时，左手从衣袖伸出去了，右手不能同时伸。不然就要触壁。夜晚入睡时，儿子和祖母睡在里间床上，外间韩天衡和妻女都要打地铺。为了让妻女睡得舒适一些，韩天衡睡在屋子靠门一侧。脚就伸到书桌下，头枕在门后面。若此时有人来访，必须全家起床，卷起铺盖，方能有空间徐徐开门。等客人走后，还得重新拖地，等地板干了，再铺下席子、褥子，才能再睡。

投石问路的书斋

韩天衡为自己起的书斋号，其实是"投路斋"。

上世纪60年代末到70年代初，形势多变。韩天衡想保留自己的观察。另一层意思，是希望在艺术上开创属于自己的风格。

从少年时代在父亲身边开始学习书法篆刻，到在部队期间进一步学习深造，此时韩天衡在金石界已有名气。他的陋室，晚上铺开被褥就是卧室，白天收起卧具就是书房。临窗摆下一张红木桌子，是这家人当时拥有的最阔气的家具。红木桌下一只小方桌，就是韩天衡夜里写文章的案几。

周末送妻子和孩子们去岳父母家后，韩天衡几乎是三步并作两步赶回家。在约70厘米长的红木桌两边支起两块木板，这就能铺下150厘米的纸，可作大尺幅作品创作。他自创一套"坐立卧行"创作工作法，即坐着刻章，累了后就调整到立姿开始写字、画画，再累了就躺下看书。一旦需要出门坐车，就拉着车扶手，心里构思作文或者作品。

寒来暑往，韩天衡的每个休息日都从清晨6点忙到下半夜2点。遇到春节放假，他就快活地在家连续创作3天。他回忆自己当时一个月能刻160方印章，自述"没有浪费过一个钟头"。

有时朋友去韩天衡家看他，只见室内四壁都是写好的条幅和对联。应丽华只能尴尬抱歉说，实在对不起，居室太小了。朋友问：这样的环境还能练书法？她说：在这儿已经练了10多年了。

往来无白丁

韩天衡记得，建议他改一下斋号的，是画家程十发先生。"豆庐"与"投路",在上海话里发音相似,含意古雅。龙江路的这一间保姆间,由此在书画界,拥有了正式的名号。

斯是陋室,惟吾德馨,于小小的空间里,韩天衡刻了不下5000方印章,书画不计其数,写下了《五百年印章边款艺术初探》《九百年印谱史考略》等文,执笔了《中国篆刻艺术》,编订了《历代印学论文选》,填补印学空白。陋室里,也先后迎来过程十发、陆俨少等大师,并见证过许多爱好书法金石的青年成长。

韩天衡说,陆俨少有时会到豆庐坐坐。韩天衡的母亲到楼下灶间做几个小菜,让两人吃了。对着便饭小菜,这个空间隔绝外界风云,两人对谈只说艺术。聊到起劲时,屋外掌灯,韩天衡就陪陆俨少换三辆车再回市中心寓所。

1969年后,韩天衡将每周三晚定为见学生日。这一晚总有七八个学生会到韩天衡家。在门口脱了鞋子,呼啦啦拥入屋内,看韩天衡刻章、写字、作画。屋内实在太挤了,一次,一个学生为了看清韩天衡手法,站在椅子的横杆上,生生将杆子踩断。等到"放学"时,门一打开,只见屋外满地是鞋,委实壮观。

在这小房间里,一家五口光是坐着,就已经满满当当。韩天衡硬是在靠墙的书架上、书桌下、里间祖母的床下塞下越来越多的书籍、美术作品和藏品。到1982年全家搬走时,从这个10平方米小屋内运出的东西,竟把一辆载重4吨的卡车拖斗装满了。

但韩天衡还是心疼曾因居住空间太小而不得不舍弃的东西。"因为家里藏书太多，书架放不下，只好堆在房间里。每天夜里睡觉前，必须把地上堆放的书放到红木桌上，白天再搬下来，日日如此，十分麻烦。有一次太太发火，把所有的书往地上一推。所以我决定将四五十部我不太用的线装书，以153元的价格卖给上海古籍书店。现在想想，太舍不得了，不但是为价值之故，也是因为如今再求不得。"

也是在这间龙江路的陋室里，韩天衡对女儿韩因之和儿子韩回之说："你们的路是靠你们自己走的，我的收藏未来要捐给国家。"

在如今位于嘉定、占地面积达14000平方米的韩天衡美术馆里，韩天衡文化艺术基金会副秘书长韩因之，复述少时听到的父亲训示。韩天衡向嘉定区政府捐赠了1136件艺术品。就在这个宽敞的空间里，韩天衡在展区一角保留了自己龙江路小屋的模型。

说到当年的寸步之斋时，韩天衡用了一个词：天堂。

王晓明：卫乐公寓的前世今生

▲　　**王晓明**，1955年生于上海。上海大学中文系/文化研究系教授。作家王西彦之子。

草坪柔软。躺在上面如卧绒毯。上世纪60年代初的某一天，王晓明就这样躺在自家楼下花园的草坪上，仰头望天，竟然看见一只鹰飞过。它停在卫乐公寓楼顶。少顷离去，展开一双宽大到不可思议的翅膀，令人委实印象深刻。

似乎几天前，王晓明听同住卫乐公寓的邻居提起过，为应对食物短缺，顶楼一侧的住户——一户干部家庭在自家楼顶养了鸡。大楼顶层呈"土"字形。一日，顶楼中间的住户无意中向下一瞧，正巧目睹一只鹰将养着的鸡一口叼走。

鹰叼着鸡，在城市上空盘旋时，能看见什么呢？此时，上海除了市区中心的国际饭店等几幢大厦外，几乎没有高层建筑。在鹰的视线里，上海不过是一片由低矮里

似是故人来

弄、低层建筑的屋顶构成的波浪。但有13层楼高的卫乐公寓矗立在一片房屋中，显得瞩目。更何况这里还有食物，自然是鹰狩猎的一个理想地标。

在这幢与众不同的大楼内，1949年后陆续住过画家吕蒙与作曲家黄准夫妇、戏剧艺术家陈鲤庭、军旅作者吴强、画家赖少其等诸多文化名流。1956年，作家王西彦（1914—1999）带着妻子周雯和不满周岁的儿子王晓明入住卫乐公寓。这幢建筑，此后以一己之力，向这个尚在襁褓中的男婴，展现了上海近现代史的一个切面。

精舍

复兴西路34号的卫乐公寓，原名卫乐精舍（Willow Court），钢筋混凝土结构，现代点式公寓，建于1934年，赉安洋行设计，该公寓朝南偏东约15度，为上海地区最佳朝向。所处位置闹中取静。水泥砂浆外墙，立面对称，中轴设一串挑出的半圆阳台。顶部为装饰艺术派造型。两侧设简洁竖向线条。中部12层，两翼跌落一层，为11层，设内阳台。大门口有7级弧形花岗石台阶，步入门厅，设有电梯。大楼内分有多种户型，还设有两套楼梯系统，早期供住户中的主人和保姆从不同楼梯上下。大楼前有小花园。占地面积1720平方米，建筑面积3797平方米，汽车间附屋802平方米。日后承建了定西路花园住宅（现长宁区结核病防治所）并成为著名营造商的顾梦良当时未满30岁，已经在卫乐公寓施工中担任总看工。

在落成之初，这里是沪上外侨的住所，后来也陆续住入华商、买办和高级知识分子、名医等。1949年后，这幢大楼成为文教干部和文化名人集中居住的场所。

书法家沈柔坚的妻子王慕兰曾记录下他们一家于1954年春搬入卫乐公寓的场景，"那里文人荟萃，我们搬去后，朋友之间时常走动。吴强是新四军老战士，未脱军人气质，矮矮胖胖，豪爽直率，有时晚上也来我家，与柔坚聊天。"沈柔坚家的隔壁邻居是翻译家罗稷南，罗先生在家从事译作，常邀请王慕兰去他家共进午餐，王慕兰记得他家的菜肴云南口味，清淡可口，太太每天还在家里自磨一壶豆浆。

曾任上海市委统战部长和市政协副主席的陈同生一家在1958年搬入卫乐公寓。他的大女儿陈淮淮记得，"我家对门住的是著名经济学家、厦门大学校长王亚南。楼内住着画家赖少其、翻译家罗稷南、眼科专家郭秉宽、妇科专家郑怀美等，还有作家王西彦、作曲家吴应炬以及瞿维和寄明夫妇，还住着一对白俄老夫妇。这些人大都是彬彬有礼的，见面总是互致问候。"陈淮淮记得，入住后的翌年暑假，同为邻居的陈其五停职在家，"他处之泰然，每天给孩子们讲解唐诗。母亲让我也去跟着听听，这使我受益匪浅。"

作家靳以也住在卫乐公寓。他的女儿章洁思在文中写过，"那时最高的那层，被上海作协租下来用作招待所。那年夏天，诗人卞之琳来上海，就住在楼上。我的干妈——巴金夫人萧珊，常在我家吃完晚饭，然后就去找他聊天，我们一群孩子也都跟上楼去。楼顶宽大的天台是乘凉的好地方。干妈与卞叔叔聊天，我们这一群孩子就疯跑疯玩。玩得累了，我就挨在他们身边看夜景。那时候的卞叔叔有点儿忧郁，从未见他开怀大笑。"

1956年，被腰椎间盘突出折磨的王西彦，不得不在华东医院卧床整月。凭着毅力，他在病榻上继续创作描写农村变革的作品《春回地暖》。初稿于2月完成。6月，他从淮海中路上的作协宿舍搬到了卫乐公寓，多年颠沛流离的生涯至此告一段落，此后直到逝世，他一直定居于此。妻子周雯也在这时开始俄罗斯文学的翻译。两人在书房临窗下，并排摆着宽大的书桌。从记事起，王晓明就知道，父母坐在书桌前写字读书是极为神圣的事，他绝对不能去打扰，只能乖乖跟着保姆玩。

更迭

虽属名人家属，但在王晓明的记忆里，早年的生活并不宽裕。

父母都属于文化工作者，按照当时的计划供给，属于轻体力劳动者，每人每月可领定粮不多。这份食物，要供一家三口和保姆四张嘴吃，大家都吃不饱。像当时大部分市民一样，他们也在家养了鸭子补充食物的不足。但因为实在没有饲料，鸭子也饿得嘎嘎叫，最后向来敬惜字纸的王西彦，不得不剪碎了报纸给鸭子吃。

父母少时即投身革命，对剥削享乐的生活有天然的抵触。等王晓明略长大一些，父母就辞退了保姆。独生子从不敢打扰父母工作，就自己去街面上玩。当时的复兴西路街区内，有洋房别墅，也藏着平房和违建。王晓明的同学里，有干部子弟，也有穷苦人家的孩子。他爬上同学父母在弄堂口自行搭建的木结构简屋，也坐在租住洋房亭子间的低收入的同学们家里看他们开饭。上海人是多么热爱生活。即便只有些剩菜、酱菜可吃，桌面上也摆出了五六个碗盏。而在王晓明家，往往三个人就简单地吃一锅饭、一两个菜。

在学校里，有时他是这些工人子弟欺负的对象，但在一起玩时，他又体会到他们的朴实和捣蛋，他从他们身上感到了知识分子家和干部家没有的热情和生命力。有时也有十几个来自附近一幢楼房的少年纠集过来，一场大规模的群架即将爆发。就在这时候，楼里的一位邻居从弄堂口的那堆少年中揪出自己的儿子，一路骂着拽着回进弄堂，整个气氛忽然松弛下来。王晓明默默观看着一切。外界眼中，这是一个上海最雅致的街区，但实际上走入每一条弄堂和支路的深处，不同人群杂共处，他们丰富了男孩的见识和对生命的理解。

1972年，王晓明中学毕业，被分配进地毯厂当钳工。一个周日，他回到家中。此时王西彦在牛棚，原来一家三口住的房内还住进了另一户人家。父母的书房上贴上了封条。但因为封存了多年，封条早已干结，很容易揭下。王晓明潜入房中从覆满灰尘的书架山"偷出"一本巴尔扎克的小说，坐在阳台上，直看得眼睛发酸，等到抬起头来，看到窗外梧桐一片碧绿，一如往昔，似全然不知人间的悲欢离合。

楼内的住户更迭，一如楼外的时局。1966年后，楼内的一批资本家和干部悄然搬走，一批军队干部入住。1971年后，一批军队干部搬走，一批新的干部入住。等到1979年后，改革开放，上海的街头开始重新有外国人的身影出现，当他们想安顿下来时，卫乐公寓得到他们的青睐。平反回家的父亲王西彦，因为有共度牛棚的经历，和巴金成为挚友。此后常常从卫乐公寓出门去巴金家。因为走得多了，数出了步数——2300步。如今这对好朋友在天堂会不会也常常散步去看对方呢？

王晓明沿着父亲散步的脚印在这个街区走着。卫乐公寓里，他童年时玩耍过的草坪依旧碧绿青翠，他女儿抱过的小树已经亭亭如盖，有四楼这么高。但他童年见过的鹰，再也没有在市区看到过了。

秦文君：外白渡桥的故事

▲   **秦文君**，1954年出生，儿童文学作家。上海市作家协会副主席，上海文史馆馆员。

记忆，是一个人内心的疆域。若要在其中漫步，需要依靠地标，才能时时确认自己的方位。对65岁的秦文君来说，她的地标，是外白渡桥。

3岁之前，几乎每一天，她都被抱着或者牵着从桥上走过。一个人和一座城市最初的依恋，在此萌生。17岁之后，她离家千里，外白渡桥成为她怀念家乡时，一个具体的寄托。

在相隔两地的日子里，她若能回到上海，必定要看看这座桥。手抚桥钉，听江声滔滔，似乎在祝福故乡的家人安好，也似乎是从中汲取力量，来不断确认自己从哪里来，未来要到哪里去。

人的依恋

　　因为历史的机缘，南下干部父亲，和家住老城厢的母亲，在上海相识相恋。因为地势的机缘，起于北新泾的苏州河，和起于淀山湖的黄浦江，在外白渡桥下相交相会。像那个巨变的时代里无数新生的事物一样，新婚的小两口，把家安在外白渡桥边的大名路上，诞育了新的小生命。

　　1954年，秦文君出生在父母位于大名路的房子里。满月之际，按照本地风俗，新生儿要被抱着"过桥"以求长大后平安勇敢。父亲就抱着长女过了外白渡桥。

　　待秦文君满月后，母亲恢复上班。母亲工作单位所在的第一机械工业部上海办事处总部在中山东一路的太古大楼，母亲所在的联合采购部在圆明园路上。单位为解决女职工后顾之忧，设有哺乳班，可以托送婴儿。每天清早，母亲从大名路的家出发，抱着秦文君穿过外白渡桥去外滩上班。母亲雇来的小阿姨蹦蹦跳跳跟在后面，手里提着婴儿用品。阿姨一路逗着婴儿，婴儿一笑，母亲也笑。外白渡桥属于笑声。

　　弟弟出生后，全家搬到南昌路一机部的宿舍住。此后每每经过外白渡桥，秦文君觉得，算是回到"故乡"。

　　母亲有一次带秦文君在桥下的小西餐店吃西餐，这是秦文君第一次吃西餐。她记得手握刀叉的触感，也记住了这座桥和周边建筑所呈现的异域风情——和外婆家位于南市老城厢的建筑完全不同,展示着另一种文化的密码。

渐渐长大,无须再被大人抱在手里,秦文君自己从桥上走过,有时会在桥板上捡到一些东西。有时是一颗生锈的小铆钉,有时是一枚玻璃弹子,玻璃弹子上留着神秘印痕。她把它们拿在手里看了很久,将之与全钢结构桥身上的铆钉比对,这不是桥上掉下来的零件,但却像桥梁和她有默契似的偷偷藏在这里、等着赠予她的小礼物。

就像一棵村口的老树,特意备下果实,等自己珍爱的孩子去发现。

故乡的影像

1971年,秦文君17岁了,即将随时代的安排,赴黑龙江上山下乡。离别之际,她告别亲友,也到外白渡桥和它告别。外白渡桥周边,已经没有她的家人居住,但外白渡桥本身,对她而言是一个朋友,代表了上海这座城市的身影、气味、温度和一切。

此后直到1979年回到上海,漫长的8年里,秦文君每次从黑龙江回沪探亲,都会去外滩独自到外白渡桥走一走,或者在附近坐一会。探亲的时间多么短暂,但秦文君总不吝啬把时间留给这位旧知。"坐在那里,看着车来人往,觉得每个人在这个城市里都有自己的位置,只有自己没有位置了。但是心里面的外白渡桥还在，总感觉它老，它懂。"

在那段岁月里，外白渡桥是否常常会打喷嚏？因为那些奋斗在外的上海知青，都很想它。

在梦里，桥身在晨雾中慢慢清晰，整个外滩建筑群展现眼前，江面上传来的阵阵汽笛声，过往电车上的"小辫子"颤颤巍巍，偶然闪烁火花，发出嗞嗞声音，还有无数车轮滚动的声响和远处海关大楼的钟声，构成一种属于上海的声音，在黑龙江的冷夜里，在安徽、在江西、在云南、在贵州的某个角落，回响在许许多多知青思乡的梦里。

桥的故事

差不多在秦文君出生100年前，1856年英商韦尔斯等组织苏州河桥梁建筑公司，在此建一座木桥，称为韦尔斯桥，来往行人车马过桥均要付过桥费。

1872年，英美租界工部局在桥西另建一木桥，长117米，宽12米，并将已陈旧的韦尔斯桥收购拆去。因新桥位于外滩公园旁，故称公园桥；又因此处原为外摆渡处，亦称外摆渡桥。因过此桥已经不再收过桥费，逐渐被大家称为外白渡桥。1907年，工部局将此桥改建为钢桁架桥，长104米，宽18米。下部是设有木桩基础的钢筋混凝土墩台。

二孔，能通航，成为城市标志性构筑物。

2008年4月6日上午，百年老桥外白渡桥将接受为期一年的体检，驳船托起桥身，南跨桥体借着黄浦江涨潮浮力，缓缓起身并在水面上转身，于12时05分正式出航，驶向"体检和疗养地"——上港集团民生分公司码头。当日外白渡桥附近的水面封锁了交通，附近的道路也加强了交通疏导，毗邻外白渡桥的黄浦公园采取了限流措施，增设了围栏，但看台上挤满了热情的观众。外白渡桥北侧的上海大厦里，也有不少人探出头来，俯瞰大桥。2009年4月，整修好的外白渡桥归来时，又引发许多市民冒雨等候。

有多少上海人，就有多少个与外白渡桥有关的故事。

1899年，11岁的顾维钧考入上海英华书院。一次经过上海市区的外白渡桥，顾维钧看见一个英国人坐着黄包车，拉车上桥本来就很累，他还用鞭子抽打车夫。顾维钧愤怒地斥责他：Are you a gentleman?（你算不算个绅士？）暮年时，这位在巴黎和会上拒绝签字的外交官告诉子女："当时我年岁太小，并不理解政治变革，但我能感到，有些事很不对劲，有些事应该得到纠正。我从小就受到影响，感到一定要收回租界，取消不平等条约。十五六岁的时候，我就决定今后要从事外交政治。"

在1932年和1937年两次战争中，从虹口、杨树浦汹涌而来的难民潮主要聚集于外白渡桥，希望由此进入公共租界避难。日军占领上海后，外白渡桥北岸由日军把守，南岸则是公共租界的属地。人们往来于虹口与公共租界之间，都须提供通行证，并接受搜身，还须向日本士兵鞠躬，许多上海人往来桥上，都曾遭受日军的耳光和拳脚侮辱，这也成为一代上海人的耻辱记忆。

1949年5月25日上午8时许，苏州河以南的上海市区全部解放。部队打到苏州河边，却都在桥边受阻于敌军强大的火力封锁。最先到达外滩外白渡桥的是27军79师235团1营。打头阵的战士尚未冲到桥中央，就全部牺牲。鲜血染红了苏州河。

当曾在部队服役的父母，抱着诞生于和平年代的秦文君走过外白渡桥时，是否想起过牺牲的战友？当少女秦文君一次次流连在外白渡桥上时，是否也感受到了城市历史中先辈走过的足音？

而一代代人来来往往，桥始终在那里。每一个清晨，迎接游客、迎接上班族、迎接拍婚纱照的新人，也迎接某个被父母珍爱抱在怀里的满月孩子，郑重走过这座桥。这是它欢迎一个新生市民的方式。而小孩睁开眼睛，记住了跃入视线的第一个鲜明的城市地标。

（部分资料参考《老上海名人名事名物大观》）

许承先：模范邨里的见证

▲　　　**许承先**，1944年出生于上海，一级演员。1963年进入上海人民艺术
剧院（上海话剧艺术中心前身）任演员。主要作品有《巍巍昆仑》
《魂系何方》《尊严》《求证》《万尼亚舅舅》等。

每天上学、放学路上，10岁的许承先都能看见建筑
工地。

建筑工地正对着许承先家位于延安中路877弄的模范邨
弄堂口，地址是延安中路1000号，为昔日英籍犹太富商哈
同的哈同花园——爱俪园旧址。历经多年战乱后，此时这
座昔日名园早已经荒废成周边孩子们游戏的草坪和乐园。
但从1954年5月4日开始，建筑工人走进花园，中苏友好大
厦在此动工。

1954年10月15日，上海。入暮时分，城市的天际线制
高点上，一颗红星亮了。

在中苏友好大厦中央大厅刚刚完成结构建设的大楼
顶上，架起了一座50多米高、32吨重的镏金钢塔。钢塔是
一个八角形的锥体，外面包着1300多块镏金的菱形铜皮，

　　　　　　　　　　　　　　　　似是故人来

菱形的交角处装饰着1100多只发亮的铜球。塔尖上，升起一颗红五角星，四围伸出24根光刺，下面衬托着围栏和铜花。红五角星内装置着的百余盏灯泡，透过红玻璃，放射光芒。由此产生的110.4米的高度，突破了国际饭店在沪保持多年的全市建筑最高纪录。

在建筑开工初期，许承先也和小伙伴们钻进工地去玩。看见工人们在草坪上找到哈同的大理石棺椁，上面雕刻铭文的镏金已经消失。这个废园里的一切都将被派上新的用场。

对面的模范邨居民们日夜见证着这项大工程的进展，也迎来了自身命运在新时代的故事。

中南银行的产业

1897年，上海成立了由中国人用中国资本开办的第一家银行——中国通商银行。此后，一些华资新式银行在上海设立。其中最为知名的"南四行"分别是浙江兴业、上海商业储蓄、新华信托储蓄、浙江第一商业银行。北方有"北四行"，即盐业银行、金城银行、大陆银行和中南银行。

当时银行涉足沪上房地产业。1930年，上海金城、盐业、大陆、中南四家银行组建的"四行储蓄会"，以45万两白银的代价，购进位于上海市中心跑马厅对面派克路

（今黄河路）上两亩七分多的一块地皮，开始兴建国际饭店。这是中国人自行投资建造的第一幢高层建筑。1928年，中南银行在福熙路投资，即今天的延安中路877弄建造模范邨。这是一片"占"字形地块。由建筑设计师周惠南设计，房屋均为新式里弄住宅，外观为砖木结构三层楼，共有13排、70余个单位，1931年竣工。

著名学者、诗人冒广生（1873—1959）在模范邨竣工伊始就成为首批居民，并在其间的22号度过人生最后岁月。在他孙女的回忆文章中，旧时模范邨住户多为小康人家，以商界人士居多，也有高级职员、教师、医生和文化人士，出入多坐车，穿西装、旗袍。

在孙辈眼里，冒广生总是浸淫故纸堆中，"整天手不释卷，从早到晚伏案点校书稿。寒冬时节抱着暖炉御寒，右手拿着毛笔，嘴上叼着自做的香烟，鼻尖下流淌着清水鼻涕。"

冒家的寓所是一代名流经常光临的场所：20世纪30年代，徐悲鸿从苏联归来，取道上海时曾偕夫人蒋碧薇到模范邨拜访冒广生。1950年，陈毅市长也来模范邨拜会冒广生。国务院秘书长齐燕铭也曾奉周总理之命看望病中的冒广生。刘海粟、周信芳、梅兰芳、黄宗江、黄宗英都曾来模范邨拜会冒广生。

模范邨的第一进沿街。楼下为中南银行分行营业厅，时任分行襄理即许承先的父亲。因为父亲工作的缘故，全家就住在模范邨中南银行楼上三楼，住所宽敞。有时，许承先会蹦蹦跳跳地从楼上跑到楼下，走入银行办事大厅，走到里间，找到正在独立办公室里工作的父亲，拉着他的手，一起回家上楼吃饭。

父亲是京剧票友，善扮花旦。家境宽裕时，常常带着家人去戏院看戏。母亲养尊处优，生活琐事都由保姆代劳。直到1952年，年仅42岁的父亲因为脑溢血骤然离世。

母亲的肩膀

若有谁从小康之家堕入困顿，总能见到世人真性情。

中南银行慷慨拿出4000元抚恤金供许承先母亲度日。但当时，许家有三个年幼的孩子，母亲还要同时抚养姐妹托付过来的孩子，抚恤费迅速坐吃山空。

从未谋事的母亲毅然出门，先是在里弄里担任扫盲班老师，后来又自学会计，还带领所有小孩在家糊纸盒补贴家用。许承先蒙蒙眬眬记得母亲拉着他的手，去淮海路报班培训和应征找事做的场景。一个年轻且从未吃过苦的女人，在那几年里非常勇敢，也非常坚忍地负担起一个大家庭所有的生活重担。

像一场暴雨落入湖面，湖底却是安静的。母亲默默吸收了生活骤变带来的困苦，留给孩子的都是平静温暖的回忆。

许承先记得，几经辗转后，母亲开始到一家食品厂工作。虽然收入不高，但厂里常常能以打折价卖给职工一些面包片、蛋糕坯子的边角料，以及鸡头、鸡脚、鸡架子等处理品。母亲靠着这些物品，为还在长身体的孩子们增加营养，硬是没有让他们在失去父亲后挨过一次饿。如今回想成长时的饭桌，许承先只记得，家里常有鸡汤可喝。那鸡架子煮起来散发的香味，也是能飘满整个模范邨的。

原本许承先被家族寄予厚望，母亲希望他能上高中、考大学。但家道中落，让继续深造成为奢望。许承先的姐姐为减轻家庭经济负担，早早嫁人。许承先看在眼里，也一心想着能早早自立，为母亲解忧。

1960年，许承先考进上海人民艺术剧院第二届学馆。他并没有什么明星梦，他看中的只是当时的招生条件：学费全免，学校管住，还能发伙食费。

母亲犹豫地征询了所有亲友，是否要让儿子去剧院，她惟恐儿子从艺会辱没先祖声誉。最后是许承先的姑姑出来支持：时代已经不同了，做演员一样能闯出一份事业。

许承先毕业时，以20岁的年龄扮演60多岁的老地主刘文彩，之后，又以《霓虹灯下的哨兵》中的罗克文一角荣获1978年上海青年演员汇报演出奖，后来，又在《魂系何方》中出演张一清，获得白玉兰戏剧表演艺术奖主角奖。

中南银行后被收归国有。许家住过的模范邨第一进房屋在建设延安路高架时被拆除。

许承先婚后又换过好几个住所，但不论怎么换，都在老静安的地界内，都没有离开当年的模范邨太远。他在上海展览中心举办的一次日本工业展览会上买了一只精美的充气小天鹅，搬家几次都带在身边。看到它，就好像看到自己的童年：独自从模范邨出门上学，看着家对面的建筑日新月异地建造起来。

爬上黑石公寓的顶楼

▲　　**潘光**，1947年生，上海社会科学院国家高端智库资深研究员、博导，中国中东学会高级顾问，上海犹太研究中心主任。

大约在1983年的一天，有人敲响了潘光位于黑石公寓的家门。

潘光开门一看，来访者是一对陌生的白人老夫妇。潘光会说英语，老夫妇说的却是法语，彼此没法顺利交流，只能连蒙带猜打手势。潘光总算明白这对老夫妇的来意：他们曾经住在黑石公寓，他们过去的房间，就是现在潘光的家。潘光请他们进屋，泡茶招待。老夫妇环视屋内，激动地说了半天话，潘光大多没有听懂。临告别时，老太太还不断拭泪，老夫妇站在门口，犹依依不舍，频频回头张望。

1924年，在今复兴中路1331号，黑石公寓建成。此后直到1949年，这幢建筑内的主要住户都是在沪外侨。他们以外国人的视角，从另一个角度见证了上海那25年间经历的战乱与繁华。新中国成立后不久，外侨渐渐离沪，潘光随担任干部的父亲，依照组织分配入住黑石公寓。此后，潘光在这幢建筑里前后居住了30多年，长大、成家、立业。

以新中国成立为时间界限，如果墙壁能够翻译，也许会替老夫妇告诉潘光，他们曾经在这间屋子里享用的青春；如果墙壁能够说话，也许会替潘光告诉老夫妇，之后几十年里他的一家在这间屋子里经历的风云变幻。

如今，随着黑石公寓对面上海交响乐团的落成，整个街区被纳入音乐街区的规划中。如今，黑石公寓迎来新的变化。一些书店、音乐家工作室、唱片店入驻黑石公寓。人们来来去去，唯有墙壁上这些黑色石材，始终默默观看，并记住了所有的故事。

梧桐下的街区

黑石公寓是一幢6层高钢筋混凝土建筑，具有折衷主义风格。沿街主立面采用对称构图，横三段纵三段划分，并使用曲面，具有巴洛克特征。主入口开敞门廊是立面处理重点，使用简化的科林斯柱式，并带有丰富的古典主义装饰。招租之初，套房内的厨房、冰箱、家具等物件，甚至佣人住处一应俱全。此外，公寓内还设有游泳池、网球场、停车库等场所，堪称可以"拎包入住"的酒店式公寓。过去，人们叫它"花旗公寓"，1949年后改名为"复兴公寓"，但它的俗称"黑石公寓"知名度更广。2005年，这幢建筑被上海市人民政府列为上海市优秀历史建筑。

黑石公寓顶楼，有一座开阔的屋顶花园。如果爬上来，站在这里环顾，能看见什么呢？——

在黑石公寓一左一右，分别是克莱门公寓和伊丽莎白公寓，早年均为在沪外侨的居住点。从黑石公寓往东北望，就是上海音乐学院，过去曾是犹太俱乐部所在地。犹太俱乐部对面的今汾阳路9弄3号，前身为中国海关关署俱乐部。从黑石公寓往南，是今天的眼耳喉鼻科医院，其前身是1942年建的上海犹太医院。位于黑石公寓东南位置的汾阳路79号，则是一幢法国文艺复兴式建筑，为原法租界公董局董事官邸。

地处旧日法租界区域内，黑石公寓所在的整个街区，梧桐掩映，各色洋房星罗棋布，像个小欧陆。

自潘光记事起，到全家入住黑石公寓前，家里陆续搬过几处，但兜兜转转，都没离开老法租界范围。这可以说是机缘巧合，但归根结底，或许是因为父亲的身世。

说法语的父亲

潘光的父亲潘大成，1911年生于海南，幼时在越南长大，因越南当时为法国殖民地，因此潘大成从小接受法语教育。20世纪30年代，潘大成到上海深造，考入位于法租界吕班路（今重庆南路）上的教会大学震旦大学。在这里，他结识了法籍天主教神父、震旦大学教授饶家驹（1878—1946）。

1937年8月13日淞沪会战爆发后，大量中国难民涌向上海法租界和公共租界。战争爆发当天，饶家驹等发起的上海国际救济会成立。两天后，救济会就在震旦大学校园内建立了三个难民收容所，收容难民6000余人。9月7日，又设立第四难民收容所和第五难民收容所，后又在钱庄会馆设了第六难民收容所。1937年秋，眼看中国军队即将撤离上海，饶家驹遂提出在租界外设立保护难民安全区的设想。最终，一个以饶家驹名字命名的特定区域——"饶家驹区"（La Zone Jacquinot，也称"饶家驹安全区"）在法租界和南市区交界的方浜中路、民国路（今人民路）上设立，成立当天就收容难民2万多人。到1940年6月，在国际人士的帮助下，安全区一共救济了30万中国难民。

能说一口流利法语的潘大成，受中共党组织派遣，成为饶家驹的助手。他协助饶家驹在安全区开展救济工作，后来受饶家驹委托接管了国际救济会第一难民收容所的工作。1949年，在饶家驹因病去世三年后，《日内瓦第四公约》将饶家驹提出的战时平民保护列入国际公约。

也就在这一年，上海解放，新中国成立。潘大成此后担任上海医疗器械公司经理，接受组织分配，入住黑石公寓。

搬家这天，是1956年3月26日，9岁的潘光记得，走入黑石公寓的新家时，还能看见三房一厅的空间里，留有上任房客的私人物品和印有外文的书籍杂志。楼内，电梯、中央取暖设备、餐厅和舞厅等生活场所的存在，以及室内的西式装修风格，无不鲜明地留有外侨过去在这里生活的痕迹。

潘光孩提时代看到的最后一个外国人，是一位住在黑石公寓周边的锡克族邻居，他自称过去曾是租界时代的警察。每日，他都会牵一条大狗在街区散步。到了1958年左右，锡克族邻居离开上海回印度老家。至此，昔日充满外侨的街区，渐渐真正成为上海人的住处。

讲故事的小孩

潘光在黑石公寓长大，喜欢上了看书，喜欢上了讲故事。

夏夜讲故事的最佳场所，就是黑石公寓顶楼。潘光招呼同楼的小孩们上去，讲福尔摩斯探案集，讲到悬疑之处，卖弄关子，让大家听得眼睛都不眨。孩子们也讲自己瞎编的故事，比如黑石公寓底楼有一间神秘的锅炉间，新中国成立后不再使用锅炉，那房屋空置下来。大人们都说曾经有司炉工吊死在里面，大家讲故事，越传越离奇。虽在夏夜，也叫人后背发凉了。

潘光18岁去北京上大学，又去辽宁工作，兜了一圈回到上海后，机缘巧合，开始研究"二战"期间犹太难民在上海的历史。这才发现，20世纪初沪上的犹太医院、犹太俱乐部，原来都在20世纪中后叶他童年居所的附近。原来自己生活的足迹，早于自己学术研究的方向，踏遍了这个区域。

上海这座城市，对许多外侨来说，是生命里不能忘却的旅居之地；对于"二战"时期的犹太难民来说，这里是战火中救命的方舟。许多曾经受惠的犹太难民及其后裔重访上海，潘光在陪他们走访曾经的住处时，又一次看到了那对到黑石公寓怀旧的老夫妇脸上露出的神情——激动不已，五味杂陈。

一位出生在上海的犹太妇女伊夫·克莱默，在回到上海旧居时，发现她当年出生的房间门上，还留有犹太人门上的传统装饰物"密苏扎"，惊喜不已。居住在房内的上海居民笑言："不知道这物件的来历，因此多年来也没有拆除。"

随着时代发展，城市中的人们已经习惯搬家，因此即便始终在上海生活，也未必了解一些事物的来历。可能有这么两个人，他们曾经在上海住过同一间屋子，但是他们并不知道对方的存在，他们在平行空间里从未相逢。这是爬上黑石公寓的顶楼，才能看到的，关于上海的往事。

王汝刚:南京东路流着泪走两遍

▲　　王汝刚,1952年出生,上海市文联副主席,上海市曲艺家协会主席。

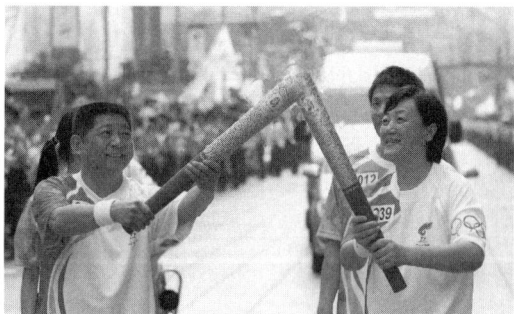

2008年5月23日,火炬手郭蓓(右)与火炬手王汝刚交接。
当日,北京奥运会圣火在上海传递。(新华社照片)

　　1969年3月5日,南京东路红旗招展,锣鼓喧天,一群上海青年坐在大卡车上,车沿着道路慢慢开。人们夹道送别这些半大的孩子,送他们奔赴边疆、农村。

　　车上的王汝刚当时刚过16岁。人生第一次要出远门,兴奋还来不及，哪里晓得离愁别绪。他要去的地方是江西宜丰县芳溪镇，他告诉父母这一定是个芬芳美丽的地方。他穿一身复员亲戚送的旧军装，胸口戴着大红花出门，自觉无比神气，更何况站在卡车上，缓缓而行，微风扑面，视野宽阔，恍惚昔日在大世界戏台上，看过的新科状元骑马游行场景。

做男人，就是要到外面世界去闯一闯，有啥伤心？胸前大红花映衬着他，更显得意气风发，满脸通红。

卡车这天是从人民广场出发的，经过福州路开到外滩，然后转到南京东路往西开。车子经过朵云轩，近福建中路口的张小泉刀剪店门时，王汝刚看见相熟的脸一张一张出现。这是他的邻居、同学、居委干部阿姨，他们是特地来送他的。街面上，锣鼓声、口号声此起彼伏。邻居和同学凑上来说："路上当心点哦，注意身体。"王汝刚点点头。大家又说："放心，你父母我们会照顾的。"王汝刚脸色一变。

刹那间，好似大梦初醒。就这一句话，像忽然剪断一根弦。王汝刚眼泪决堤。

这一年，王汝刚的父亲已经65岁了，母亲55岁。王汝刚是独子。他一走，白发父母会如何生活？为避免骨肉分离的刺激，父母这天甚至都没有来送他。一直到此刻，王汝刚才意识到，自己将要去一个从未踏足的地方，去开始一种完全未知的生活。他开始哭起来。卡车开到上海市第一百货商店，在西藏中路拐弯，直接开赴火车站，带着哭泣的王汝刚离开上海。

等到王汝刚再回来时，已经是1973年。他后来才知道，离别这天，母亲虽然没去南京路送他，但在家里一直盯着桌上的台钟。到了火车出发的时刻，母亲在家一下子哭昏过去。

十里一梦

王汝刚的家谱里，往上推24代都是上海人。他的祖辈本来世代生活在杨浦区引翔港，祖父与父亲都是勤奋的木匠，两人合力用辛苦数年积攒下的钱翻新了房子，却不料被日军炸弹一把火烧尽。王汝刚的父亲无奈离开祖居之地，到市中心生活。王汝刚小时候，生活和读书都在十里南京路附近。

南京东路的热闹，来自商业的繁盛。南京东路上的先施、永安、新新、大新四大公司引领了当时百货业的新模式。除四大公司外，南京东路上还有惠罗、福利、丽华、国货，人称四小公司。小时候，王汝刚最喜欢逛商店。从南京东路山东路口的新华书店开始逛，看书、看文具，然后到朵云轩看工艺美术作品。后来新华书店变成友谊商店，只对外籍人士开放，嘴巴甜的王汝刚常常哄着门卫叫叔叔伯伯，好溜进去看各地、各国的奇珍异宝和工艺品。

南京东路近福建中路口的真老大房，常年卖各种好吃的，其中的熏鱼和熏蛋最让王汝刚流连再三。

老来得子，王汝刚是父母心中珍爱。由于出生时母亲已不年轻，身体虚弱的她没有奶水，因此为王汝刚前后雇用了7个奶妈，有时也抱着他喝过邻居、姑妈的奶水。结果是，王汝刚从小对各地方言特别敏感。苏北、苏州、常熟、无锡、宁波和浦东地区方言，他一听就懂，一学就会。到了王汝刚6岁时，祖父去世，家里请来道士做道场。几天下来，小王汝刚在一边看着，竟把道士们的调门和程序学得八九不离十。一次，道士们中午脱了法袍去吃饭，王汝刚偷偷到灵台前穿上大袍模仿道士们的样子拜忏。因为不会念经，就用道士的调门学着弄堂里听到的叫卖声念"修——阳伞，修——套鞋"。正念得起劲，被用完斋饭的道士看到，一声大喝，王汝刚吓得扔下法器就跑。后来一位老道士打量了王汝刚一番，意味深长地说："小阿弟倒是唱戏的料。"

石库门里常有走街串巷跑江湖的，王汝刚总是对他们流露出兴趣。日常听戏、看表演，逛街后，他总能惟妙惟肖模仿出来。到了报童小学读书后，王汝刚对声乐敏感的特点进一步冒尖，他做过学校广播站的播音员，参加过故事小组，在学校的联欢会上总是那个自告奋勇要表演的小孩。1964年，王汝刚表演《小淘气捉鬼》获得黄浦区少儿故事大赛一等奖。不久，又在班里演《三毛学生意》里的老板娘，因为演出效果很好，附近不少厂矿企业也常常邀请他们去表演。

演戏，真的和他结下不解之缘。

祥云火炬

对王汝刚来说，十里南京路代表着上海的核心。16岁离开这里，等再回来时如故人相会。

1975年，在里弄生产组工作的王汝刚得到去上海金属表带厂工作的机会。一年后，又被厂里安排去接受培训，回厂担任厂医。虽然能为人治愈伤口还能开药，但生性更喜欢说说笑笑的王汝刚，在医务室坐不住，一有机会就去和厂里的文体爱好者偷偷排练节目。有一天，工厂对面的虹口区文化馆曲艺队招收业余曲艺爱好者，王汝刚和朋友立即报名，通过考试后被录取"唱滑稽"。这一去，小厂医在一场又一场业余表演中，过足戏瘾。

也在这样一场又一场表演中，王汝刚发现台下总是坐着一位老人，高高的前额，大大的眼睛，戴着口罩，看戏极为认真。后来同伴告诉王汝刚，这位神秘的老人就是滑稽界赫赫有名的杨华生。

不久后，滑稽大师们陆续得到平反。南市区准备恢复剧团。一天，王汝刚回到医务室，同事们告诉他："杨华生、笑嘻嘻来过了，专程请你去演戏的。"下班后，王汝刚兴奋地去笑嘻嘻家，杨华生、笑嘻嘻笑眯眯地告诉他，剧团要恢复上演《七十二家房客》，希望他扮演小皮匠。但当王汝刚开开心心回到家告诉父亲后，父亲断然拒绝儿子要当滑稽演员的想法。王汝刚不敢违抗父命，只能打电话给笑嘻嘻老师谢绝提携。没过几天，王汝刚下班回家，左邻右舍激动地告诉他："杨华生、笑嘻嘻下午光顾了你们家的小阁楼。"到了屋里，只见平素严肃的父亲露出笑容说："你就去吧，但一定要演得有出息。"原来两位老人讲述了自己的"文革"经历和劫后余生对艺术的追求，说通了父亲。

1987年5月，电波里出现了一位"王小毛"，他操着一口苏北上海话亮嗓："啊哟喂，我是滑稽王小毛。"节目开播不出三个月，"王小毛"就成了上海滩家喻户晓的明星。这年夏天，剧组决定请王开照相馆的著名摄影师屠铭慈为四位"王小毛"拍摄彩色照片，公开签名发售。消息传出后反响强烈，签名活动的当天，人们一大早就从四面八方赶来，王开照相馆门口人山人海，排起长龙，南京路车辆堵塞，人满为患。最后，只得出动警察维持秩序。

2008年，作为上海文化界代表，王汝刚通过选拔，成为一名奥运火炬手。5月，奥运火炬传递到上海。传递当天，王汝刚按照要求，根据工作人员安排，到南京东路上等待上一棒火炬手跑来。就在王汝刚接到火炬跑起来的一瞬，他忽然意识到，这段他负责护送火炬的距离——从朵云轩到张小泉刀剪店，正是1969年他站在卡车上，醒悟到自己要离开上海的地点。

这条著名的商业街，王汝刚曾无数次走过。但40年过去，这两次流着泪经过南京东路的经历，寓意了他一生的轨迹——一次，他是奔赴未知命运的半大孩子，因为要离开白发双亲而号啕大哭；一次，他是上海无人不知的滑稽演员，身边，是太太和儿子陪伴护送祥云火炬，他望着妻儿，流下了激动的泪水。

似是故人来

图书在版编目（CIP）数据

似是故人来/沈轶伦著.-上海：上海文艺出版社.2021

ISBN 978-7-5321-7948-0

Ⅰ.①似… Ⅱ.①沈… Ⅲ.①纪实文学－作品集－中国－当代 Ⅳ.①I25

中国版本图书馆CIP数据核字(2021)第094985号

发 行 人：毕　胜

责任编辑：李　霞

装帧设计：朱云雁

封面摄影：赖鑫琳

书　　名：似是故人来

作　　者：沈轶伦

出　　版：上海世纪出版集团　　上海文艺出版社

地　　址：上海市绍兴路7号　200020

发　　行：上海文艺出版社发行中心

　　　　　上海市绍兴路50号　200020　www.ewen.co

印　　刷：苏州市越洋印刷有限公司

开　　本：889×1168 1/32

印　　张：11

插　　页：3

字　　数：202,000

印　　次：2021年7月第1版 2021年7月第1次印刷

I S B N：978-7-5321-7948-0/I·6304

定　　价：55.00元

告 读 者：如发现本书有质量问题请与印刷厂质量科联系　T:0512-68180628